王になろうとした男

伊東　潤

朝日文庫

本書は、二〇一六年三月に刊行された文春文庫『王になろうとした男』に、二〇一八年三月に刊行された講談社文庫『決戦！本能寺』収録の「覇王の血」を加えたものです。

王になろうとした男 ● 目次

王になろうとした男

果報者の槍

一

秣を満載した飼葉桶を持ち上げた時だ。

主殿の方から、馬廻衆とおぼしき者たちの声が聞こえると、ばたばたと走り来る足音が近づいてきた。

「殿の御出陣だ!」

鞍を抱えて飛び込んできた塙九郎左衛門直政が喚く。その背後には、数名の馬廻衆が続いている。

「それでいつ、ご出馬なさる」

飼葉桶を持ったまま毛利新助良勝が問うと、己の馬に鞍を載せながら直政が応じた。

「もう城をお出になられた」

「何だと」

その間にも、次々と厩（うまや）に駆け込んできた傍輩（ほうばい）たちが新助の左右をすり抜け、己の馬へと走り寄っていく。

――後れを取ったか。

新助が飼葉桶を置いた時、すでに何人かは、外に馬を引いていこうとしていた。

皆、甲冑（かっちゅう）を着込んでおり、槍も提げている。

織田信長とその小姓衆の厩は清須（きよす）城の本曲輪（ほんぐるわ）付近にあるため、搦手（からめて）門近くにある馬廻衆の厩で廻番（まわりばん）に就いていた新助は、信長の出陣に気づくのが遅れた。

――今朝が厩番とは、ついておらぬ。

新助は、己の鞍や武具を詰の間に置いてきたことを思い出した。武器といえば腰の両刀しかない。

――織田家では、いかなる時も出陣の支度を怠ってはならぬのだ。

新助は己の迂闊（うかつ）さを悔やんだ。

鞍や武具を取りに戻っていては出遅れてしまう。信長は何よりも素早い者を好む。

――ええい、何とかなるわ。

手近にあった誰かの鞍を拝借（はいしゃく）した新助が、「して、いずこに参る」と問うた時、すでに厩に人影はなかった。

誰が誰とも分からぬ暁闇（ぎょうあん）の中、傍輩と競い合うようにして、新助は馬を駆った。

誰かに抜かれれば抜き返し、誰かを抜けば抜き返された。

ここのところ不順な天候が続き、東海道は馬も脚を取られそうなほどの泥濘路（でいねいろ）と化していたが、それをものともせず、織田家中は東に向かった。

那古野（なごや）城の前まで来ると、朝日が差してきた。

城門前には水桶が用意され、多くの兵馬がたむろしている。

騎馬武者でも着の身着のまま出てきた者が多いらしく、新助同様、満足に甲冑を着けていない者の姿も目立つ。

どこかで甲冑を拝借しようと思っていた新助は、それが容易でないと覚った。

逸（はや）る気持ちを抑えて馬を下り、井戸に並んで水をもらい、馬に飲ませていると、傍輩たちの会話が切れ切れに聞こえてきた。

「向かうは桶狭間（おけはざま）だというではないか」

「今川治部大輔（じぶだゆう）が、沓掛（くつかけ）の城までやってきておるそうだ」

「敵は万余の大軍とのこと。勝てるのか」

馬と同じ柄杓（ひしゃく）で水をがぶ飲みした新助が鐙（あぶみ）に足を掛けると、触役（ふれやく）の声が聞こえてきた。

「熱田（あつた）神宮にて集結せよとの、殿のお達しだ」

——戦勝祈願するのだな。

しかし皆と同じ行動を取っていては、甲冑や長柄（ながえ）も手に入らず、功を挙げるにも後れを取る。何も聞かなかったふりをして喧噪（けんそう）の中を抜け出した新助は、再び馬を走らせた。

熱田神宮の前で馬を寄せるよう指示を出す小者を無視して、新助は東海道をひた走った。額から落ちる汗をしきりにぬぐいつつ、馬を駆けさせていると、やがて丹下（たんげ）砦が見えてきた。

丹下砦は、今川方の鳴海（なるみ）城から四半里ほど北方に造られた織田方の付城（つけじろ）で、急普請と明らかに分かる小砦（しょうさい）だ。それでも、この辺りの付城の中では最大規模を誇っている。

近くまで行くと、砦の内外に人が溢れていた。旗指物が周囲に散らばり、多くの者たちが横たわっている。皆、肩を落としてぐったりしており、そこかしこにある血だまりには、すでに動かない者までいる。

いずれかの砦をめぐり、激戦があったに違いない。

――どうやら武具の心配は要らぬようだな。

新助が砦に入ろうとすると、背後から「おーい、新助」という声が掛かった。

「九郎左衛門ではないか」

新助同様、信長の馬廻を務める塙直政だった。

「皆と一緒に熱田神宮におると思うていたぞ」

「それを知っておるにもかかわらず、おぬしも、ここにおるということは——」

「おぬし、抜け駆けいたしたな」

二人は笑い合った。

その傍らには、息も絶え絶えの負傷者や、すでに息絶えた傍輩が横たわっている。しかしそれを気にしていては戦にならない。信長は「親や子が死んでも笑って埋葬しろ」という触れを出すほど、全軍の士気を高めることに気を使っていた。

屍はまだ異臭を放っていないものの、すでに蠅の群れが、うるさいくらい飛んでいる。

顔に止まった蠅を手で払いつつ、直政が言った。

「今川勢は二万余の大軍らしい。すでに鷲津と丸根の両砦が落とされ、城将の佐久間大学（盛重）様と織田玄蕃允（秀敏）様が討ち死になされたとのことだ」

「鷲津と丸根の両砦」とは、今川方の大高城に対する付城のことだ。

——こいつは厄介な戦になりそうだな。

中天に昇り行く朝日をにらみつつ、新助は気持ちを引き締めた。

二

知多半島北部は、駿河国から三河国までを勢力下に置き、なおも西進策を進める今川家と織田家との間で、激しい角逐の場と化していた。

この辺りは、なだらかな丘陵が幾重にも連なる田園地帯で、その間を縫うようにして、北から鎌倉往還（おうかん）、東海道、大高道という三本の街道が、ほぼ東西に走っている。

今川家が西進策を進めるためには、これらの街道を制圧せねばならない。そこで今川家前当主の義元は、鎌倉往還と東海道が伊勢湾に達しようとするところに鳴海城を、同じく大高道の終端に大高城を築き、沓掛城からの兵站を確立した。

永禄（えいろく）三年（一五六〇）四月、知多半島から今川勢力の掃討を目指した信長は、今川方の最前線拠点の鳴海・大高両城の周辺に付城群を築き、包囲体制を取った。

これを聞いた義元は五月十二日、陣触れを発し、二万余の大軍を率いて駿府を出陣すると、十八日から十九日にかけて、先手（さきて）の松平元康（まつだいらもとやす）（後の徳川家康）らに鷲津・丸根両砦を攻略させた。

「ここら一帯を制した後、敵は清須まで攻め上るつもりらしい」

頼まずとも、直政は集めた情報を語った。

「となれば、籠城戦になるな」

「殿のことだ。それは分からぬ」

丹下砦か那古野城に引き籠もり、今川勢の西進を食い止めるというのが、こうした場合の常道だ。しかし信長を主と仰ぐ織田家中にとって、「兵は詭道（きどう）」以外の何物でもなく、信長の頭の中にいかなる策があるのか、誰にも想像できない。

「それにしても、その格好は何だ」

その細面を歪ませ、直政が新助の姿を笑った。新助が舟底袖の羽織にたっつけ袴という、厩仕事をする格好のままだったからだ。

「甲冑を着ける暇がなくてな」

「そうか、今朝は厩番だったからな」

「ここまで来れば、甲冑が手に入ると思うたのだ」

期せずして二人の視線が、すでに息絶えた傍輩に向けられた。

「すまぬ」

手を合わせて経を唱えた新助は、「仇は取ってやるからな」と呟きつつ、傍輩の甲冑を脱がせようとした。

「実は、耳寄りな話を聞き込んだ」

遺骸から桶側胴を外そうとする新助に手を貸しつつ、もったいぶった口調で直政が続ける。

「殿がおいでになられたら、すぐに佐々隼人正殿と千秋四郎殿が抜け駆けいたすそうな」

佐々隼人正勝通（政次）は尾張の国人、千秋四郎季忠は、熱田神宮の大宮司だ。

彼らは付城の守備を任されていたが、敵方に攻め立てられ、善照寺砦まで退却してきていた。

信長は怯懦（きょうだ）を嫌う。

丸根砦の佐久間大学、鷲津砦の織田玄蕃允の両城将が討ち死にを遂げているにもかかわらず、佐々と千秋の二人は城を捨てて撤退した。すなわち二人は、信長の前で功を挙げねばならない立場に追い込まれていた。

「それで、おぬしも抜け駆けいたすのか」

「ああ、前夜まで続いた清須の軍議で、殿はこれといった策を立てなかったと聞く。いつもの伝で、これは抜け駆け勝手ということだ」

この時の軍議の場で、信長は「軍（いくさ）の行（てだて）は努々（ゆめゆめ）これなく（戦に関する命令はない）」と言ったとされる。

しかし新助は、そうは思わない。

信長には策があり、それを披瀝（ひれき）することで諫（いさ）める者が出てくるのを嫌い、何も語らなかったに違いない。

――殿は、宿老（おとな）どもが、そろって顔色を変えるようなことを考えているに違いない。

「わしはやめておく」

「なぜだ。ここまで来たのも抜け駆けではないか。どうせなら抜け駆けついでだろう。昔から、『毒を食らわば皿まで』と言うではないか」

直政が妙な理屈をこねた。

「いや、殿を待ち、その下知に従う」

「ははあ、臆したのだな」

新助の背後に回って胴の紐を強く締めつつ、直政がほくそ笑んだ。

「そうではない」

「同郷の誼で誘ったのだが、嫌ならばよい。わしが今川殿の首を獲っても、後で悔やむなよ」

「ああ、構わぬ」

前立ての折れた筋兜の顎紐を締めた新助は、力強くうなずいた。


佐々と千秋の奇襲は失敗に終わった。

三百の寡兵で二万余の今川軍に正面から向かったのでは、勝目はない。

この戦いで佐々と千秋は討ち死にを遂げ、直政の安否は不明だった。

善照寺砦から、眼前で展開される負け戦を眺めていた信長は、顔色一つ変えずに「では、行く」とだけ言った。

それを聞きとがめた宿老の一人が「いずこへ」と問うと、信長は「決まっておろう。中島砦だ」と答えた。

中島砦は、善照寺砦の南西四半里ほどにある平地の小砦だ。微高地にある善照寺砦と異なり、扇川と手越川の合流点の渡し場に柵をめぐらしただけの簡易な砦にすぎない。それを聞いた宿老たちは、「中島砦に至る道は、足が沈むほどの湿地なので、進退がままなりませぬ」「低地にあるので敵に兵力を察知されます」などと言って押しとどめたが、信長は聞く耳を持たない。

緒戦に敗れて全軍が意気消沈しているこの時、再び正面から敵に挑むがごとく、最前線の中島砦に入るのは無謀極まりない。

それでも信長は、二千の兵を率いて中島砦に入った。むろん馬廻衆の新助も一緒だ。

――覚悟を決めねばならぬな。

信長は正面から敵にぶつかろうとしており、とても生還は期し難い。しかし、それでも従わねばならないのが織田家中なのだ。

善照寺砦に馬を残し、徒士となって中島砦に入ると、井戸脇に直政が横たわっていた。

「九郎左衛門、無事だったか」

「おう新助、散々な目に遭うたわ」

直政によると、佐々と千秋には策などなく、何段にも連なる今川陣の中に、正面から駆け入ったという。

少しでも敵陣を混乱させれば、信長主力の後詰があると信じての突撃だったが、敵陣はいささかも乱れることなく、佐々・千秋両勢は、信長が後詰する暇もなく殲滅(せんめつ)された。

直政も途中まで突入したが、腿(もも)に流れ矢が当たり、致し方なく中島砦に引き揚げたという。

「動けるか」

「いや、無理だ」

直政は腿の矢傷を指し示した。

白布が幾重にも巻かれているものの、じんわりと赤い血がにじんできている。

「これでは当分、戦場に出られぬな」

「ああ、分かっておる。おぬしは殿と行くのか」

羨(うらや)ましげに直政が問う。

「そうするほか、わしに何ができる」

「どうやら、おぬしの判断が正しかったようだな」

直政が苦い笑みを浮かべた。

「功を挙げずに死ねば、正しいとは言えぬ」

「武運を祈(いの)うておる」

直政が力なく言った。

その時、鉦(かね)が鳴らされ、馬廻衆と各部隊の物頭以上が呼ばれた。

三

馬廻衆とその配下百余と共に、新助は鎌倉往還を東へと向かっていた。

東海道が南側にある丘陵を隔てて並行に走っているため、鎌倉往還とはいえ、この辺りでは脇道にすぎない。そのため道幅が狭く、馬を使うと一列縦隊になってしまうので、徒士となって走らざるを得ない。

鎌倉往還を南東に向かい、沓掛城の前で南に転じて東海道を塞げというのが、別働隊に下された命だ。

信長率いる主力部隊は中島砦を出て、正面から今川勢に当たることになっている。

信長主力に押されて引いてくる今川方を、新助ら別働隊が待ち伏せて討ち取るという策は分からぬでもないが、織田勢二千に対して敵は二万余。義元率いる主力勢だけでも一万五千は下らない。

とても信長の思惑通りに行くとは思えない。

せめてもの救いは、信長が稲生や村木の合戦で、劣勢をものともせず、敵を打ち破ってきた実績くらいだ。

「あっ」

隣を走っていた傍輩が声を上げて止まった。

足元ばかり見ていた新助が顔を上げると、半町ほど先に、こちらに向かってくる軍勢が見える。言うまでもなく敵だ。ちょうど道が屈曲しており、双方共に敵を発見するのが遅れたのだ。

鉄砲に弾を込める暇も、矢を弓につがえる暇もなく、槍を取っての白兵戦となった。

気合と怒号が交錯し、槍の穂先が初夏の陽光にきらめく。

新助は獣のような雄叫（おたけ）びを上げつつ、槍をめったやたらと振り回した。

不意の遭遇戦は怯（おび）えた方が負けだ。信長の馬廻衆は、そのことを叩き込まれている。

前後左右でも、槍や太刀を使った死闘が展開されていた。

「引くな、進め！」

「勝っておるぞ。槍衾（やりぶすま）で押し切れ！」

物頭らしき者の声に叱咤（しった）され、隊列を整えた新助らは槍衾を作り、「おう、えい、おう、えい」という掛け声と共に敵を押した。

敵も槍衾で応じる。双方、押しては引いてを繰り返していると突然、空が暗くなり、突風を伴う雷雨が襲ってきた。

風雨を正面から受けた敵がひるむ。

「今だ。進め、進め！」

物頭の声もかき消されるほどの豪雨だが、風雨を背にした織田方が次第に今川方を押し始めた。

断末魔の絶叫がそこかしこから聞こえ、敵の屍が道を塞ぐ。それを見た味方の士気は上がり、さらに押す力を強めていく。

一方、及び腰となった敵は、後方から裏崩れを起こした。それを見た最前線の者たちも、次々に背を見せて戦線を離脱していく。

「勝った、勝ったぞ！」

物頭が絶叫する。

新助たちは壊乱する敵を追った。

首は獲るなと命じられているので、敵を突き伏せても、その生死さえ確かめることなく突き進まねばならない。

敵の中には、覚悟を決めてその場に踏みとどまり、織田方と組み打つ者もいるので、一人また一人と味方の数も減っていく。

幸いにして新助に突き掛かる敵はおらず、遮二無二進んでいくと突然、左右の丘が途切れ、広闊（こうかつ）な荒れ野に出た。すでに敵は逃げ散ったのか、姿も見えない。

気づけば、先ほどまでの風雨は嘘のように静まっている。

「あれは、沓掛城ではないか」

共に走ってきた服部小平太の指し示す方角を見ると、北方の微高地に旌旗(せいき)が翻っている。

「ああ、そうらしいな」

「新助、どうする」

「殿の命に従い、東海道に向かおう」

周りを見回し、経験や年齢から自らが指揮を執るべきと気づいた新助は、己の勘に従い、決断を下した。

十人ばかりとなった味方をまとめた新助は、沓掛城とは反対方向に向かった。

走り出すと、遠方から馬のいななきや喚声(かんせい)が聞こえてきた。信長率いる主力勢が、今川方の先手衆と戦っているに違いない。

泥濘路に足を取られながらも、懸命に走っていると、東海道とその南を走る大高道の分岐に至った。

「新助、これからどこに行く」

小平太に声をかけられ、新助は、自らが指揮官だということを思い出した。

——どうすべきか。

勝っているのか、負けているのか、状況が摑めていないので、判断がつきかねる。

新助らが三つの道の分岐点で立ち往生していると、東海道をこちらに向かってくる馬(ば)

蹄の音が聞こえてきた。

本能の命ずるままに近くの藪に飛び込むと、傍輩たちも後に続いた。

やがて五十人ほどの騎馬武者と徒士がやってきた。もちろん敵だ。彼らは慌てて沓掛城の方に去っていったが、その姿を見る限り、戦った形跡はない。

――まさか、お味方が敵を押し切ったのか。

状況は定かでないが、敵が引いてきているということは、負け戦ではない。

騎馬隊に続き、弓足軽とおぼしき者たちが走ってきた。彼らも戦っていないらしく、軍装は乱れておらず、箙には矢が満ちている。

「お味方は勝ったのか」と、小平太が小声で問うてきた。

「分からぬ。先ほどの風雨もあり、いったん沓掛の城まで引くことにしたのやもしれぬ。敵は大軍ゆえ、手堅く勝ちたいはずだからな」

弓隊が眼前を通り過ぎると、別の一団が見えてきた。その中心には、朱色の轅に支えられた輿が見える。

――まさか。

新助は、義元が戦場でも輿に乗っているという話を思い出した。

「行こう」

「行こうと言っても、どこに行く」

「今川殿の首を獲りに行く」

　獲物を前にした新助は、己の勘の命ずるままに動こうとしていた。

四

「毛利新助、天晴れな働きであった」

　自らの陣羽織を脱ぎ、新助の背後に回った信長は、手ずからそれを新助の肩に掛けた。

「も、もったいない」

　歓喜が波濤（はとう）のように押し寄せてきた。

　――わしは大功を挙げたのだ。

　あの時、義元と槍を合わせていた小平太が膝を割られたのを見た新助は、間髪入れず義元に相対した。

　二合、三合と槍を合わせた末、新助は義元を突き伏せた。

　倒れた義元に馬乗りになって顎を抑えると、小指の先を噛み切られた。その痛みで動転した新助は、とどめを刺すのも忘れて首を掻き切った。

　生きたまま首を落とされた義元は、新助の小指を咥（くわ）えたまま、凄まじい形相（ぎょうそう）で息絶えていた。

何がどうなっているのか分からなかったが、「今川治部大輔殿、討ち取ったり！」と喚いて首を掲げると、周囲は一瞬、静寂に包まれ、続いて「やったぞ！」という味方の声が聞こえた。

義元の首を見た敵は、算を乱して逃げ出した。

「追うな！」

敵将の首を獲ったからには、追撃戦を行う必要はない。

敵が去った後、十人ほどの傍輩と義元の遺骸だけが、その場に残された。

そうは言っても敵は大軍だ。沓掛城に戻れば、衆を恃んで引き返してくることも考えられる。

新助は小平太を助け起こすと、義元の首と槍を摑み、藪の中に身を投じた。

後は、どこをどう歩いたのかも分からない。

戦況が定かでないため、いずれの街道にも出ず、傍輩と共に大小の丘を上り下りしながら道なき道を進み、ようやく中島砦に帰り着いたのは夕闇迫る頃だった。

中島砦は戦勝の喜びに沸き立っていた。そこに義元の首を持ち帰ったのだ。陣内はたいへんな盛り上がりとなり、幾度となく勝鬨が上がった。

論功行賞の場で新助は、今川方の状況を的確に摑んできた簗田出羽守政綱に次ぐ栄誉に輝いた。しかし新助は、「服部小平太が先に槍を付けたおかげです」と言い添えるのを忘れなかった。

それを聞いた信長は、「傍輩の功を申し立てるとは、立派な心がけだ」と言うや、二人に功を分かった。

功を独占しても、どこからも文句は出ないはずだが、最初に槍をつけた小平太の奮闘を目の当たりにしている新助にとって、それは当然のことだった。

信長は、新助が義元から奪ってきた「勢州桑名住村正」という銘の入った槍を持ち、「これが義元の槍か」と言って、しきりに感心し、それを新助の所有とすることを許した。

首実検を済ませた後、信長は自らの乗馬の鞍壺に義元の首を提げ、意気揚々と凱旋の途に就く。

そのすぐ後を行くことを許された新助は、信長の鞍から下がる義元の首を見つめつつ思った。

――わしほどの果報者はおらぬ。

新助は、己の輝かしい未来に胸を膨らませた。

五

「国持大名になりたい」

使者として三河国へ行く途次に泊まった百姓家で、黒ずんだ梁を見つめつつ、直政がぽつりと言った。

「国持大名だと」

あまりに突飛な言葉に、新助は思わず聞き返した。

「そうだ。わが殿は家名や出自にこだわらず、実力だけを重んずる。功を挙げれば、国持大名とて夢ではない」

「そんな大それたことを、おぬしは考えていたのか」

「それを考えぬおぬしこそ、欲がなさすぎる」

そう指摘されても、新助には何の反駁もできない。今川義元の首を獲り、黒母衣衆に抜擢されたにもかかわらず、新助は、ただ黙々と日々の仕事に従事するだけだからだ。

「おぬしは昔から要領が悪かった。何事も手堅くこなすが、それ以上のことをしようとはせぬ。せっかく黒母衣衆に抜擢されたのだ。ここを先途と殿に己を売り込むくらいでなければ、出頭（出世）などできぬぞ」

黒母衣衆とは、馬廻衆の中から選ばれた精鋭だけで編制された信長の親衛隊のことだ。出頭競争という点では、いまだ馬廻衆のままの直政に、新助は一歩先んじたことになる。

しかし新助は、戦場以外で出頭の機会を摑む知恵などわいてこない。

今回の三河松平家への使者という大役も、「誰ぞ、松平に知己のいる者はおらぬか」

という信長の言葉に応じた直政の、「恐れながら、わが遠縁に、松平家の縁戚にあたる水野家に連なる者がおり――」という発言により、まず直政が指名され、同郷の誼で新助が相役を仰せつかったのだ。

「せっかくの大功も、追い打ちを掛けねば、やがて消えゆくことになる」

「分かっておる」

信長の側近くに仕えるという僥倖に恵まれながら、命じられた仕事をこなすだけの新助は、信長のお気に入りというわけではなかった。

新助とは異なり、万見仙千代や長谷川秀一といった有能な小姓たちは、雑用一つこなすにしても、信長の意を汲んだ何かを付加する。

信長が茶を所望すれば、茶菓子を用意し、信長が馬で遠出すると言い出せば、その経路にある水場を事前に調べておく。そうしたことが当たり前のようにできなければ、信長の側近は務まらない。こうした些細な気配りが、将来、戦場で指揮を執る際にどれだけ役に立つか、信長はよく知っている。

しかも仙千代や秀一といった小姓たちは、機転が利くだけでなく、見ているだけで気分がよくなるほどの美男ぞろいだ。猛者ぞろいの馬廻衆にしても、前田利家や佐々成政あたりは男前で通っている。

対する新助は、信長と同じ天文三年（一五三四）生まれの二十七歳。すでにとうも立っている上、「その顔を見て泣かぬ赤子はおらぬ」と言われるほどの面付きをしているため、信長好みの家臣には、ほど遠かった。

「新助、わしが出頭したいのはな、広い屋敷に住み、多くの家臣にかしずかれたいからではない。わしは己の才を世に問いたいのだ」

「それは戦場で発揮すればよい」

「そうではない。わしは持って生まれたこの才で、どれだけ世を変えられるか試してみたいのだ」

「世を変えるだと」

新助には、直政の言っていることがよく分からない。

「殿が世を変えようとしておるのを、おぬしは気づかなんだか」

信長は旧態依然としたものを嫌い、伝統や慣習といったものを次々と破壊していた。

また信長は、身分を問わず周囲の人々の話をよく聞いた。それが理に適っていると思えば、馬丁だろうが釜焚きだろうが、その提案を分け隔てなく取り入れる。

「草履取りの話を聞いたか」

「藤吉郎とか申す小者頭のことだな」

信長の側近くに仕えるという好機を、一介の草履取りでさえ逃しはしない。

藤吉郎という男は、寒気の厳しい折、信長の草履を胸に抱いて温めていたことが認められ、士分に取り立てられた。その後も出頭を重ね、今では小者頭になっている。

しかもつい先頃、浅野家の養女で杉原定利（すぎはらさだとし）の娘と婚儀を挙げたというのだ。

「浅野家も杉原家も歴とした織田家の直臣（じきしん）だ。その娘が草履取りに嫁いだというので、わしも驚いた。詳しい者に聞いてみると、どうやら殿の口利きだという」

「世の中には、世渡り上手がおるものだな」

「殿は門閥や身分などにこだわらず、才だけを重んじる。誰もが血眼になり、己の才を殿に認めてもらおうとしておる。ところが、おぬしは漫然と仕事をしておるだけではないか」

直政の言葉が己への批判のように聞こえ、新助は少し不快になってきた。

「さようなことはない」

「おぬしのように、あれだけの功を挙げ、殿の側近くに仕える機会を得たにもかかわらず、あたらそれを無駄にする者もおれば、藤吉郎のように、わずかな機会を逃さず、殿に認められる者もおる。人とは不思議なものよの」

「余計なお世話だ」

むっとした新助は寝返りを打って、直政に背を向けた。

「のう新助、わしはな、桶狭間であれだけの大功を挙げたおぬしが羨ましかった。功を焦り、乗ってはならぬ船に乗ってしまったわしと違い、おぬしは殿の命に従い、堂々と戦って功を挙げた。それで給地をもらい、黒母衣衆にまで引き上げられた。それに比べ、わしは馬廻衆の末席に連なるだけだ」

寝たふりをしている新助を尻目に、直政は独言のように続けた。

「おぬしは、わずかな機会をものにして今川殿の首を獲った。実に見事だった。それゆえ、わしも出頭の機会があれば、逃すつもりはなかった。それでようやく此度(こたび)、その機会がめぐってきたというわけだ」

「水野信元殿の遠縁だったのが幸いしたな」

「何がだ」

とぼけたような直政の返答に、新助は焦(じ)れるように言い換えた。

「水野殿の遠縁にあたっていたから、おぬしは松平殿への使者に指名されたのだろう。それが幸いだったと申したのだ」

「ああ、そのことか」

直政は鼻で笑うと言った。

「あれは嘘だ」

「えっ」

蓆蒲団(むしろぶとん)をはねのけた新助が、半身を起こす。

「おぬしは殿に嘘をついたのか」

「そうでもせねば、出頭の機会はめぐってこぬ」

　――たいへんなことになった。

　成り行きから相役にされたとはいえ、事の次第が明らかになれば、新助とてただではすまない。

「おぬしは、己のしたことが分かっておるのか」

「ああ、もしも此度の使いが不調に終わり、嘘がばれれば、わしは斬られる」

「それが分かっていながら、なぜ――」

「よいか」

　直政は身を起こすと、蓆蒲団の上に胡坐（あぐら）をかいた。

「われら武家は、戦場に己の命を懸ける。戦場とは大きな賭場なのだ。ところが賭場は、戦場ばかりとは限らぬ。こうした機会を、賭場と気づくも気づかぬも己次第だ」

「つまりおぬしは、計策（けいさく）（交渉）事（ごと）という賭場に命を張ったということか」

「そういうことになる」

「負ければどうする」

「必ず勝つ」

　直政は、松平元康という名の西三河の小土豪が、織田家の傘下（さんか）に入らねば生き残れないことを知っていた。直政は周辺諸国の情勢を十分に把握しており、その話は妙に説得力がある。

「おぬしらが馬や武芸の腕を磨いている間、わしは、出入りの商人(あきゅうど)や職人から他国のことを聞いていた。殿と同じ目路(めじ)(視点)に立つことで、殿の役に立つ機会を摑めるやもしれぬと思うてな」

――此奴(こやつ)は此奴なりに、己という道具の使い道を考えておったのだ。

直政の馬術や武術は十人並か、それ以下だ。その点で頭角を現せなければ、別の面で人に先んじようとするのは当然だった。

「それが、足軽どものやっている丁半博奕(ばくち)と違う点だ」

新助ら武辺者は、戦場という賭場に己の命を張って功を挙げようとする。言われてみれば、足軽たちの丁半博奕と変わらない。

「新助、覚えておるか」

直政は、桶狭間の戦いで新助を上回る功とされた簗田政綱の話を持ち出した。

「簗田殿は、以前より在地の農民どもを手なずけており、彼らを使って随時、今川陣の様子を探らせていた。そのおかげで、殿は的を射た策が立てられたのだ」

あの時、今川方の士気は決して高くなかった。衆を恃み、勝つのは当然という空気も蔓延(まんえん)していた。しかも先手を担うのは、今川家への忠誠心の薄い三河や遠江(とおとうみ)の国衆だ。緒戦で敵を叩けば、止め処なく敵陣は瓦解すると、信長は見切っていた。

――つまり、あの時の最上の策は、有無を言わさぬ勢いで正面から敵に突き掛かることだったのだ。

言うまでもなく信長の決断を支えたのは、簗田政綱の集めた情報だった。

「簗田殿は、己の命を危険に晒さずとも功第一とされた。つまりこれからの織田家では、体よりも頭を使うことが出頭の早道になるのだ」

「そういうものか」

さすがの新助も、織田家中では、敵将の首を挙げた者より、それをお膳立てした者が評価されると気づいていた。

「織田家との同盟は、松平家にとって喉から手が出るほどほしいものだ」

それだけ言うと、大あくびをしつつ直政が横たわった。

――たいしたものよの。

新助が桶狭間で大功を挙げられたのは、僥倖に恵まれてのことだった。しかし、ここにいる男は、そうした僥倖を己の手で引き寄せようとしている。

「おぬしという男は――」

そこまで言いかけたところで、すでに直政が寝息を立てていることに気づいた。

横になった新助は蒲団を引き上げると、天井の梁を見つめつつ、これからいかに生きるべきかを考えた。

この後、三河国に至った二人は松平家の歓待を受けた。

直政が得意の弁舌で、とうとう織田家との同盟の利を説くと、案に相違せず、元康は二つ返事で同盟の締結を承諾した。これにより双方の水面下での交渉が始まり、永禄五年（一五六二）正月十五日、清須同盟が成立する。

この功により、直政は赤母衣衆に引き上げられた。

六

永禄六年（一五六三）、美濃攻めが佳境（かきょう）に入っていた頃、本拠を清須から小牧山に移した信長は、新たに城を造り始めた。

信長は築城現場に足繁く通い、普請奉行らに様々な注文を出した。その度に馬廻衆も付き従ったので、新助もその進捗（しんちょく）の速さを目の当たりにした。

小牧山の普請作事は、丹羽五郎左衛門長秀（にわごろうざえもんながひで）という尾張の一国人が指揮していたが、その経始（測量と着工）の段取りがよかったのか、城は見る間に造り上げられていった。

これには、さすがの直政も「世の中には、とてつもなく器用な者がおる」と言って、しきりに感心していた。

信長の周囲には、一芸に秀でた人材が集まり始めていた。彼らが各分野で能力を発揮することで、織田家はさらなる高みを目指し始めていた。

また、それで頭角を現す者も出始め、競争心はさらに煽られていった。

それは、欲に駆られて出頭したいというよりも、己の才をさらに大きな舞台で発揮したいという、人としての根源的欲求から来ているものだと、直政は語った。

直政によると、信長自身がその筆頭で、己も含めた有象無象の力を、野望達成のために結集していくことにかけては、信長の右に出る者はいないという。

日々、そうした器用者や利け者を目の当たりにし、直政は焦りを感じていたが、新助は、さして刺激にはならなかった。

新助が熱くなれるのは戦場だけで、ほかの何物からも、やる気は得られないからだ。

——わしは、槍働きしか能のない男なのか。

新助より若い世代の小姓や近習たちも、考えつかないような知恵によって信長の評価を得て、どんどん出頭の階を登っていった。

実力さえあれば、どのような夢や野望も叶う織田家中で、新助だけが取り残されていくような感覚を味わっていた。

翌永禄七年（一五六四）、直政に再び大命が下った。北近江の浅井長政との間に攻守同盟を締結せよというのだ。

この仕事は、長政が信長に敵対する斎藤龍興と秘密裏に同盟を結んでいれば、殺される危険性をはらんでいた。

しかし直政は、「命の一つや二つくらい賭場に張らなければ、出頭などできぬ」と傍輩たちに言いきり、皆からその覚悟を賞賛された。むろん新助にだけは、「入念に調べたので心配は要らぬ」と告げていた。

直政は計策に己の居場所を見出した。言い換えれば、計策こそ直政の戦場であり、また命を賭ける場なのだ。

小牧山城下を後にする直政を見送りつつ、新助は直政が羨ましかった。

——わしには槍しかない。

口下手な上、機転の利かない新助は、槍働きに活路を見出すしかない。

しかし、武辺の道ほど競争が激しいものはなく、桶狭間の時のような僥倖に恵まれない限り、大功を挙げることはままならない。しかも黒母衣衆となった今、信長が危機に陥らない限り、その機会もめぐってこない。

その後、北近江の小谷城に向かった直政は、浅井長政と対面して見事、同盟の約を取り付ける。しかも、信長の妹・お市の方の輿入れの話まで、まとめてくるという手際のよさだった。

永禄十年（一五六七）、斎藤方の軍事的支柱だった西美濃三人衆（稲葉良通、氏家直元、安藤守就）を調略によって次々と味方にし、斎藤龍興を美濃から没落させる遠因を作ったのも直政だ。

信長は直政の手腕を高く評価し、馬廻衆にも「これからは槍働きだけではない」と訓辞を垂れるほどだった。

直政は話術が巧みというだけでなく、相手の立場を考え、その身の安全と所領の安堵を請け合うので、交渉相手から信頼を得ていた。

しかも徳川家康、浅井長政、西美濃三人衆といった織田家の与党大名が重きを成しているという事実が、何よりも物を言った。

そのため信用は信用を呼び、実績は実績を呼び、直政の名は次第に高まっていく。

永禄十一年（一五六八）九月、足利義昭を奉じて信長は上洛を果たした。

ここからの直政の活躍は、以前にも増して際立っていた。

京の治安維持を担当する一方、信長に付き従った周辺国衆に知行安堵状を発行し、町衆からは段銭を取り立てた。また、いち早く堺商人に通じ、鉄砲や弾薬の手配にも尽力した。

信長は、交渉事に長けた直政の特性をうまく生かし、次から次へと仕事の範囲を広げさせていった。

七

星明りさえない咫尺（しせき）を弁ぜぬ闇の中でも、武士は敵の気配を察しなければならない。そのためには高所に出て、敵の来襲が想定される方角に目を向け、耳を澄ませ、風に乗って流れてくる体臭をかぐ。

新助はすべての雑念を捨て、五感の命じる気配だけに意識を集中した。

朽木谷（くつきだに）の方に見えているいくつかの灯は、従前と変わらず、頼りなげに揺れている。その揺れている灯の数が増え、移動を始めた時こそ、己の命どころか、信長の命が危機に晒される時なのだ。

新助が闇に溶け込むほど集中していると、背後から藪をかき分ける音が近づいてきた。

「新助、交代だ」

服部小平太らしき声が暗がりから聞こえた。

誤って斬られぬよう、姿を見せる前に声をかけるのが、こうした場合の常法だ。

新助の「おう、小平太」という声に応え、ようやく小平太が姿を現した。

「その後、様子はどうだ」

「半刻ほど前、九郎左衛門らが朽木谷に向かってから、何の動きもない」

「そうか、朽木殿が九郎左衛門の話を聞いておるということは、見込みがあるな」

「うむ、それでも油断するなよ」

小平太に後を託した新助は、信長が隠れる小彦谷（こびこだに）に向かった。

小彦谷に設けられた仮陣所に着いた新助が声をかけると、意外にも信長自ら声を返してきた。

「毛利新助に候」

「であるか」

ゆっくりと姿を現すと、唯一の灯となる焚き火の榾（ほた）を、信長が粗朶（そだ）でかき混ぜていた。

こうした山中では、狼や野犬に襲われるのを防ぐため、敵に見つかりやすくとも火を焚かねばならない。そのため、敵の目に付きにくい低地や谷底などを宿営地とすることが多い。

「小姓どもは、いかがなされましたか」

「寝かせた」

信長が顎で示す方を見ると、万見仙千代や長谷川秀一が陣羽織の上に横たわり、寝息を立てている。

信長の側近くに仕える者にとり、信長の命は絶対だ。信長が「寝ろ」と命じれば、それに反論することは許されない。

「それで殿が張番を――」

「そうだ。いかぬか」

「いいえ」

「小姓どもは、ここ三日、寝ずに逃げてきたので五感が鈍っておる。それゆえ恐ろしくて、張番など任せられぬ」

信長は、小姓らの身を案じて寝かせたのではなかった。

寝ていないのは信長も同じだが、いかに睡眠を取らずとも、この主の五感が鈍らないのを、新助はよく知っていた。

「殿、新助めが張番を替わりますので、お休み下さい」

「そなたなら任せられるが、実は、目が冴えて眠れぬのだ」

信長が口惜しさから眠れぬのだと、すぐに新助は察した。


元亀元年(一五七〇)四月、将軍の名による上洛命令に従わない朝倉義景を討伐すべく、信長は三万の兵を率いて京を出陣、越前国に入った。

ところが、江北を抑える信長の義弟・浅井長政が反旗を翻し、織田軍の帰途を扼した。

このまま越前にとどまれば、織田軍は浅井・朝倉両軍により挟撃される。

脱出を決意した信長は、殿軍を池田勝正、木下秀吉、明智光秀らに任せ、西近江の山中を貫通する若狭街道を使って京に戻ろうとした。

その途次にあるのが朽木谷だった。

この地を抑える土豪の朽木元綱の意向次第で、信長の生死は決せられる。

信長は、付き従っていた者の中で最も弁が立つ松永弾正久秀と塙直政を使者に指名し、元綱の許に差し向けた。

「殿、浅井への復仇はいつでも遂げられます。眠れなくとも横になり、せめてお体を休めて下され」

新助が、虎皮の敷物の上に簡易な寝床を整えても、信長は、粗朶を折っては焚き火に投げ入れている。

「新助、これだけ時が経っても、朽木の者どもは攻め寄せてこぬ。ということは弾正と直政の申し聞かせ（説得）が、首尾よくいっておるのだな」

「おそらく」

「弾正は天下まで狙った男だ。弁が立つのは当然だが、直政はたいしたものよの」

「はい、同郷の者として誇らしい限り」

それが、新助の偽らざる本音だった。

「それを本気で申しておるのか」

「はい」

粗朶を持つ信長の手が止まる。

「そなたは、心底、欲がないのだな」

新助には何と答えてよいか分からない。

「新助、人というのはな、欲の頸木から逃れられぬようできておる。口では何と言おうと、他人の功を羨み、妬み、ひがむものだ。ところがそなたには、そんなところが微塵もない」

「いえ、それがしとて、さように思う時はあります」

「嘘を申せ」

信長が大きなあくびを漏らしつつ伸びをした。その白く引き締まった両の腕が焚き火に照らされ、妖しく輝いている。

「そなたは、これからいかがいたす」

最も問われたくないことを、信長は遠慮なく問うてきた。

粗朶の弾ける音が重く心にのしかかる。

――武士は功を挙げることで、土地をもらう。それを繰り返した者が大身となる。しかし槍働きが得意な者が、必ずしも衆の上に立つことが向いておるとは限らぬ。

齢三十七となり、新助にも、おぼろげながら己という者が見えてきていた。

――昔から、わしは人に下知することが苦手だった。預かっているのが己の命だけでないと思うと、とたんに判断が鈍るのだ。

「新助、人には、それぞれ居場所がある。大身になることが、必ずしもその者に幸いとは限らぬ」

「殿は、それがしの迷いを知っておられたか」

「そなたの様子を見れば、そんなことはすぐに分かる」

馬廻衆の一人にすぎない新助のことまで、信長は気にかけていた。それは家臣を愛するからというよりも、家臣を適材適所に振り分け、その力を存分に発揮させるためなのだろう。

「生涯にわたって武辺を貫くことは恥ではない。老いて戦場に出られなくなっても、己の得たものを若者に伝えるという仕事もある」

信長は新助の特性を見抜き、出頭競争からの離脱を勧めているのだ。

「殿、それがしには槍働きのほか、何の取り柄もありませぬ。それだけで、織田家のために仕えていきたいと思います」

信長が己の生き様を認めてくれたことは、新助からわだかまりをなくした。

「そうだな。それがよい」

信長が、持っていた最後の粗朶を焚き火に放り投げた。粗朶は十分に乾いていたのか、一瞬、大きな炎を上げた。しかしそれは束の間で、すぐにほかの粗朶に混じり、黒々とした炭となっていく。

新助が生涯唯一、輝いた場こそ桶狭間だった。

——わしも、この粗朶のように、あの時、一瞬の輝きを放ったのだ。

——かような機会は、もう二度とやってこぬ。

新助にも、それが分かり始めていた。

「新助、己を知る者ほど強い者はおらぬ。そなたは己を知っておる。これからも恃みにしておるぞ」

「殿——」

新助が感極まった時、多くの者が藪をかき分け、こちらにやってくる音が聞こえてきた。信長に目配せした新助は、槍を取って信長の前に立ちはだかった。

気配を察した小姓や近習も起き上がり、信長の周囲を固める。

「塙九郎左衛門でござる」

「松永弾正に候」

こちらの様子をうかがいながら、慎重に直政が現れると、その背後に弾正が続いた。

弾正に先駆け、信長の前に拝跪した直政は、傍らに控える男に顔を向けると言った。

「殿、これなるは朽木元綱。この者は殿への忠節を誓い、道役として案内に立つと申しおります」

「であるか」

「朽木元綱でございます」

二十歳を少し超えたばかりとおぼしき若い男が、額を地に擦り付けた。その背が小刻みに震えているのを、新助は見逃さなかった。

この後、朽木元綱の助けを借りて危地を脱した信長は、無事に京に帰り着き、捲土重来を期することになる。

八

武田信玄の死により、天正元年（一五七三）の危機を乗り切った信長は、将軍義昭を追放し、室町幕府の息の根を止めると、返す刀で恨み骨髄の朝倉・浅井両家を滅ぼした。

さらに天正三年（一五七五）五月には、三河国長篠で宿敵の武田勝頼を完膚なきまでに叩きのめし、天下人の階を登り始める。

信長の勢力が急速に伸びるにしたがい、その家臣たちも出頭した。

その代表格が塙直政だ。

天正二年（一五七四）、山城国の守護に任命された直政は、翌天正三年三月、大和国の守護も兼任することになる。

大和国は、春日社、興福寺、東大寺などの大社大寺領が複雑に入り組んでいるため、統治が困難な地と言われてきたが、直政は彼らとの融和を図り、見事、織田家の統治を軌道に乗せた。

こうした活躍を評価した信長は天正三年七月、朝廷に賜姓・任官の奏請を行い、直政のために、原田という九州の名族の姓と、備中守という受領名をもらってくれた。

直政は、塙九郎左衛門から原田備中守となった。

惟任日向守となった明智光秀と並び、直政は織田家中の出頭人となった。ちなみに羽柴秀吉は、二人にやや後れを取り、賜姓はなく筑前守への任官にとどまった。

直政の守護領国となった山城・大和両国は、柴田勝家の越前八郡、佐久間信盛の近江二郡、滝川一益の北伊勢四郡、羽柴秀吉の北近江三郡、明智光秀の近江一郡などと比べても、遜色ないどころか一頭地を抜いていた。

直政は信長第一の寵臣となったのだ。

そんな直政とは対照的に、新助は相変わらず信長の馬廻衆を務めていた。

そうした環境の変化に伴い、次第に二人は疎遠になっていく。

天正四年（一五七六）二月十日、大和国興福寺において、直政主催の薪能が開催されることになった。

この薪能は、長らく敵対関係にあった筒井順慶と松永久通（弾正久秀の息子）の仲直りを祝し、戦乱の絶えなかった大和国が、織田家の下に一つになったことを内外に示す重要な催しだった。

信長から名代を仰せつかった新助は、一路、大和に向かった。

「久方ぶりだな」

「おう、おぬしも壮健のようだな」

直政の注ぐ酒を受けた新助は、その持つ銚子を奪って直政の盃を満たした。

盛況のうちに薪能が終わり、ようやく解放された二人は、直政の新築成ったばかりの屋敷で昔のように盃を傾け合った。

「それにしても、筒井と松永の仲を取り持つとは、おぬしの手腕もたいしたものだな」

「いや、気苦労が絶えん計策だった。双方共に相手を疑い、歩み寄ろうとせぬのだ。致し方なく、わが娘を証人（人質）として、双方に送り込まねばならなかった」

新助に子はなかったが、直政には長男の安友を筆頭に幾人かの子がいた。その中の女子二人を、それぞれの許に送ったというのだ。

「そこまでしたのか」

「ああ、そうまでせぬと、この話はまとまらぬ」

「しかし、何かの行き違いが生ずれば、娘たちの命が危ういではないか」

賭場に二人の娘の命を張るということが危険と隣合わせだと、新助にも分かる。

「とは申しても、すぐにでも大和統治の成果を上げねば、これになるからな」

苦笑いを浮かべつつ、直政が平手で己の首を切る仕草をした。

――この男は、己の出頭に子の命まで賭けておるのか。

出頭という魔物は親の情をも凌駕(りょうが)する。新助は、そうした渦中に身を置かなかったことを心中、感謝した。

「あいかわらず見事な覚悟だ」

「わしの芸は、これしかないからな」

「芸か――。しかしそうまでして、なぜ出頭したいのだ」

酒が回ってきた新助は、つい本音を口にしてしまった。

「馬鹿を申すな。織田家中では一時(いっとき)でも油断すれば、すべてを失う」

直政が小さなため息をついた。

――飛ぶ鳥を落とす勢いの直政でも、その地位を守るのは容易でないのだ。

「このところ、惟任日向や羽柴筑前がのしてきておる。彼奴(きゃつ)らは殿の覚えもめでたく、うかうかしてはおられぬ」

近年の明智光秀と羽柴秀吉の出頭には、目覚ましいものがある。

「出頭には運不運がつきまとう。競い合ったところで、思うようにいかぬこともある」

「運は待つものではなく、引き寄せるものだ」

「かといって、無理に引き寄せられるものでもあるまいに」

「織田家中では、それをやらねば生き残れぬ」

「そういうものか」

「おぬしには分からぬことだ」

直政が、苦いものでも飲み下すように酒をあおった。

「いかにも、わしには分からぬことだ」

「すまぬ。気にしないでくれ」

「構わぬ。わしにはわしの生き方があるからな」

「おぬしという男は変わらぬな」

「ああ、変わってたまるか」

二人は昔のように声を上げて笑った。

「しかし九郎左衛門、無理だけはするなよ」

「うむ。病になっては出頭もままならぬからな」

「そうではない。殿が『九郎左衛門から上納される金穀(きんこく)は、課したものの倍以上だ。これで大和の統治が、よく立ち行くものだな』と漏らしておったぞ」

「どういうことだ」

「殿は、おぬしが、民から無理な取り立てをしておるのではないかと案じておられる」

「まさか、おぬし――」

直政が顔色を変えると、音を立てて盃を置いた。

「それを詰問に来たのか」

「馬鹿を申すな。わしに課された使命は薪能の名代だけだ」

「そうか」

詰問使などという器用なことを、新助ができないことくらい、冷静になれば分かることだ。

二人の間に重苦しい沈黙が垂れ込めた。それを機に、新助は立ち上がった。

「よき酒だった。礼を言う」

「こちらこそ、久方ぶりに語り合えてよかった」

信長の使者のために設えられた離れまで、直政が送ってくれることになった。

広縁伝いに離れに向かいつつ、新助は豪壮華麗なその屋敷に驚かされた。

――かつて九郎左衛門は、「わしが出頭したいのはな、広い屋敷に住み、多くの家臣にかしずかれたいからではない。わしは己の才を世に問いたいのだ」と申していた。だが結句、こうした屋敷に住むことになった。己の才を世に問うというのは、実に面倒なことだな。

　そんなことをつらつら思っていると、直政がぽつりと言った。

「わしなど取るに足らぬ男だ。おぬしが羨むものなど何も持っておらぬ」

　これだけの屋敷を見せつけられながら、そんなことを言われれば、新助ならずとも鼻白む。

「おぬしのように馬廻を続けておれば、どれほど気が楽だったか」

「それを本気で申しておるのか」

　新助が立ち止まると、それに気づいた直政が振り向いた。その顔は、この世のものとは思えないほど憔悴(しょうすい)している。

「本気でなければ、おぬしに無礼だろう」

「それが分かっておるなら、すぐにでも守護職を辞し、馬廻に復帰せい。織田家中では恥ずべきことではない」

　――織田家では、己を知ることが大切なのだ。

　桶狭間で功第一とされた簗田政綱は、一時は北陸戦線を任されるほどの大身となったが、目立つほどの成果を上げられず、自ら申し出たのか、信長に見限られたのか分からないが、尾張の一土豪に戻っていた。

「新助、事はそう容易でないのだ」

広縁から篝火（かがりび）に照らされた庭を眺めつつ、直政が苦渋に満ちた顔で言う。

「すでにわしには、一門、家臣、寄騎（よりき）ら守らねばならぬ者が多くいる。こうした者どもを放り出して、わしだけが馬廻に戻ることなどできぬ。わしは、昔のような一騎駆けではないのだ」

すでに直政の肩には、多くの者たちの生活が懸かっていた。彼らはよりよい生活を求め、直政のさらなる出頭を望んでいる。

「つまりおぬしは、惟任日向や羽柴筑前と出頭争いを続けるしかないと申すのだな」

「ああ、回り始めた車輪は止められぬ」

「つまり、毒を食らわば皿まで、か」

かつて桶狭間で直政が言った言葉を、新助は思い出した。

「そういうことだ。たとえそれが無間（むげん）地獄だろうと、わしは彼奴らと競い合い、勝ち抜かねばならぬ」

「分かった。それがおぬしの選んだ道だ。わしが、とやかく言う筋合いはない」

離れは目前に迫っていた。

直政の小姓から燭台（しょくだい）をもらった新助が一人、渡り廊下を伝い、離れに向かおうとすると、背後から直政の声がかかった。

「新助、わしの頼みを聞いてくれるか」

「何だ。申してみろ」

振り返ると、いつになく自信のなさそうな直政の顔があった。

「言いにくいのだが、わしの近くにいてはくれぬか」

「近くに――」

新助には、直政の言葉の意味が分かりかねた。

「わしの話し相手になってほしいのだ。殿にはわしから頼み入る」

「話し相手と申すか」

「近くにいてくれるだけでいい。給地も貫高(かんだか)も、そなたの望みのままだ」

察しの悪い新助にも、それが直政の家臣になってほしいという謂(いい)だと分かった。

「九郎左衛門、それは互いのためにならぬ」

踵(きびす)を返した新助は、母屋(おもや)と離れをつなぐ渡り廊下を大股で歩んでいった。

九

直政の死は、それからほどなくしてやってきた。

薪能から二月(ふたつき)後の天正四年四月十四日、講和中の本願寺が反旗を翻したと聞いた信長は、塙直政、荒木村重、長岡（細川）藤孝、さらに明智光秀の四名に、本願寺攻撃を命じた。

先手を命じられた三将は、村重が北西の摂津方面から、藤孝が北東の山城方面から、直政が南から本願寺に迫った。

本願寺方は河岸線沿いに北から、楼岸（ろうのきし）、三津寺（みつでら）、木津川などの堅固な砦を築いており、それらが同盟する毛利家からの海上補給線を守っていた。この兵站線の破壊を目指した信長は、砦群の中央にある三津寺砦の攻略を直政に命じた。

直政には、降伏して間もない三好康長（みよしやすなが）、筒井順慶、松永久通といった面々が寄騎として付けられている。

五月三日、直政らは三津寺砦に襲い掛かった。ところが、この攻撃を事前に察知していた本願寺は、楼岸砦に一万余の兵を集結させ、数千にも及ぶ鉄砲を持たせていた。

直政らの三津寺砦への攻撃が始まるや、楼岸砦の敵勢が押し寄せてきた。鉄砲を主体とした本願寺の攻撃により、まず先手の三好康長勢が崩され、それが後陣の塙勢にまで影響を及ぼし、最後には全軍総崩れとなった。

この混乱の中、直政は討ち死にを遂げた。

直政の宿老から馬廻まで、一族郎党ことごとく戦死したため、直政がいかにして死んだか、織田家中にも知る者はいなかった。

戦自体は、塙勢の総崩れによって天王寺砦に押し込められた光秀らを、信長自ら後詰することにより織田方の逆転勝利となったが、織田勢も相応の犠牲を強いられた。

その責は死んだ直政に帰された。

戦後、天王寺砦で直政の亡骸（なきがら）と対面した信長は、顔色を変えず、一言「葬れ」と言った。それは、織田家中で敗軍の将となった者に対して当然の仕打ちだった。

しかし当主が敗死したからといって、直政の家中が解体されるわけではない。それは、信長さえも破れぬ戦国の掟だ。跡取りが家を継ぎ、それまで所有していた領国の多くは安堵される。

ところが、事態は思わぬ方向に進んでいく。

直政統治下の国人や民が、直政の統治に非分があったとして、信長に訴え出たのだ。奉行を派遣して徹底した調査を行った信長は、それらの訴えを認め、生き残った塙一族を改易の上、家中から追放処分とした。

明智光秀や羽柴秀吉といった己を上回る器用者たちと張り合うために、直政は多くの兵を養い、多くの鉄砲を購入せねばならなかった。そのために、相当の無理をしていたのだ。

直政は死んだばかりに、そうした不正を公にされてしまった。宿老たちも死に絶えてしまい、弁明することさえできないという状況も、不幸に拍車をかけた。

直政は無理の上に無理を重ねて、こうした結末を迎えた。
つまり、賭けに負けて身ぐるみはがされたのだ。

直政の死後も、信長の天下統一事業は順調に進んだ。本願寺を屈服させた信長は、伊賀を平定、返す刀で武田家を滅亡に追い込み、いよいよ中国の覇者・毛利討伐へと駒を進めようとしていた。

織田家中には、以前にも増して野心に燃える若者たちが集まり、それぞれが、得意分野で鎬（しのぎ）を削るようになっていた。

彼らと距離を置き、黙々と日々の仕事をこなすだけの新助が、信長の嫡男・信忠の馬廻衆に回されたのは、それをさかのぼる天正八年（一五八〇）のことだ。

信長からは「城介（じょうのすけ）（信忠）を頼む」と言われただけだが、それだけですべてを得心（とくしん）した新助は、信忠の傍らから離れず、戦の〝いろは〟から戦場の作法や習慣に至るまで、己の知るすべてを信忠に伝授した。

他人に物事を教えたことなどなく、口下手で教え方もうまくない新助だが、なぜか信忠は新助になつき、何事にも、その判断を仰ぐようになっていった。

その理由が、桶狭間での大功にあることを、新助は知っていた。

——よきにつけ悪しきにつけ、桶狭間の大功は生涯、わしに付いて回るのだ。

人に紹介される際の「あの桶狭間の――」といった枕詞(まくらことば)はもちろん、「桶狭間で大功を挙げながら、二十年経った今でも馬廻をやっている男」といった陰口が、常に新助にはつきまとった。

信長から呼び出され、賓客(ひんきゃく)の前で桶狭間の話をするのも、すでに数えきれないほどになり、さすがに新助の語り口も上達した。

それでも新助は、そんな己を恥じることなく、胸を張って日々の仕事をしていた。

十

「何やら、外が騒がしいようだが」

「あっ、これは若――」

天正十年（一五八二）六月二日早朝、信忠の朝駆けのために、夜明け前に起き出した新助が、馬丁たちと話をしていると、外の喧噪が聞こえてきた。

何事かと思い、小者らに見に行かせたところに、信忠がやってきた。

「おそらく、下人どもが喧嘩(けんか)でもしておるのでしょう」

新助がそう答えると、信忠も安堵したようだ。

「爺がそう申すなら、間違いない」

新助はいまだ四十九だが、白髪が目立ち始めているためか、信忠から親しみを込めて爺と呼ばれている。

「今日は、朝のうちに父上のおられる本能寺に参らねばならぬ」

「そうでしたな。それでは、朝駆けは妙覚寺の馬場だけとしますか」

そんな会話を交わしつつ、二人が厩の中に入ろうとした時だ。

豆を炒るような炸裂音が薄明の空に轟いた。それは瞬く間に重なり合い、耳朶をつんざくばかりになった。

「まさか、敵か！」

「いかにも、これは合戦でござる！」

新助の経験が、これが戦以外の何物でもないことを教えていた。

「本能寺の方角だな」

厩に飛び込みながら、信忠が問う。

「そのようです」

「父上の許に参るぞ！」

手近にあった鞍を己の馬の背に載せた信忠は、厩の外に引いていこうとした。むろん甲冑など着けておらず、肩衣に革袴といった朝駆けのいでたちだ。

「お待ちあれ」

その腕を新助が摑んだ。

「委細分からぬままに戦場に突入するは、端武者のいたすこと」

「父上が襲われておるのだぞ。すぐに助けに行かねばならぬ」

「それならばなおさら、御身が大事」

「そうか。その通りだ」

日頃から教えられてきた将としての心得を思い出したのか、すぐに信忠も納得した。

「若、まずは、それがしが様子を見てまいります。若は戦支度を整え、馬廻の衆と共に寺内で待機していて下され」

「分かった。頼むぞ」

桶狭間合戦で出遅れたことを教訓とし、新助は常に武具甲冑を小者に背負わせていた。手早く甲冑を着けると、新助は誰よりも早く妙覚寺を飛び出した。

筒音が轟く本能寺の方角を目指し、新助はひた走った。

妙覚寺から五町ほど南に下れば本能寺だ。

三条坊門小路を西に走り、西洞院大路を南に曲がった新助は、本能寺の辺りから黒煙が上がるのを見た。

朝靄の中、北に逃れ来る町人たちの群れを巧みによけつつ、新助は進んだ。

その人の波に乗せられるようにして、こちらに進んでくる騎乗の武士がいる。

「これは、村井様ではありませぬか」

「ああ、新助か」

京都所司代の村井貞勝（さだかつ）だ。

馬から飛び下りた新助は、貞勝の馬の口を押さえると問うた。

「上様は——、上様はご無事か」

「残念だが、上様はもう駄目だ」

「何と——」

新助は愕然（がくぜん）とした。

しかしいかなる時も、瞬時に冷静さを取り戻し、次善の策を練らねばならないのが織田家中だ。

「村井様、いったい誰が上様を襲ったのです。京の周りに敵などおらぬはず」

「上様を襲ったのは、敵ではなく味方だ」

貞勝から信長を襲ったのが明智光秀だと聞いた時、新助の脳裏には、なぜか直政の面影がよぎった。光秀が、いかなる理由から主君を討つのかは分からない。だが、そこに野心という魔物が介在していることは間違いない。

織田家に巣食った野心は膨張し、遂に飼い主の信長に刃を向けたのだ。

——直政が生きておれば、きっと光秀と同じことをしたに違いない。野心に囚われた者は、野心の命ずるままに動かねばならなくなる。しかし、野心に囚われなかったわしは、一介の武辺として死ねる。

新助はこの時、信長と己の命日を同じにすると決めた。

「新助、いかがいたした！」

そこに馬廻衆を率いた信忠が現れた。

「若、あれほど申したのに――」

「致し方ない。一刻を争うのだ」

「分かりました。まずは村井殿、若に委細をお話し下され」

貞勝の口から「惟任謀叛（むほん）」を告げられると、信忠は逆上した。

「おのれ、惟任！」

「若、まずは御身が大事。上様の救出は、われら馬廻が行います」

本能寺に向かおうとする信忠の馬の口を取った新助が、馬首を反転させようとした。

「放せ」

「放しませぬ」

「放せと言うに、分からぬか！」

信忠が馬鞭（ばべん）で新助の顔を打った。

それでも新助は馬の口を取って離さない。

頬から吹き出た血が、汗のように首筋まで流れてくるのが感じられる。

「新助、すまぬ」

「構いませぬ。それより、すぐにこの場から逃れて下され」

「いや、お待ちあれ」

貞勝が口を挟んだ。

「惟任のこと。すでに手を打っておるはず」

「どういうことだ」

「京の諸口に、すでに兵を配しておるに違いありませぬ」

光秀は周到で、あらゆることを先回りして手配りすることに長けていた。

そこにいる誰もがそれを知っており、貞勝に反論する者はいない。

「では、どうせいと申すのだ」

「ここは、いずこかの要害に籠もり、時を稼ぐべし」

「それでは妙覚寺に戻ろう」

だが、貞勝は妙覚寺ではなく、誠仁（さねひと）親王の御所の二条御新造に籠もることを勧めてきた。

「二条御新造の北隣は、近衛（このえ）邸の屋根が突き出ておるゆえ、そこを取られては守りようがない」

新助の反論に貞勝が答える。

「惟任は勤皇の志が篤いゆえ、誠仁親王の御所を攻められぬ。時を稼いでおるうちに朝廷に手を回し、和睦を勧める使者を送らせれば、惟任は従う」

「さようなことはない。惟任とて命懸けだ。若を逃せば、この謀叛は水泡に帰す。それが分からぬはずはない」

「毛利殿――」

貞勝の瞳に蔑みの色が差す。

「槍一筋のお方に何が分かる」

「何だと！」

摑み掛かろうとする新助を馬廻衆が押さえた。

「村井の申すことにも一理ある。ここで逃げ出せば、わしは父を見捨てた者として、末代までの笑い者となる。ひとまず二条御新造に入り、味方が集まるのを待とう」

「若、それは無茶というもの。逃れられるとしたら今しかありませぬ」

「新助――」

信忠が遠い目をした。

「わしは、そなたのようになりたかった」

「何と」

「武辺者として生き、そして死ぬ。戦国の世に生まれて、これほどの果報はない」

「若──」

新助は感無量だった。

信長と信忠の父子だけが、新助の生き方を分かってくれたのだ。

──無念だが、事ここに至れば仕方がない。

「若、共に戦い、死にましょう」

「よし、それでは共に二条御新造に向かおう」

「いいえ」

口端に笑みをたたえつつ、新助が首を左右に振った。

「すでに敵は、そこまで迫っております」

「えっ」

信忠らが南の方角を望むと、町衆らを駆り立てるようにして、多くの旗幟(きし)がうごめいている。

「それがしはここに残り、彼奴(きゃつ)らの相手をいたします。その間に、若は織田家の棟梁(とうりょう)として堂々と隊列を整えられ、二条御新造にお入り下されませ」

「何を申すか。そなたも一緒に参れ」

「いいえ。親王御一家を驚かさず、静々と入城するには、この場で誰かが敵を防がねばなりませぬ」

「分かった。どこで死ぬも同じだ。新助、織田家のため、よくぞここまで尽くしてくれた。礼を言う」

「水臭いことを仰せになられるな。それがしは当然のことをしたまで」

「その当然のことをできる者が、なかなかおらぬのだ」

「ありがたき――、ありがたきお言葉」

愚直に仕事をこなしてきただけの新助を、信忠は見ていた。それは、おそらく信長の言葉でもあったのだろう。

――わしは、最後まで当然のことをするまでだ。

「では、冥途で会おうぞ」

そう言い残すと、信忠は去っていった。

信忠と馬廻衆を見送った後、南の方に目を転じると、すでに敵は一町ほどの距離に迫っていた。

都大路に仁王立ちする新助の左右を、町衆たちが悲鳴を上げながら通り過ぎていく。

曙光に照らされ、今までにないほど輝いて見える義元の槍を、新助は構えた。

――桶狭間から今日この日まで、わしは織田家の天下取りを見てきた。戦国の世に生まれ、これほどの果報はない。

新助の姿を認めたのか、何事か喚きつつ、敵が競うように走り寄ってくる。

――上様、この槍で、一匹でも多くの犬を冥途の供といたします。

欲に駆られた餓鬼のような顔をして、先頭の敵が迫ってきた。その背後には、雲霞(うんか)のごとき敵兵がひしめいている。

――桶狭間で大功を挙げただけでなく、こうまで見事な死に場所を与えられるとは思わなんだ。日本国に武士は多かれど、わしほどの果報者はおらぬ。

槍の穂先が幾重にも連なり、眼前に突き出された。

溢れ出る喜びを噛み締めつつ、新助は叫んだ。

「桶狭間の槍を受けてみろ!」

毛利新助良勝、享年四十九――。

毒を食らわば

一

蒸し暑い風が、左手に広がる鳴海潟から吹いてきていた。

――それでも、風がないよりはましだ。

そう思い直した塙九郎左衛門直政は、大きく胸をはだけた。しかし、熱せられた干潟の水蒸気を運んでくるだけの風は、暑さを増すだけの効果しかない。

「やれやれ」と思いながら路傍の日陰に腰を下ろすと、槍先に突き刺した首を自慢げに掲げた傍輩たちが、楽しげに語り合いながら傍らを通り過ぎていく。

その時、首から滴り落ちた血が直政の袴に掛かった。

罵声を浴びせようとして立ち上がりかけた直政だが、とっさに思いとどまった。首を挙げられなかった者が、首を挙げた者を罵っても、負け惜しみにしかならないからだ。

――此度の戦で手柄を立てた者は多い。だがわしは、雑兵首一つ挙げられなかった。

気づくと凪はなくなり、うだるような熱気が再び襲ってきた。

腿に受けた矢傷も、うずくように痛い。

――この傷さえ負わなければな。

立ち上がろうとして顔を上げると、干潟からおびただしい水蒸気が上がっているためか、その彼方の海が、ゆらゆらと揺れているように見える。

「ふう」

大きなため息を漏らした直政は、重い足を引きずりつつ東海道を西に向かった。

永禄三年（一五六〇）五月十九日、織田・今川両軍が尾張国東端の桶狭間で衝突した。信長率いる織田軍二千に対し、義元率いる今川軍は二万余の大軍を擁し、初めから勝負はついているも同然だった。

ところが突然の風雨と、その一瞬の隙を突いた織田軍の攻撃により、今川軍を率いる義元は討ち取られる。

後に桶狭間合戦と呼ばれるこの戦いの初頭、佐々隼人正勝通（政次）と千秋四郎季忠が敵陣に突撃すると聞いた直政は、彼らの配下でないにもかかわらず、それに便乗して抜け駆けの功名を狙った。しかし、最前線の中島砦を出ていくらも行かないうちに、敵の流れ矢が腿に突き刺さった。

思いのほか傷は深く、とても戦える状態にない。

何とか砦に引き返し、幸いにして命だけは失わずに済んだが、直政は何の功名にもありつけず、その後に行われた殲滅戦にも加われなかった。

歓喜の声を上げつつ、敵の首を次々と持ち帰る傍輩たちを横目で見ながら、直政は己の武運のなさを呪った。

それでも、勝ち戦の前に敵陣に突入した佐々と千秋に率いられた三百余の部隊は、ほぼ全滅を遂げたので、命があっただけでもましだと考えねばならない。

――この世は、何が幸いするか分からぬ。

そう思ってみたものの、何の手柄も立てられず、馬もなくして帰還する辛さは、喩えようもない。

――それでも、見ず知らずの者が大功を挙げたのならあきらめようもつく。

義元の首を挙げたのは、同郷の毛利新助良勝だった。

論功行賞の場で、金襴の襟もまぶしい豪奢な陣羽織を、信長手ずから肩に掛けてもらっただけでなく、分捕ってきた義元の槍を所有することを許された新助は、この日、今川方の状況を的確に摑んできた簗田出羽守政綱に次ぐ栄誉に輝いた。

新助は普段から武芸の鍛錬を怠らず、実直に勤めをこなしてきた。それが報われたとも言える。

直政は少年の頃に思いを馳せた。

――あの〝ぎっとー者〟が、よくぞな。

塙直政は尾張国春日井(かすがい)郡大野木(おおのぎ)村で生まれた。

その村を所領とする地侍の塙氏は、春日井郡の大半を押さえる国人・佐々氏の寄騎(よりき)（寄子）だった。そんな関係から、少年の頃に佐々館に上がった直政は、同じく近くの村の地侍の息子の新助と共に、小姓として佐々家当主の隼人正勝通に仕えることになった。

勝通には、年が十五も離れた末弟の内蔵助成政(くらのすけなりまさ)がいた。

成政は、直政よりも一つ年下の天文(てんぶん)五年（一五三六）生まれで、佐々家が仕える織田弾正忠(だんじょうのじょう)家嫡男の信長の小姓をしていた。

成政は、たまに里下がりしてくると、直政ら同年輩の連中を引き連れ、山野に馬を走らせた。

直政が十五の時のことだ。

ある日、成政が戻り、いつものように馬を駆けさせることになった。

同年輩の連中を引き連れた直政が厩に赴くと、新助が黙々と飼葉(かいば)を運んでいた。

その時の新助の仕事は厩番だった。

成政は新助よりも三つ年下で、この微妙な年齢差から、新助を遊び仲間に入れていなかった。

新助を無視し、さも当然のごとく、成政が勝通の愛馬を引いていこうとすると、その腕を新助が押さえた。

「なりませぬ」

主の弟だろうが、新助に遠慮はない。

「構わぬ。当家の馬だ」

ただでさえ傲慢(ごうまん)な成政は、このところ信長のお気に入りの一人となり、さらに増長していた。

「いけませぬ」

新助の力が強すぎるのか、成政の手首から上が朱に染まった。

「そなたにとやかく言われる筋合いはない！」

成政が無理に新助の腕を払った。

「いいえ、この馬は佐々家当主の隼人正様のものです。何人(なんぴと)たりとも、隼人正様の許しを得ずして乗ることはできませぬ」

「それでも乗ると申したらどうする」

厩内の空気が張り詰める。

そこにいる誰もが、新助の次の言葉を予期していた。

「腕ずくでも阻みます」

成政と新助がにらみ合った。しかし根負けしたのは成政の方だ。

「この〝ぎっとー者〟め」

そう吐き捨てると、成政は視線を外した。

〝ぎっとー〟とは、尾張弁で「融通が利かない」という意味だ。

「よいか新助、これまでわしは、兄者の許しを得ずとも、この馬に乗ってきた。それでも兄者は、何も仰せにならなかった」

「それがしが厩番を仰せつかったからには、隼人正様のお許しなくして、この馬に乗せるわけにはまいりませぬ」

「よし、待っておれ」

馬の使用許可を取るべく、成政は取り巻きの一人を走らせた。

気まずい沈黙がしばらく続いた後、戻ってきた使いが「お許しが出ました」と告げた。

勝通は細かいことに頓着しない性格の上、年の離れた弟に甘い。

「ふん」と鼻を鳴らすや、新助の手から手綱を奪い取った成政は、厩の外に馬を引いていった。

田園から山中へと成政一行が馬を駆けさせていると、一町ほど離れてついてくる馬影(ばえい)

がある。

「あれは新助か」

成政が憎々しげに問う。

「帰らせますか」

「捨て置け」

これ以上の厄介事にならぬよう、直政が気を利かせようとしたが、成政は新助など眼中にないと言わんばかりに馬に鞭をくれた。

しばらく行くと川に出たが、先日来の激しい風雨によって木橋が落ちていた。

「ここから先へは進めませぬな」

めったに乗らない馬に乗り、尻の皮が剝(む)け始めていた直政は、ようやく帰る口実を見つけた。

「これくらいなら、渡れぬこともない」

成政の言葉に同行した者たちは顔を見合わせた。いかなる名馬でも、この濁流を渡るのは至難の業(わざ)と思えたからだ。

「見ておれ」

押しとどめようとする直政たちの手を振り払い、成政は嫌がる馬を無理に川に入れた。

しかし見た目よりも流れは速い上、川は意外に深く、瞬く間に馬の背まで没した。

「何のこれしき」

それでも成政は無理に馬を進める。さすがに佐々家当主の馬だけあり、一歩一歩踏ん張りつつ、川中を過ぎ、あとわずかで対岸に達しようとするところまできた。

「見たか」

浅瀬に上がりつつ、成政が得意げに振り返った時だった。流木が馬の体に当たった。

「うわっ！」

足を取られた馬は横倒しになり、あっという間に成政と共に流されていく。

「内蔵助様！」

馬を飛び下りた直政らは、成政の名を呼びつつ下流に走った。

しばらく行くと、前方に人影が現れた。

――新助か。

その影は平然と川に踏み入っていく。

――よかった。

直政は胸を撫で下ろした。

仁王のように川の中ほどに踏ん張った新助が、流されてくる馬の首にしがみついた。

「あっ」

誰しもが唖然とする中、新助は恐慌状態の馬の体を立て直した。

――凄い力だ。

ところが、その傍らを流されていく成政を一顧だにしない。

――何をやっておる！

新助は成政を助けるためでなく、馬を助けるために川に飛び込んだのだ。

何食わぬ顔をして、新助は馬を引いて戻ってくる。

それを見てわれに返った直政たちは、さらに下流に走り、何とか成政を救出した。

一同は胸を撫で下ろしたが、河畔に引き上げられた成政は、「わしより馬が大事か！」と喚きつつ、新助に食ってかかった。しかし新助は、「それがしの仕事は厩番ゆえ、当然のことをしたまで」と、うそぶくばかりだ。

直政たちが二人の間に入り、その場は何とか分けたものの、成政の怒りは収まらない。

館に戻った成政が、この一件を勝通に話すと、勝通は「新助は、己の仕事を全うしただけだ」と言って高笑いした。

すでに新助は、佐々家の厩に戻って平然と仕事を続けている。

直政は、新助のあまりの〝ぎっとー〟ぶりに唖然とさせられた。

このすぐ後、膨張を始めた織田弾正忠家の直臣の数が足りなくなり、寄騎の諸国人に対し、有為の若者を出すよう要請があった。佐々家にも二名ほどの割り当てが来た。

送り出した者が出頭（出世）すれば、佐々家にとっても利がある。それゆえ勝通は、佐々家の武と文を代表する新助と直政を指名した。

かくして新助と直政は、織田家に出仕することになった。

二

清須城に戻った後、論功行賞が行われ、義元の首を挙げた新助は、黒母衣衆に抜擢された。

黒と赤それぞれ十人から成る母衣衆は、馬廻衆の中から選ばれた精鋭だけで成る信長の親衛隊で、家臣たちの憧れの的でもある。

佐々成政も黒母衣衆なので、新助は、かつての主筋と肩を並べたことになる。

これまで同格だった新助が出頭したことを、「よかった、よかった」と表向きは喜んでみせた直政だが、内心は口惜しくて仕方がなかった。

寡黙でめったに笑うこともなく、与えられた仕事を黙々とこなすだけの新助に対し、機転が利いて愛想もよく、誰よりも仕事の早い直政が、後れを取るなど考えもしなかったからだ。

それでも直政は、武芸と勇気だけは新助に敵わないと認めていた。

――戦国の世では、それさえあれば出頭できるのだ。

直政は、そんな時代に生まれたことを恨んだ。

――わしは、このまま織田家の吏僚として生涯を終えるのか。

出頭の止まった武士の末路は哀れだ。

馬の糞ほどの微禄に甘んじ、日々、信長の顔色をうかがいつつ、ささやかな生活が続けられることだけを願うようになる。酒が入れば、子や孫の自慢か、若い頃の手柄話ばかりを語りたがる。そうした老人たちを、直政は嫌というほど見てきた。

むろん、そんな生涯だけは送りたくない。

――いっそ商人にでもなるか。

直政がその考えに傾き始めた永禄四年（一五六一）正月、織田家恒例の年賀の儀が開催された。

清須城評定の間に現れた信長は、「大儀」と言って集まった家臣たちをねぎらうと、大声で言った。

「誰ぞ、三河の小僧に伝手はないか」

三河の小僧とは、桶狭間合戦に便乗し、西三河に独自の勢力圏を築きつつある松平元康のことだ。

主従の絆を確かめる盃の交換が、粛々と行われると思っていた家臣たちは、呆気に取られた。

その言葉に応えられる者はおらず、宿老たちも困った顔をしている。

「殿、それはつまり、三河の松平と通じるという謂でしょうか」

筆頭家老の林秀貞が、おずおずと問う。

「そうだ」

「しかし松平一族は今川家の寄子で、当主の元康は、駿府に妻子を取られておると聞きますが」

「それがどうした。義元亡き今、今川の屋台骨は揺らいでおる。その機に乗じ、小僧は岡崎城にいた今川の残党を追い出し、入城を果たしたというではないか」

「仰せの通りですが――」

「これこそ松平が、今川からの離反も目路（視野）に入れておる証左だ」

信長の言うことは至極、理に適っている。

今川家の西の藩屏となっていた松平家だが、祖父の清康が不慮の死を遂げ、父の広忠が謀殺されたことにより、著しく勢力を衰えさせており、常の国衆以上に今川家に隷属させられていた。若き当主の元康が、そうした状況を打破したいと考えるのは、当然だ。

「これこそ、わが領国の東を固める千載一遇の好機だろう」

信長が声を大にして続けた。

「そして、領国の東辺を固めた後、美濃に攻め入る」

「おお」というどよめきが評定の間に広がる。

「そう仰せになられましても、長らく敵方だった松平に伝手のある者などおりませぬ」

林秀貞が、辛気臭い顔をして首を左右に振った。

「松平の縁者でも家臣でもよい。誰ぞ伝手のある者はおらぬか」

信長が苛立ったように声を荒らげる。

その時、直政は何かに背を押された気がした。

――ここで名乗ったらどうなる。

頭の中を様々な思いが駆けめぐった。

名乗らなければ、次の出頭の機会を待つことになる。しかし、それがやってくるとは限らない。

――松平ごとき小国人が生き残るには、いずこかの大国の傘下に入らねばならぬ。それゆえこれまで、元康は今川に属していたわけだ。しかし岡崎城を分捕ってしまった手前、今更、今川に頭を下げるわけにもいくまい。

気づいた時には、手が上がっていた。

「ほほう、九郎左衛門か。そなたに何の伝手がある」

信長の目には、あからさまな疑念が浮かんでいる。

背筋から冷や汗がどっと出たが、ここで躊躇(ちゅうちょ)していては、さらに疑われる。

大きく息を吸い込むと直政は言った。

「わが姪(めい)が、元康の伯父にあたる水野下野(しもつけ)守殿の遠縁の者に嫁いでおります」

水野下野守信元(のぶもと)は、知多半島北部に蟠踞(ばんきょ)する国人の一人だ。表面的には織田家に従っているものの、桶狭間合戦の折に旗幟(きし)不鮮明となったことからも分かるように、常に表裏は定まらない。

「それなら話は早い。そなたが使者となって、話をまとめてこい」

「はっ、はい」

どうしたわけか信長は、さしたる疑問も差し挟まず、直政に使者を命じた。厳しく問い詰められると思っていた直政は拍子抜けした。

相役には、直政の希望が入れられ、新助が指名された。

新助ならば何かと頼りになるだけでなく、その持つ運の強さに相乗りできると思ったからだ。

かくして正月末、直政と新助は三河国に向かった。

その途次に泊まった農家で、「わしは水野家に伝手などない」と新助に暴露したところ、さすがに肝の据わった新助も蒼白になった。

あとわずかで三河国というところにある水野信元の刈谷城を、何の前触れもなく訪れると、信元は大手門まで駆けつけ、二人を歓待した。

直政が信長の思惑を語ると、信元は一も二もなく賛成し、水野家の使者を付けて二人を送り出してくれた。

桶狭間合戦の折、今川方有利と見て日和見を決め込んでいた信元としては、信長との関係を修復するよい機会でもある。しかも最前線が大きく東に動いてくれれば、領国が戦場となることもない。

水野家の使者を伴った直政は、意気揚々と元康のいる岡崎城に乗り込んだ。

織田家の使者の突然の来訪に驚いた元康だが、信長の申し出を聞くと大いに喜んだ。元康としても今川家から離反したいものの、辞を低くして織田家に接すれば、同格の同盟者ではなく傘下国衆とされてしまう。それゆえ、出方を考えていた矢先だった。

――うまくいく時は何事もうまくいく。

直政は、いよいよ天が己に微笑み始めたと思ったが、さらに一歩、踏み込むことを忘れなかった。

「御内室と御子息を駿府にお預けと聞きしましたので、われらに証人をお預けいただく必要はありませぬ」

「それでよろしいのか」

元康とその宿老たちは、手を取り合わんばかりに喜んだ。

「ただし――」

次の一言が直政の勝負手だった。

「その代わりといたしまして、三月（みつき）の内に実（じつ）をお見せいただきたいと、わが主は申しております」

「実と――」

元康の顔が引きつる。

「今川領東三河に攻め入っていただきたいのです」

一座がどよめく。

西三河の小国人にすぎない松平家に、この時代の東国で最大の版図（はんと）を誇る今川領に攻め入れというのだ。義元を失っても今川家の支配体制は強固で、東三河といえども、とても付け入る隙などない。

「それは、上総介（かずさのすけ）様（信長）のご意向でしょうか」

あからさまな疑念を顔に浮かべ、元康が問う。

――侮れぬ小僧だ。

一瞬、慌てた直政だが、こうした時ほど強く出るべきだと思った。

「お疑いなら、それで結構」

「疑うなど、とんでもない」

「わが主は、松平殿が実を見せぬなら、この話はなかったことにしてもよいと申しております」

直政はきっぱりと言った。

むろん信長は、そこまでの条件を出していない。しかし清須に戻れば、必ず「して、同盟の裏付けに何をもらってきた」と問うに決まっている。

――毒を食らわば皿までだ。

直政は一つ嘘をついたのなら、二つついても同じだと考えた。

――しかし三月のうちに、この男が今川領に攻め入らねば、わしはしまいだ。

この同盟交渉が不調に終われば、馬廻衆にとどめ置かれたとしても、二度と浮上の機会はない。

直政は賭場に己の将来を賭けた。

横を見ると、咎めるような新助の視線とぶつかった。むろん信長から、そんな条件が出されていないことを知っているからだ。

「分かりました。三月というと四月までですな」

「いかにも」

松平家に対して優位に立つ織田家の使者として、直政は堂々たる態度で同盟交渉を乗り切った。

その帰途、新助は呆れて口を利かなかった。

四月、生きた心地もなく清須で知らせを待っていた直政の許に、吉報が届いた。

元康が、今川方の牛久保城を攻めたというのだ。

これにより元康は旗幟を鮮明にしたことになり、織田家との同盟交渉が本格化する。

そして翌永禄五年（一五六二）正月、織田・松平両家の間で正式な攻守同盟が締結された。清須同盟である。

この一件により、直政は、同盟締結の立役者として赤母衣衆に引き上げられた。

計策（外交交渉）事に出頭の活路を見出した直政の活躍が、ここから始まる。

三

永禄二年三月、織田信賢の岩倉城を攻略し、尾張統一を成し遂げた信長だが、美濃攻めでは苦戦を強いられていた。それゆえ美濃攻略に本腰を入れるべく、永禄六年（一五六三）七月、清須から小牧山に本拠を移す。

それでも美濃攻略は遅々として進まない。万全の態勢で臨んだ永禄九年（一五六六）

八月の侵攻作戦も、木曽川の増水という不測の事態に阻まれ、撤退を余儀なくされた。

美濃国を支配する斎藤家当主の龍興は、齢十九にすぎないが、西美濃三人衆と呼ばれる稲葉良通、氏家直元、安藤守就に守り立てられ、信長に付け入る隙を与えない。それだけでなく龍興は、江北（北近江）を治める浅井長政との同盟交渉を水面下で進めていた。

この同盟が成れば、一転して織田家が窮地に陥る。

信長は、直政を浅井氏の本拠・小谷城に向かわせた。


「塙九郎左衛門、ただ今、戻りました」

障子越しに声をかけると、冷え冷えとした信長の声が返ってきた。

「入れ」

「はっ」と答えて直政が小書院に入室すると、信長は書状を見つめていた。

その時、小牧山城本曲論に据えられた大銅鑼が鳴り、すべての門が閉ざされる申の下刻（午後五時頃）を告げてきた。

障子を通して漏れる夕日が、右手の襖絵を橙色に染めている。

「大儀」と、書状に目を落としたまま信長が言った。

西日は障子付近の畳までしか届いていないが、その照り返しが信長の顔を、薄く朱に染めている。

その不動明王のような顔を見ただけで、直政の肝は縮んだ。

「備前（浅井長政）の様子は、いかがであった」

すでに直政は、小谷城から飛札を小者に持たせ、長政の内意を信長に伝えていた。

「はっ、備前守殿は当初、難しい顔をしておりました。それがしの用件を事前に察した父の下野守殿（久政）や老臣たちから、拒否するよう申し聞かされているようにも見受けられました」

「ほほう」

信長が、片頰に皮肉な笑みを浮かべた。己の功を大きく見せるため、直政が浅井家中の意見の相違を大げさに言っていると思っているらしい。

「それでも、それがしが殿の存念を申し聞かせ、言葉を尽くして損得を説いたところ、備前守殿は、ようやく心を動かされたらしく、こちらの話に耳を傾けるようになりました。そして最後に、殿の器量に賭けると仰せになられました」

「そうか」と言いつつ、ようやく信長が書状から顔を上げた。

その鋭い眼差しに射られた直政は、話を急ごうとした。

「かような仕儀にあいなりましたので、次は条目を詰める段かと」

「分かった」と言うや、信長が踏み込んできた。

「して、餌に何を投げた」

「餌と仰せになられますと」

おずおずと問い返した直政に、信長が不機嫌そうに言い捨てた。

「わしの目を節穴と思うたか」

直政の背筋を冷や汗が伝う。

「三河の小僧との計策の折も、そなたはわしに偽りを申したはずだ」

「いえ、それは――」

「水野下野守の遠縁うんぬんという話がまず一つ」

「あっ、はい」

「さらに、わしの言葉として『同盟を締結したいなら、その実を見せよ』と言い渡した」

いかなる手を使ったのかは分からないが、信長はすべてを知っていた。

――もう駄目だ。

すべてをあきらめた直政は、せめて一命だけでも救ってもらおうと思った。

「申し訳ありませぬ」

虫のように這いつくばり、額を畳に押し付けた直政は、その姿勢で石のように動かなかった。

信長に謝罪する場合、言い訳を並べるよりも、謝罪の言葉を述べたら、後は黙っていた方がよい。

「はははは」

しかし、案に相違して頭上から高笑いが聞こえた。

「そのことはもうよい。あの時、わしの勘は、そなたの嘘を見抜いた。しかし同時に、別の勘が『任せてみたらどうだ』と囁いたのだ」

「ああ、畏れ入りました」

「よいか九郎左衛門、わしは、嘘偽りが悪いとは申しておらぬ。織田家では嘘をつくことよりも、作物(なりもの)を持ってこぬ方がはるかに悪いのだ」

「作物と――」

作物とは成果のことだ。

「そうだ。この世は作物がすべてだ。それを持ってくれば、嘘も方便ということになる」

直政の胸底から安堵の波が押し寄せてきた。

「将軍家の家臣に、面白きことを言う者がおってな。明智某(あけちなにがし)と申す苦労人だが、その者が先日、『将軍家を助けて上洛してくれ』と、わしに頼みに参った」

「それは真で――」

その件は直政も初耳だった。

「その時、わしは言ってやった。『そなたらは将軍家などと申しておるが、ただの坊主ではないか』とな」

明智某、すなわち明智光秀の主にあたる義秋（後の義昭）は、正規の将軍職に就いたわけではなく、前職は覚慶という興福寺一乗院の門跡（住持）だった。光秀や細川藤孝らが覚慶を還俗させて義秋と名乗らせ、勝手に将軍と称しているだけなのだ。

「するとその男は、したり顔でこう申した。『仏の嘘は方便と言い、武士の嘘は武略と申します』とな。わしは、その一言で明智某を気に入った」

薄く笑みを浮かべていた信長の顔が、急に引き締まる。

「織田家では、その武略とやらを用い、作物を持ってきた者が出頭できるのだ」

「はっ、はい」

「そこでだ――」

信長が、もったいを付けるように一拍置く。

「此度は、いかなる嘘をついてきた。わしは、それを聞くのを楽しみにしておった」

「いえ――」

「そなたに同行させた不破光治を締め上げれば分かることだ」

西美濃国人として三人衆に次ぐ力を持つ光治は、早くから信長に通じており、今回の浅井家との交渉では、かつて家康との間を取り持った水野信元と同様の役割を果たしていた。

「構わぬから申せ」

信長の言が高圧的になってきた。機嫌が悪くなる前触れだ。その前に正直に告白することが何よりも大切なことを、直政は学んでいた。

「申し訳ありませぬ。殿の縁者を備前守殿の室に入れると約束してまいりました」

そのくらいの条件を出さない限り、浅井長政がすぐに結論を出さないことを、直政は知っていた。

「ほほう、わしの縁者を嫁がせるとな」

「ああ、何とお詫びしてよいか――」

「ということは、先ほどの話も嘘か」

「先ほどの話と仰せになられますと」

信長が焦れるように言った。

「備前が、器量でわしを選んだという話だ」

「あっ、恐れながら、あれも嘘でございます」

直政は、この場から消えてしまいたいとさえ思った。

「よくぞ正直に申した」

「えっ」

嘘を告白して正直と言われても、どう応じてよいか分からない。

「実は、そなたの言葉は、すでに不破から聞いておる。彼奴(きゃつ)はわしを恐れ、そなたの独断専行を密告したというわけだ。口が堅い新助とは違うのだ。以後、気をつけるがよい」

「あっ、ははっ」

直政は内心、舌打ちした。さほど親しくもない田舎土豪に気を許したのは迂闊だった。

「して、わが縁者を室に入れる話だが——」

「はい、それは、いかようにも取り繕えまする」

直政には、信長の縁者を長政に輿入れさせるつもりなど初めからなかった。それを長政から催促されても、何のかのと言って話を長引かせ、斎藤龍興に浅井・織田両家の交渉が進んでいるという疑念を抱かせ、長政に織田家との同盟以外の選択肢をなくせばいいと思っていたからだ。

「取り繕う必要などない。実際に嫁がせればよい」

信長の言葉は意外なものだった。

「つまり、いずれかの大身の方の娘を養女として——」

「さようにめんどうなことをせずともよい。お市を嫁がせる」

「お市様を」

市とは、信長の腹違いの妹のことだ。

「わしにとっても、ここが切所なのだ」

信長の顔が厳しく引き締まった。

この後、信長から今回の仕事を称揚された直政は、「奉行職に任じる」という言葉を聞き、感涙に咽びつつ信長の前を辞した。

――「武士の嘘は武略」か。いかなる嘘をつこうとも、いかなる無理を押し通そうとも、織田家では作物を持ってくれれば許されるのだ。

直政は、信長の家臣であることを天に感謝した。

信長と浅井長政との同盟交渉はとんとん拍子に進み、永禄十年（一五六七）初頭には、正式調印がなされ、翌年には、お市の方の輿入れも実現した。

これにより、信長が並行して行ってきた美濃攻略戦も順調に進み始める。

同年初頭から中頃にかけて、秘密裏に美濃に潜行した直政は、斎藤方の軍事的支柱の西美濃三人衆を次々と味方につけることに成功した。

「織田家の傘下に入りたいなら、証人を出すか、ほかの方法でその実を見せよ」と迫った直政に対し、三人衆は、斎藤氏の本拠の稲葉山城を攻めることを約束した。

八月一日、三人衆は稲葉山城攻めを開始、十五日には龍興を城から追い出した。

十年の長きにわたり、血で血を洗う抗争を続けても攻略できなかった稲葉山城と美濃一国を、信長は一兵も損じず、計策だけで手に入れた。

永禄十一年（一五六八）七月、信長の隆盛を知った足利義昭は、朝倉義景を見捨て、信長の許へと身を寄せてきた。

義昭という玉（ぎょく）を握った信長は、大義を得ることに成功し、九月、尾張・美濃・伊勢から集めた四万の兵を率い、上洛戦を開始した。

まず江南（南近江）の六角承禎（ろっかくじょうてい）を本拠の観音寺城から追い、南近江を傘下に収めると、その勢いで摂津・河内両国を制圧し、上洛を果たした後の十月、義昭を将軍職に据えた。

これにより、信長の奉行や家臣たちが京の行政を担うことになる。

直政は多忙を極めた。

京を含む山城国の奉行の一人として、直政は知行安堵の伝達、洛内の違乱停止（いらんちょうじ）、段銭（たんせん）の賦課、鉄砲の調達など、行政・警察・税務・軍備など諸方面に手腕を発揮し、いつしか織田家になくてはならない存在となっていった。

将軍義昭との反目、石山本願寺との抗争などあったものの、信長の天下統一事業は、着々と進んでいた。

しかし元亀（げんき）三年（一五七二）十月、本願寺と結んだ武田信玄が上洛の兵を興す。

これに呼応するように、将軍義昭、三好義継、本願寺、浅井・朝倉連合など反織田勢力の活動も活発化し、この機を捉えて松永弾正久秀も反旗を翻した。

信長に最大の危機が訪れた。

元亀四年（一五七三）三月、義昭は京に乱入し、信長の設けた京都奉行所を攻めるという挙に出る。これを聞いた信長は反撃を開始、瞬く間に義昭を二条城に追い込んだ。

それでも義昭は屈せず、信長の呼びかける和睦交渉にも応じない。

これに怒った信長は上京（かみぎょう）一帯を焼き打ちし、義昭を脅した。

さすがの義昭も、二条城での籠城戦に利がないと判断、信長の和睦提案に応じ、宇治の槇島（まきのしま）城まで引くことになった。

この時、佐久間信盛、滝川一益と共に、直政もその交渉に当たった。

槇島城に移った義昭は、いまだ意気盛んだったが、四月、上洛戦の途次に、なぜか武田軍が兵を返したことで勢いを失う。

後に知れることだが、信玄が病死したのだ。

それを聞いた信長は、すぐに反撃を開始する。

七月には、槇島城の義昭を降伏させ、年号を元亀から天正（てんしょう）に改めると、八月、朝倉義景を越前に滅ぼし、返す刀で小谷城を攻め、浅井長政を滅亡に追い込んだ。さらに十二月には、松永久秀を大和国の多聞山（たもんやま）城に攻めて降伏させた。

こうした一連の戦いにおいて、直政は陰に回って織田軍を支え続けた。

そして天正二年（一五七四）正月、四十歳になる直政は大きな転機を迎える。

四

「これが何か分かるか」

眼前に置かれた三つの桐箱を指しながら、信長がそこにいる者たちに問うた。

岐阜城での年賀の儀が終わり、重臣と馬廻衆だけになった深夜のことだ。

「名物茶碗でございますか」

羽柴秀吉という男が如才なく答える。

信長の草履取りから身を起こしたこの男は、今では、直政や明智光秀と出頭を競うまでになっていた。

「違うな」

信長が得意げな笑みを浮かべる。

その時、直政は、わざと秀吉が見当はずれの答えを言ったと気づいた。

――殿の気分をよくさせるためなら、何でもする男だ。

何事にも気の回る直政だが、秀吉のように、あからさまな追従までは口にできない。

それが武家出身の直政の限界だということに、直政は気づいていた。

――しかし織田家中にいる限り、すべては作物次第。つまり、こうした下郎とも競わねばならぬわけだ。

「これが何か分かる者は、ここにおらぬようだな」

満面に笑みを浮かべると、信長は顎をわずかに動かし、桐箱を運んできた小姓たちに開封を命じた。

その時、一人の小姓の手が震えているのを、最前列に控える直政は見逃さなかった。

箱が開かれ、中に入っているものを小姓たちが掲げる。

「おお」

黄金の輝きが目を射ると、次の瞬間、家臣たちからどよめきが起こった。

それが何か分かった直政は、わずかに身をのけぞらせた。

「これは、朝倉義景、浅井久政、浅井長政の薄濃(はくだみ)だ」

薄濃とは、酒器や壺を漆で塗り固め、金銀箔で彩色したもののことだ。

信長は、三人の頭蓋骨を黄金の薄濃で覆っていた。

三人の小姓が頭蓋骨の頭頂部分を取り外し、それを逆さに捧げ持つと、注ぎ口の長い銚子を持って現れた別の小姓が、次々と清酒(すみざけ)を注いでいく。

――まさか、飲むのか。いや、われらに飲ませるのか。

薄濃の一つを渡された信長は、いかにもうまそうに、その中の酒を飲み干した。

室内には、重苦しい空気が漂っていた。皆、突き上げてくる悪寒(おかん)を抑えているのだ。

「わしが、こうして三人の薄濃で酒を飲むのは、この三人が憎いからではない。そなたらに伝えたいことがあるからだ」

信長は平然と続けた。

「見ての通り、人とは死んでしまえば何もできぬ。あれだけわしを苦しめた三人も、死んでしまえば、こうして盃になるほか、何の役にも立たぬ」

信長が寂しげな笑みを浮かべた。

「人は生きている時がすべてだ。死ねば草木ほども役に立たぬ」

そこまで言ったところで、信長の顔が引き締まった。

「それゆえそなたらも、己の才や力を出し惜しみせず、生きておるうちに底の底まで使い尽くせ」

「はっ」

大げさな声を上げつつ、秀吉が真っ先に額を畳に擦り付けると、やや遅れて、残る者たちがそれに倣った。

「何事も、人に負けてよしとしてはならぬ。『これくらいで、わしはよい』と思った者は、そこで終わりなのだ」

並み居る家臣たちにも、信長の真意が分かってきた。

——われらに、さらなる出頭競争を強いておるのだ。

「そなたらの上に立つのは、わしだけだ。ほかの誰かの下風に立ってもよいと思う者は申し出よ。かような者は織田家に要らぬ。命までは取らぬゆえ、さっさとこの場から去れ」

むろん名乗り出る者はいない。

家臣たちを見回し、信長は満足げにうなずくと語気を強めた。

「わが家中では、作物がすべてだ。それを得るために、そなたらがどのような手を使おうと、わしはとやかく言わぬ。それゆえ、いかなる手を使っても敵を倒し、味方を出し抜け。それが織田家なのだ」

「はっ」と言いつつ、全員が競うように平伏した。

畳の冷たさを額に感じつつ、直政は覚悟を決めた。

――どうせ食らわねばならぬ毒なら、わしは皿まで食らってやる。

「そこでだ――」

信長の口調があらたまる。

何か重大な発表があると察した家臣たちも、威儀を正した。

「ここ数年の、そなたらの貢献を鑑み――」

信長は一拍置くと、声を大にして言った。

「山城の地を、塙九郎左衛門に預け置く！」

「おお」

　家臣たちのどよめきと視線が、四囲から迫ってきた。

　直政は一瞬、茫然とした後、その言葉の意味を、ゆっくりと噛み締めた。

　――つまり、このわしが国持大名になるというのか。

「どうだ九郎左衛門、山城一国では不服か」

　むろん直政に不満などないことを、信長は知っている。

「あ、ありがたきこと、この上なく――」

　さすがの直政も言葉に詰まった。

「そうか、それはよかった。皆も働き次第で、九郎左衛門のように国持大名になれる。それを忘れず、与えられた仕事に励むことだ」

「はっ」

　おびただしい衣擦れの音をさせつつ、並み居る家臣たちが一斉に平伏した。

　――殿のお言葉は嘘ではなかった。すべては作物次第なのだ。

　直政の胸底から、歓喜の波が押し寄せてきた。

　やがて薄濃の盃が回されてきた。

　大きく息をつくと、直政はその酒を飲み干した。

　――うまい。

直政は、これほどうまい酒を飲んだことはなかった。

――わしはやってやる。織田家に仕える限り、毒だろうが薄濃の酒だろうが、飲み尽くしてみせる。

四月、任地の山城国に赴いた直政は、織田家の支配を徹底させようとした。

山城国は中小国人の力が強く、支配は容易でなかったが、直政は理をもって国衆を説き、有力国衆三家のうちの二家にあたる狛・上林両氏を服属させた。

これにより荘村氏をはじめとした残る国衆や土豪は、草木がなびくように織田家の支配に従った。

こうした働きが、またしても信長に評価され、翌天正三年（一五七五）三月、直政は大和一国の守護に任じられる。

突然、信長の上使が現れ、それを通達した時、さすがの直政も、膝の震えが止まらなかった。

さらにその翌月、再び上使が現れ、河内の支配代行を直政に行わせる旨を告げた。守護権までは授与されなかったものの、信長は自らの代わりとして直政に、河内国の国衆や民に対する所領安堵・諸役免除・徳政令発布の権限を与えた。

これにより直政は、山城・大和両国の守護権と河内国の行政権を、信長から預けられた。

　同年六月、大和多聞山城を修築し、本拠と定めた直政は、織田家に反抗的な態度を取った興福寺明王院(みょうおう)の坊官二名を処刑することで、織田家の支配が容赦ないものだということを周囲に示した。これにより寺社筋の有力者たちは、震え上がって支配に従うことになる。

　一方、河内国は、かつて将軍義昭によって北半分を三好義継、南半分を畠山高政(はたけやまたかまさ)に守護職が与えられていた。しかし双方共すでになく、両者に与(くみ)した傘下国衆も大きな痛手をこうむっていた。

　この支配権力の空白に乗じ、信長は画期的な施策を直政に命じる。

「一国一城令」である。

　これは、後に江戸幕府が行った「元和(げんな)一城令」に先駆けたもので、本城以外のすべての城を取り壊し、国衆の家臣化（給人化(きゅうにん)）を図ろうとするものだ。

　早速、河内に乗り込んだ直政は、高屋(たかや)城をはじめとする中小の城を破壊し、織田家の支配を徹底した。

　ここでも直政は、信長の命を速やかに執行し、見事な手腕を発揮した。

五

わずかに吹いてきた風が朝靄を連れ去っていく。

東方一里弱ほどにある長篠城辺りの靄が取り払われると、続いて、その手前に広がる連吾川(れんごがわ)対岸の光景も、はっきりと見えてきた。

「おお」

声にならないどよめきが陣内に満ちる。

——敵だ。

連吾川を挟んで五町ほど先に布陣している武田軍の旗幟が見えた時、直政は口の中が、からからに乾いているのに気づいた。

慌てて竹筒の水を飲もうとするが、手先が震えて、うまく口に運べない。

——何を恐れておる。われらには、三千もの鉄砲があるのだ。

そう言い聞かせてみたものの、噂に聞く武田軍の強さと甲州兵の残忍さを思い出すと、身震いがしてくる。

天正三年(一五七五)五月二十一日、信長から鉄砲奉行の一人に任命された直政は、織田軍の最前線にいた。

残る鉄砲奉行四名は、佐々成政、前田利家、野々村正成（まさしげ）、福富（ふくずみ）秀勝といった馬廻衆の面々で、それぞれ直政同様、最前線に配置されている。

五人の中で一頭地を抜いている大身の直政が、鉄砲奉行を任されたのには、理由（わけ）があった。

己に足らないのは戦場での実績だけだと覚った直政が、あえて志願したのだ。

鉄砲戦で勝敗を決するという信長の方針を聞いた直政は、自らの築いてきた調達力に物を言わせ、四百余の鉄砲隊を即座に編制、さらに伝手を生かし、細川藤孝（ほそかわふじたか）や筒井順慶（つついじゅんけい）が派遣してきた百五十の鉄砲足軽を自軍に加えていた。

手の震えを捻じ伏せるようにして喉に水を流し込んでいると、「おい」という声と共に、背後から肩を摑まれた。

ぎくりとして振り向くと、毛利新助が、肩越しにその角張った顔をのぞかせている。

「新助、いったい――」

直政が続く言葉を発する前に、肩を摑んだ腕を引き寄せた新助が、直政の耳元で囁いた。

「兵が動揺する。将たることを忘れるな」

「分かっておる。それより、どうしておぬしがここにおる」

「殿の命だ」

新助が、その細い目をさらに細くして言った。

新助を直政の許に送ることで、信長は、戦場慣れしていない直政の肚を据えさせようとしたのだ。

——殿はすべてお見通しだ。

桶狭間以後、目立った功のない新助は、相変わらず黒母衣衆として信長の警固に当たっていた。母衣衆は信長の周囲におらねばならず、功を挙げる機会はめったにない。それでも新助は不平一つ言わず、黙々と勤めをこなしていた。

かつては新助の出頭を羨んだ直政も、今となっては、新助に同情や軽蔑の念まで抱くようになっていた。新助もそれを感じるのか、二人は疎遠になっていた。

「そろそろ来るな」

新助が顔色を変えずに言った。

「なぜ分かる」

「それが、戦場の空気を読むということだ」

確かに双方の間には、喩えようもない緊張が漲り、それが雲気となって、すでに連吾川上空でぶつかり合っているような気がする。

「よいか、九郎左」

新助が直政の目を見据えた。

「戦とは生半(なまなか)なものではない。肚を据えて懸からねば殺されるだけだ」

その時、激しい水音が聞こえてきた。武田軍が前進を開始したのだ。

いまだ薄く掛かる朝靄の向こうから、竹束や連盾を押し立てた甲州兵が、粛々と川を渡ってくる。ゆっくりと打たれる押し太鼓の音が腹底に響き、木柵の内に控える味方の空気を凍りつかせる。

恐怖に駆られて采配を振り上げようとした直政の腕を、新助が押さえた。

「まだだ」

「しかし――」

恐怖が波濤(はとう)のように押し寄せ、その圧力に直政は抗しきれなくなってきた。

「九郎左、本陣から合図があるまで待つのだ」

「それは分かっておるが――」

――わしは戦場では、はるかに新助に劣る。ここは、わしの居場所ではないのだ。

この時、ようやく直政にも、新助が桶狭間で大功を挙げた理由が分かった。

――あれは天運だけではない。誰よりも冷静だったからこそ、成し得たことなのだ。

火縄の焦げる臭いが立ち込める中、新助は直政の腕を押さえつつ、黙って弾正山を凝視していた。

弾正山は、戦場となるはずの設楽原(したらがはら)の中央に位置し、最も眺めがいい場所だ。

夜明けと同時に弾正山に移った信長は、自らの判断で攻撃開始の旗を揚げるつもりでいた。

「まだまだ」

新助が耳元で呟く。

その声音がわずかに上ずっているのを、直政は聞き逃さなかった。新助とて、平常心ではいられないのだ。

その時、弾正山に何かが掲げられた。一辺三尺はある大四半旗だ。

「旗が揚がったぞ！」

新助が腕を放す。

「放て！」

直政が反射的に采配を振り下ろした。

次の瞬間、この世のものとは思えない轟音が設楽原に鳴り響いた。

天正三年五月、三河国長篠で勃発した織田・徳川連合軍と武田軍の衝突は、連合軍の一方的な勝利で終わった。

この戦いで最前線を受け持ち、敵の進撃を防いだのは五人の鉄砲奉行だった。その中でも、最大部隊を率いた直政の功績は大きかった。

七月、信長は、「御家老の御衆(おんしゅう)」と呼んだ主立つ家臣たちの官位の奏請を朝廷に行った。これにより直政は備中守に任官の上、九州の名族・原田氏の姓を賜り、原田備中守直政となる。

遂に直政は、明智光秀、羽柴秀吉、滝川一益といった競争相手を抑え、柴田勝家と佐久間信盛という筆頭家老二人と肩を並べるまでになった。

馬廻衆からわずか十五年余で、織田家中の最高位に就くという信じ難い出頭だった。

六

天正四年（一五七六）二月十日、大和国興福寺において、直政主催の薪能(たきぎのう)が開催された。

この薪能は、長らく敵対関係にあった筒井順慶と松永久通(ひさみち)（弾正久秀の息子）が、共に織田家の家臣となったことで、その仲直りを祝して行われた。

二人を左右に従え、中央の座で薪能を鑑賞した直政は、誰が見ても大和国の主だった。

この時、信長名代として旧友の新助がやってきた。

ここのところ疎遠になっていた二人だが、この時ばかりは昔に戻ったように、すっかり打ち解け、心ゆくまで舞と酒を楽しんだ。

しかし直政の絶頂の日々は、瞬く間にすぎ去っていった。

「ない袖は振れぬでは、上様は納得せぬ！」

同年四月五日、大和多聞山城の評定の間に、直政の怒声が轟いた。

「そう仰せになられても、塙家の所領は大和国の十市郷だけ。そこから上がる得分（利益）だけで、五百張もの新式鉄砲を新たに調達するなど、とてもできませぬ」

大和代官として塙家の蔵を預かる丹羽二介が、皺深い顔をしかめた。

守護職とは国衆の監督官のようなもので、実収入は、蔵入地と呼ばれる直轄領から上がるものだけとなる。多くの守護大名は守護国で最大の蔵入地を有しているが、信長家臣の直政の場合、与えられた直轄領が少なく、厳しい財政状況に陥っていた。

「しかも木津城と十市城攻めで、われらは痛手をこうむり、当面、出陣はできませぬ」

塙家の執事を務める塙孫四郎が、二介に口添えする。

天正四年三月、南山城の有力国衆三家のうちで唯一、織田家の支配に従順でなかった荘村氏を木津城に攻め滅ぼした直政は、同じく反乱の気配のあった十市郷の国人・十市常陸介の十市城を攻め立て、常陸介を屈服させている。

「いかなる事情があっても、上様の陣触れには応じねばならぬ」

信長の期待に応えられなければ、誰かに首をすげ替えられるだけだ。

「村落から根こそぎ働き手を奪えば、兵は何とかなります。しかし、それをしてしまえば次の年の収穫を棒に振ることになり、民から怨嗟の声が上がります」

「それで兵は何とかなっても、新式鉄砲五百張を買う金はありませぬ」

孫四郎と二介が口をそろえた。

「よいか、当家の鉄砲は旧式の上、長篠で使いつぶしたので、すでに半数ほどは使いものにならぬ。それゆえ新たに購入せねばならぬのだ」

「とは申されても、すでに長篠合戦の折、国衆には軍役を二年分、蔵入地の民には年貢を三年分も前借りしております。此度の十市常陸介の企てとて、それが因ではありませぬか」

二介が泣きそうな声で反論する。

直轄領の国人に反乱を企てられるという不測の事態を、直政は迅速な討伐により、もみ消していた。

孫四郎が二介に重ねて言う。

「しかも堺商人には、銀一千五百枚の借金があり、彼奴らは、これ以上は貸さぬと申しております」

長篠合戦の折、直政は堺商人を拝み倒し、鉄砲と弾薬などを前借りしていた。その借金の支払い期限もとうに過ぎ、さすがに先行投資として直政の懇願を聞いてくれた堺衆も、いい顔をしなくなっていた。

「しかし上様からは、陣触れが出ておる。それに応じられなければ、わしは破滅だ」

織田家中にいる限り、「無理です」と言った時点で、有無を言わさず、すべてを取り上げられる。それゆえ、知恵を絞って信長の要求に応えねばならない。

「そう仰せになられても、もう当家の蔵は空になっております」

「蔵どころか、国衆や民の誰かが上様に訴え出れば、われらは破滅です」

二人が肩を落とした。

信長は、守護となった者たちが、国衆や民に軍役や年貢を前借りすることを固く禁じていた。というのも、それを許してしまえば、転封の際、後任者が己の借りてもいない借財のために苦しむからだ。

「そなたらは、何かと言えば『無理だ、無理だ』と繰り返し、知恵を使おうとせぬ。わしはこれまで知恵を絞りに絞り、無理に無理を重ねて今の地位まで昇り詰めたのだ」

そう言ってみたところで、直政にも妙案はない。

――遂にわしも進退窮まったか。いや、このくらいのことで音を上げてしまえば、羽柴筑前や惟任日向の後塵を拝することになる。

羽柴筑前とは秀吉、惟任日向とは光秀のことだ。

「いかなる手を使っても、鉄砲五百張をそろえて大坂表まで出張るのだ」

天正四年四月初頭、信長は、塙直政・細川藤孝・荒木村重・明智光秀の四将に本願寺

攻撃を命じていた。その陣触れに応えることしか、この時の直政の頭にはない。

大坂という地名は、幅半里ほどの上町（うえまち）台地が、北から南にかけて、三里にわたり緩やかに傾斜していることに由来している。

本願寺はその上町台地北東端にあり、南を除く三方を河川に囲まれた要害だ。

だが利点は弱点でもある。

上町台地は大軍に包囲されると、補給の道を断たれて干し殺しされやすい地形だった。

それゆえ本願寺は、北方を流れる淀川河畔に楼岸（ろうのきし）砦を、西方を流れる木津川河畔に三津寺砦と木津川砦を築き、毛利氏や紀州与党からの海上補給路を確保していた。

しかしこれらの砦群は台地の下にあり、台地上の本願寺に籠もる主力勢が、容易には駆けつけられない。それゆえ織田方四将の当面の目標は、これら砦群の制圧にあった。

四月十四日頃、四将の軍勢が本願寺周辺に集まり始めた。

荒木村重は、本願寺西方の摂津尼崎城から水軍を率いて出陣し、淀川北岸の野田などに三つの砦を築き、淀川河口を封鎖、楼岸砦の機能を停止させた。

細川藤孝と明智光秀は、本願寺東南の山城方面から迫り、平野川を隔てて一里ほど東方の森河内（もりがわち）まで進み、平野川と大和川を封鎖、紀州の本願寺与党からの補給路を断った。

一方、上町台地の南から本願寺に迫った直政率いる一万余の部隊は、本願寺から一里弱南にある天王寺に至った後、さらに、そこから四半里ほど南西の茶臼山に付城を築いて本陣とした。

「鉄砲は、まだ届かぬか！」

焦れるように本陣内を行き来しつつ、直政が喚いた。

「まだです！」

宿老筆頭の塙喜三郎安弘が、焦慮をあらわにする。

「何ということだ」と呟きつつ、直政は天を仰いだ。

実は数日前、鉄砲三百張と弾薬が入手できそうだという飛札が、堺にいる丹羽二介と塙孫四郎の二人から届いた。

南蛮商人の代理人、つまりイエズス会との間で話をつけたというのだ。むろん直政の指示で、「信長の命である」と偽ってのことだ。

この知らせを聞き、躍り上がって喜んだ直政だったが、南蛮からやってきた船は、九州の平戸に着いたものの堺まで来ないのが常で、堺商人の船に荷を載せ換えねばならない。しかも西国一帯の天候が悪化し、いつまで待っても船が着かない。

以後、いくら使いを送っても、二介たちは「船が来ない」の一点張りだ。

出陣前に調査したところ、手持ちの鉄砲の中で、使いものになるのは二百ほどしかな

く、しかも弾薬も不足気味で、戦となっても筒合わせ（射撃戦）を長引かせるわけには
いかない事態に陥っていた。

直政は、堺から届けられる予定の鉄砲と弾薬だけを恃みとしていた。

——それがなければ張子の虎ではないか。

直属軍二千の軍容を整えて出張ってきた直政だが、鉄砲の装備率が一割程度では戦う
にも戦えない。しかも、農村から無理してかき集めてきた足軽雑兵の中には、戦が初め
ての者が多い。

「上様の上使が参りました！」

使番の声で直政はわれに返った。

——新助か。

しかし上使は、案に相違して信長の小姓・万見仙千代だった。

「上様の命を申し渡す」

勧められずとも上座に進んだ仙千代は、居丈高に言った。

「塙殿の部隊は明日五月三日、夜明けと同時に出陣し、三津寺砦を攻略すべし」

「はっ、承って候！」

苦しい胸内を読まれまいと、直政はあえて大声で応じた。

続いて陣立てなどの詳細事項の伝達が終わると、去り際に仙千代が、さも当たり前の

ように問うた。

「われらの摑んだ雑説によると、敵は数千の鉄砲を擁しておるとのこと。そのすべてを、三津寺砦の後詰に向けてくるとは思えませぬが、塙殿は、かような敵と十分に渡り合えるだけの鉄砲をそろえてきておりますな」

「案ずるには及びませぬ」

「それを聞いて安堵いたしました」

口辺に意地の悪そうな笑みを浮かべると、仙千代は去っていった。

――「そんな鉄砲など、どこにあるのだ」と言ったところで、そなたは殿に告げ口するだけで、助けてくれるわけではない。

出頭競争が激化の一途をたどっている織田家中では、競争相手の揚げ足を取ることまで行われるようになっており、傍輩に対しても、心を開いて何事かを相談するという空気はなくなっていた。

――それを上様は知っておいでか。

先頭を切って出頭の階を上っていても、直政には、常に不安がつきまとっていた。

――織田家では、些細な失敗でも失脚させられる。それを虎視眈々と待っている者は山ほどおる。

明智光秀、羽柴秀吉、滝川一益といった並走者だけでなく、万見仙千代をはじめとした追走者たちも、直政を心理的に圧迫するようになっていた。

仙千代が去ったのを見届けた後、直政は使番頭を呼ぶと「諸将を集めろ」と命じた。

これにより使番が四方に散り、その日の午後には、主立つ者が本陣に集まってきた。

塙勢一万を構成するのは、狛・上林両勢を主力とする南山城衆、河内・和泉の両国衆と根来寺の衆徒を率いる三好康長勢、さらに筒井順慶と松永久通を中心とした大和衆だ。寄せ集め集団なのはもちろん、戦慣れしていない直政の下に付けられ、それぞれの顔には、不安の色が浮かんでいる。

彼らに明朝の攻撃を告げると、意気が騰がるどころか、「やれやれ」とばかりに肩を落とす者までいる。

「陣立てを申し渡す！」

直政は焦りを隠し、厳しい声音で言った。

「先手は三好殿」

康長が、あからさまに嫌な顔をする。

「ご不満か」

「いや、承った」

信長に降った者の常として、次の戦で先手を担わされることは、康長にも分かっているはずだ。

「続いて――」

直政が後続する部隊の陣立てを告げると、筒井順慶が不満たらたらな顔で問うた。

「つまり、われらを先に押し立て、塙殿は最後尾を進まれるおつもりか」

「そのつもりだ。筒井殿はご不満か」

「いや、別に」

「それならよい」

実は信長からは、直政の直属軍が、二の手を担うよう命じられていた。しかし二千余しかいない上、鉄砲の数が足らず、戦闘力は極めて低い。それゆえ直政は、勝手に後備（うしろぞなえ）に回ることにした。

――三津寺砦を落としてしまえば、殿はとやかく言わぬ。

かつての信長の言葉が思い出された。

「この世は作物がすべてだ。それを持ってくれれば、嘘も方便ということになる」

――わが手勢を使わず、三好らだけで三津寺砦を落とせばよいのだ。

それ以外に、もはや手は残されていない。

「よって皆、死力を尽くして戦ってくれ。われらだけで首尾よく三津寺砦を落とせば、恩賞は望みのままと殿も仰せだ」

直政は、また嘘をついた。

しかし信長の名を出しても、諸将の顔は曇ったままで、戦意の高揚は見られない。

――背後には惟任も控えておる。何があっても、彼奴の手を借りるわけにはまいらぬ。

塙勢が出陣した後、留守となる天王寺砦には明智光秀と佐久間信栄が入り、塙勢の戦果がはかばかしくない場合に、後詰する手はずとなっている。

競争相手の一人となる光秀を後詰に配すことで、直政に圧力を掛けようというのが、信長の思惑に違いない。

それゆえ直政は、何としても指揮下の部隊だけで三津寺砦を攻略するつもりでいた。

七

一睡もできずに朝を迎えた直政は、空が白んできた頃、「よし」という声と共に立ち上がった。

「もう南蛮人の鉄砲などあてにせぬ」

「ということは、二百余の鉄砲で、かの雑賀衆に立ち向かうと仰せか」

宿老筆頭の塙安弘の顔が青ざめる。

「そうだ。雑賀衆が三津寺砦に入っておるとは限らぬ」

直政は、もはや希望的観測を抱くしかなかった。

その時、物見から、天王寺砦の留守を預かる予定の明智光秀らが、薄明の中を進んできているとの報告が入った。直政の尻を叩くために、早めにやってきたのだろう。

——こうなれば一か八かだ。

「出陣！」

直政が出陣の銅鑼を叩かせる。

朝靄を破るように銅鑼の音が響くと、太鼓がゆっくりと叩かれた。

それを合図に、大手門前に整列していた三好康長勢が出陣し、上町台地を西に下っていく。

——たかが一揆の砦一つ、落とせないで何とする！

己を叱咤した直政は、いよいよ運命の戦場へと、その一歩を踏み出した。

三津寺砦に近づくにしたがい、筒音が激しくなってきた。

三好勢は鉄砲を放ちつつ三津寺砦に接近を図っているらしいが、その硝煙のおびただしさから、敵方にも、相当数の鉄砲が配備されているのは明らかだ。

使番を呼んだ直政は、直属軍二千を除く全軍に惣懸りを命じた。

——敵の後詰はあるまい。

本願寺は、上町台地上の本拠の防衛を第一と考えているはずで、その守備に最強部隊の雑賀衆を配していると、直政は踏んでいた。

ほかの部隊が三津寺砦に向かったのを確認した直政が前進を命じると、ゆっくりとした懸かり太鼓の音に合わせるように、二千の直属軍が動き出した。

その時だった。

――あれは何だ。

右手の方向に一瞬、閃光が走った。

直政が、それが何かに気づくよりも早く、凄まじい筒音が轟いた。

「敵襲！」

誰かの絶叫が聞こえる。

続いて硝煙をかき分けるようにして、竹束や連盾を押し立てた敵が北方から迫ってきた。すでに三町ほどの距離まで押し詰めてきている。

葦や灌木の間に身を潜めていた敵は、塙勢が動くのを待っていたのだ。

先頭には、翩翻（へんぽん）と八咫烏（やたがらす）の旗が翻っている。

――雑賀衆か！

敵は本拠の防衛よりも兵站線の確保を優先し、台地下に最強部隊を投入してきたのだ。

考えてみれば、河岸に築かれた諸砦は本願寺の生命線なので、当然の判断だった。

最もやってはいけないことと知りながら、直政は戦場に希望的観測を持ち込んでいた。

またしても、おびただしい光芒が閃く。

「伏せろ！」

誰かが叫ぶと、兵たちはその場に身を伏せた。しかし、恐怖に駆られて逃げようとした者は、容赦ない銃撃の餌食となった。

痛みに耐えかねた者たちの悲鳴と、すすり泣きが交錯する。

「逃げるな。応戦しろ！」

誰かが喚いているが、すでに腰が引けた味方の鉄砲隊は、反撃を開始できない。

その時、「殿！」と呼びつつ塙安弘が馬を飛ばしてきた。

「いったん南に逃れましょう」

「逃れるだと」

「はい、引くも兵法のうち」

次の瞬間、直政の脳裏に信長の顔が浮かんだ。それは、不動明王のような憤怒に満ちていた。

「ならぬ」

「何を仰せか。敵の火力は強力。この場はいったん兵を引き、捲土重来（けんどちょうらい）を期すべし！」

「待て」

「何を待たれる。敵が、こちらの火力を推し測っている今を措（お）いて、兵を引く機はありませぬ」

「わしはここに踏みとどまる」

眼前に迫る雑賀衆よりも、直政には、怒り狂う信長の方が怖かった。

「致し方ありませぬ。それではわれら一族郎党、ここを死地といたしましょう」

周囲に命じて手早く本陣を設えさせた安弘は、床几に直政を座らせると、「御免」と言うや、馬に乗って駆け去った。

安弘は自ら陣頭に立ち、皆の手本として討ち死にを遂げようというのだ。

いくらも行かないうちに、敵の銃撃を全身に浴びた安弘は、もんどりうって馬から落ちた。

それに続いた勇ある者たちも、次々と銃撃を見舞われ、斃されていく。

瞬く間に、直政の周囲から人がいなくなった。むろん突撃する者よりも、逃げ出す者の方が多い。

すでに敵は二町の距離まで迫っていたが、いまだ塙勢の鉄砲攻撃を警戒しているらしく、竹束や連盾で身を守りながら慎重に押し出してくる。

――長篠の件を知っておるのだ。

凄まじい火力で敵を圧倒した長篠での塙勢の活躍を、敵も知っているに違いない。

塙勢も散発的な射撃を開始したが、鉄砲足軽の大半が逃げ散ってしまったためか、応射は微弱だ。

それを見た敵の足が、ようやく速まった。

直政の周囲を固めていた親類衆や重臣の数も、いつの間にか少なくなり、わずかに残った者たちも、足がすくんで動けないでいる。

その時、塙勢の前衛を担い、三津寺砦に向かっていた狛・上林両勢を主力とする南山城衆が戻ってきた。敵の筒口が一斉に南山城衆の方に向いた。

これにより再び撤退の好機が訪れた。

――どうする。

直政に死の恐怖が押し寄せてきた。

――何事も命あっての物種だ。引くか。

ようやく直政が撤退を決断した時、味方が雪崩(なだれ)を打って戻ってくるのが見えた。

――わしを助けに来たのか。

直政の危機を知り、松永、筒井、三好の諸勢が戻ってきたのだ。

――よし、これで勝てる。

直政は兜の緒を締め直すと、軍配を振り下ろした。

「惣懸り！」

しかし諸勢は、直政に目もくれず、背後の街道を東に向かって逃げていく。

「どうしたというのだ」

問うたところで、それに答えられる者はいない。

最後に戻ってきた三好勢の背後に、敵勢が迫っていた。それをさかんに鉄砲で追い散らしつつ、三好勢が束をさして逃げていく。

――彼奴らは潰走してきたのだ。

直政は愕然とした。

三津寺砦を攻めているはずの三好らは、敵の反撃に遭って、総崩れを起こしていた。

――これで、すべてはしまいだ。

「ははは、ははは――」

遂に直政は笑い出した。

それを見て、直政の腕を取って引かせようとしていた小姓たちも逃げ出した。

気づくと、前面に展開していた南山城衆の姿も煙のごとく消えている。

よろよろと床几から立ち上がった直政は、竹束と連盾を押し立てて近づいてくる敵に向かって一人、歩んでいった。

敵と五十間ほどの距離に近づいた時、直政は両腕を天に差し上げた。

「上様、御覧じろう！」

次の瞬間、銃弾が直政の胸や腹に撃ち込まれた。

「はっははは」

着弾の衝撃でいったん倒れたものの、直政は立ち上がると、再び敵に向かって歩き出した。

痛みは全く感じず、何かから解放されたような心地よさが、直政の脳裏を占めていた。

――新助よ、わしの生き方は間違っておったか。

かつての友の面影が直政の脳裏をよぎる。

――間違ってはおるまい。わしには悔いなどないぞ！

追憶の彼方にある友の細い目には、憐みの色が浮かんでいた。

――わしは塙九郎左衛門直政だ。幾度生まれ変わろうと、わしにはこうした生き方しかできぬ。

満面に笑みを浮かべつつ、再び両腕を高く掲げると、大地を揺るがすばかりの筒音が聞こえた。

――上様、わしは勝ちましたぞ。

次の瞬間、視界が黒く塗りつぶされると、永遠の静寂が訪れた。

塙勢を壊滅させた後、本願寺から出撃した五千の軍勢を加え、一万五千の大軍と化した本願寺軍は、天王寺砦を激しく攻め立てた。

この危機を京で聞いた信長は、五日、百ほどの供回りと共に本願寺の東二里余にある若江城に入り、自軍の集まるのを待った。しかし急なことで、三千ほどしか集まらない。待つのをやめた信長は若江城を出陣し、七日、住吉口より上町台地に突入した。

烈火のごとき信長の攻撃に本願寺軍は兵を引き、いったん信長は天王寺砦に入城する。信長を殺す千載一遇の機が訪れた。

本願寺軍は、ここぞとばかりに砦を包囲攻撃してきた。

これに対して信長は、陣前逆襲を仕掛けて五倍に及ぶ敵を蹴散らし、本願寺の木戸口（大手門）まで敵を追い込み、二千七百もの首級を挙げた。

自ら足に鉄砲傷を負うほどの激戦だったが、信長は逆転勝利を収めた。

八

この後、ほどなくして直政の非分が露見した。

塙一族の主立つ者たちが戦死したことに安堵し、信長に訴え出る者が跡を絶たなかったからだ。

五月十三日、これらの訴えを認めた信長は、直政の跡取りの安友を改易処分とし、家中から追放すると、丹羽二介と塙孫四郎を捕らえて処刑した。

そうした処理が終わった後、信長は大和一国を筒井順慶に与えた。

順慶は、塙一族から預かったものは紙一枚まで差し出せという触れを回し、塙一族の足跡を消し去ろうとした。

これにより塙一族はこの世から抹殺された。

それは、信長の置目を破った上、作物を持ってこられなかった者がどうなるかを、家中に示すためでもあった。


「おい、来たぞ」

手巾で額の汗をぬぐうと、男はどっかとばかりに腰を下ろし、瓢箪に入れてきた清酒を小さな墓石にかけた。

かつて天王寺砦のあった場所に造られた墓場の周囲に人気はなく、ただ圧するばかりに蟬の声が聞こえていた。

瓢箪の酒を一口飲むと、男は言った。

「九郎左、きっと悔いはなかっただろうな」

――新助、わしは己の才を底の底までさらって使い尽くした。悔いなどない。

蟬の声の間隙を縫うようにして、懐かしい直政の声が聞こえた気がした。

「おぬしなら、きっと、そう申すと思った」

不精髭の生えた頬に武骨な笑みを浮かべると、男は立ち上がった。

その拍子に、八月の強い日差しが墓石に当たり、粗く刻まれたその名を際立たせた。

「塙九郎左衛門直政、か」

直政は原田の姓と備中守という受領名(ずりょうめい)を剝奪され、元の塙九郎左衛門に戻っていた。

――上様は織田家の汚点として、おぬしの名を消し去ろうとしておる。しかしわしは、おぬしの名を忘れはせぬ。

蟬の声が豪雨のように降り注ぐ中、残る酒をすべて墓石にかけた男は、物憂げに天を仰いだ。

中天に懸かる太陽は、大地に宿る者すべてを焼き殺そうとするかのように輝いていた。

復讐鬼

一

若者特有の屈託ない笑い声が、蒼天に響きわたった。

「つまり、その布施藤九郎の家臣の五介とやらが、上様自慢の力士長光を投げ飛ばしたというのですな」

荒木村重は手ずから諸口を持ち、若者の大盃に清酒を注いだ。

「甲賀の衆には、力自慢が多いと聞いておりましたが、まさか長光が負けるとは、思いもよりませなんだ」

若者が、あきれたように首を左右に振る。

季節は秋。有岡城の庭園に敷かれた緋毛氈の上にも、色とりどりの落葉が降り積もっている。

剃り上げられたばかりの青々とした月代を誇示するかのように、鬢に手をやると、若者はなみなみと注がれた盃を干した。

幼さを残す若者の頬が、とたんに朱に染まっていく。

「上様も、さぞ驚かれたでしょうな」

村重は、その薄く霜の置かれた髭面をほころばせた。

「それはもう。泡を食った布施藤九郎は、五介とやらの頭を地に押し付け、上様の前で平謝り。どうやら五介は、わざと負けるよう言い含められていたらしいのですが、つい本気になってしまい、長光を投げてしまったようなのです」

若者の澄んだ笑い声に、齢四十四になる村重の嗄れた笑い声が重なる。

「それで上様は、ご立腹なさらなかったので」

「とんでもない。『天晴れ』と言って手を叩き、五介を藤九郎からもらい受け、五十貫文(約百石)もの知行を下されたのです。その時の五介の顔といったら——」

若者が膝を叩いて笑った。

それにつられるように、村重をはじめとした荒木家中が追従笑いを浮かべる。

——いい気になりおって。

村重の背後に控える中川瀬兵衛清秀は、上目づかいに若者を盗み見た。

若者は、この世のすべての幸福を一身にまとったような笑みを浮かべている。

「それにしても、いよいよ万見様も、相撲会の差配を務めるまでになられたのですな」

村重が感慨深げに言った。

一月半ほど前の天正六年（一五七八）八月十五日、安土城で行われた信長臨席の下での相撲会において、今年二十歳になったばかりの万見仙千代重元は奉行役を務めた。

信長が茶の湯と並んで愛好する相撲の奉行役を務めるのは、これまで宿老と決まっており、信長近習としては異例の抜擢だった。しかも仙千代は、初めてとは思えないほど些事に至るまで行き届いた気配りをし、信長のみならず周囲を感嘆させた。

「初めは手違いがあってはならぬと、命の縮む思いでしたが、つつがなくやりおおせ、ほっとしております」

「いや、お見事。となれば次は、馬揃えの奉行役では」

「おやめ下さい。それがしのような若輩者に、上様がそれほどの大役を命じられるわけがありませぬ」

「いやいや、分かりませぬぞ」

村重の追従に、仙千代は、まんざらでもないといった顔つきだ。

「上様は、実によきご家来を持たれた」

「五介のことで」

「何を仰せか。万見様のことでござるよ」

二人の笑い声に驚いたように風が吹き、さらに多くの紅葉を降らせた。それを檜扇で受けた仙千代は、その中の一葉を盃に落とすと言った。

「紅葉とは、喩えようのない色合いをしておりますな」

「いかにも。人と同じく、若き頃は青々としており、老いてからは、得も言われぬ味わい深い色をにじませます」

「それがしも、かような年の取り方をいたしたいもの」

仙千代の顔に一瞬、寂しげな翳が差す。

それは、戦国に生きる者の誰もが感じる、先々に対する不安に違いない。

しんみりとした雰囲気を一掃するがごとく、再び盃を干した村重が、呵々大笑しつつ言った。

「万見様、紅葉を盃に浮かべて飲む酒は格別でござるな」

「いかにも」

盃を干す仙千代の顔は、従前の屈託のないものに戻っていた。

――先のことなど何一つ分からぬのが戦国の世だ。わが世の春を謳歌していた者が、明日は屍となり、末座に這いつくばっていた者が、明日は上座に座すやもしれぬ。万見殿、くれぐれもご油断めさるな。

清秀が、嫉妬と羨望の入り混じった眼差しを仙千代に向けた。

中川清秀は、摂津一国三十五万石を領する荒木村重の筆頭家臣だ。

主君の池田一族を追い出してのし上がった村重同様、清秀は主の茨木氏を茨木城から追い出した後、村重の傘下に入り、四万石の大身となった。

似たり寄ったりの経緯で頭角を現した高山右近重友と共に、清秀は村重を支える両翼となった。

当初、三好三人衆に与して信長に敵対していた村重主従だったが、ある日、二人を呼び出した村重が意を決したように告げた。

「どうも尾張の虚けの方に分がありそうだ」

村重には、独自の情報網と先を読む勘が備わっている。

「とはいえ、海のものとも山のものともつかぬ男に味方する者などおりませぬ」

高山右近が消極的意見を述べた。それは、畿内諸国人に共通した認識でもあった。

「だからよいのだ。皆が靡いてしまってからでは遅い」

その通りだと清秀も思った。

――何事も先手を打つ者が勝つのだ。

元亀四年（一五七三）三月、村重は、山城国と近江国の境にある逢坂の関で、上洛してきた信長を出迎え、臣従を申し出ることにした。

峠道をやってくる黄色地に永楽銭の染め抜かれた旗幟を見た時、清秀は、村重の判断が正しかったと確信した。

　旗幟を持つ兵は風の強い峠道でも微動だにせず、行軍する者たちは皆、一定間隔を取り、背筋を伸ばしている。それは、荒くれの集まりの足軽小者をも畏怖させる何かが、尾張の虚けと呼ばれる男に備わっているからに違いない。

　赤地錦の直垂に萌黄縅の鎧を重ね、金覆輪の太刀を佩いた信長が関に入ってくると、虎皮の敷物が布かれ、その上に床几が置かれる。

　いつ何時、襲われるとも限らないからか、信長は武装している。その用心深さもまた、信長の聡明さを表していた。

　信長が床几に腰を下ろすと、左右に拝跪した小姓たちが汗をふいたり、薬湯を差し出したりしている。

　信長は、その場に拝跪する三人には目もくれず、何かを考えているかのように中空を見つめていた。

　峠茶屋の主が震える手で、ふかしたばかりの饅頭の盛られた皿を小姓に渡している。

　それを見た信長が「まだ熱いな」と呟いた。

　その言葉を聞いた小姓の一人が、すかさず大ぶりな唐扇を持って、信長をあおぎ始めた。信長の言葉を勘違いしたのだ。

「要らぬ」

風の音で信長の声が聞こえなかったのか、小姓は懸命にあおぎ続けている。

次の瞬間、やにわに立ち上がった信長が、鬼のような形相で小姓を蹴倒した。

何が起こったのか分からず茫然とする小姓を、近習たちが肩を摑んで下がらせる。

――かような男に従うのか。

清秀の全身に寒気が走った。村重も同じことを考えているに違いない。

頃合いを見計らい、仲介を頼んだ者が前に進み出た。

「これなるは摂津の荒木村重と申し――」

仲介者の口上は続いたが、信長は聞いているのかいないのか、悠然と薬湯を喫している。

気まずい雰囲気のまま紹介が終わりかけた時だった。

「して、わしに臣従したいと申すか」

その声は女のように高いが、近寄りがたい威厳がある。

「はっ、はい」

村重主従は地に額を擦り付けた。

「面白い」

そう言うと信長は立ち上がり、太刀持ちの小姓から太刀を奪うと、それを抜いた。

雲間から淡黄色の日が白刃に反射する。

「まさか斬るまい」と思いつつも背筋が強張る。

何をするのかと上目遣いにのぞき見ていると、信長は思いもしない行動に出た。

太刀の先に拳大の饅頭を三つほど刺した信長は、村重の眼前に無言で差し出したのだ。

いかに臣従を申し出ているとはいえ、村重とて武士なのだ。

——これほどの屈辱があろうか。

清秀でさえ、そう思った。

しかし村重は、膝をにじって進み出ると、「摂津一国十三郡の平定は、この村重にお任せあれ」と言うや、手を使わずに三つとも平らげた。

黒々とした美髯が生える頬を上下に動かし、村重は懸命に咀嚼している。

そのこめかみから、おびただしい汗が流れているのは、まだ饅頭が熱いからだろう。

やがて饅頭三つを平らげると、村重は言った。

「真に美味でございました」

口端に薄笑いを浮かべると、信長はゆっくりと太刀を鞘に戻した。

「臣従を許す」

この瞬間、村重は織田信長の家臣となった。信長は四十歳、村重は三十九歳の時のことだった。

翌天正二年（一五七四）、村重は公約通り、摂津国内から三好三人衆の勢力を一掃し、実力で摂津一国を切り取った。

その際、奪った伊丹城を改修し、有岡城と改名して本拠と定めた村重は、同年秋、信長から「摂津一職支配権」を認められ、三十五万石の主となる。

本願寺との攻防、紀州雑賀・根来攻め、播磨攻略戦でも無類の活躍を示した村重主従は、信長の信頼が最も厚い外様国衆に上り詰めていった。


「ときに、万見殿のことだが」

仙千代を大手門まで見送った後、本曲輪の評定の間に戻った村重は、嫡男の新五郎村次、中川清秀、高山右近の三人を呼び寄せると、声を潜めた。

「先々のことを考え、万見殿をもらい受けようと思う」

「もらい受けるとは」と問いつつ、村次が首をかしげる。

「わが家の筆頭家老として、迎え入れようと思うのだ」

仙千代は最近、荒木家との間を取り次ぐ奏者にも任命されていた。

その意味するところは、「仙千代の身が立つようにせよ」という信長の示唆に違いないと、村重は解釈しているようだ。

「ちと、考えすぎでは」と言いつつ、右近が渋い顔をした。

「いや、上様の意を汲むことに鋭敏であらねば、織田家中での出頭は止まる。それどころか、失脚や追放という憂き目に遭うやもしれぬ」

「いかにも、それはあり得ますな」と村重に同調した後、慎重に清秀は問うた。

「つまり殿は、摂津一国と交易の利権を万見殿、すなわち織田家に譲り渡すというのですな」

「わしとて、それは本意でない。しかし、飛ぶ鳥を落とす勢いの上様に仕えるということは、それなりの代償を払わねばならぬ」

右近が、その細面を歪めるようにして反論する。

「しかし、大坂湾の交易が大きな利潤を生むことに上様も気づけば、すべて取り上げられることになりかねませぬぞ」

「父上、右近殿の申されるように、藪蛇ということもあります。しかも万見殿に交易を学ばれ、その権益を奪われてしまえば、われらは、どこぞの山奥に替え地をもらい、野老（山芋）でもかじりながら、細々と暮らすしかありませぬ」

村次の反対も尤もだ。

「それは承知の上だ。しかし突然、ありもしない言いがかりをつけられ、すべてを取り上げられた上、高野山に登れと命じられるくらいなら、先手を打って差し出す方がましというものだろう」

「それはそうかもしれませぬが、この場は、しばし様子を見るべきではありませぬか」

右近が様子見を勧めた。

「父上、それがしも右近殿の仰せの通りだと思います。せっかく実力で切り取った摂津一国を、あたら取り上げられるようなことを、こちらから申し出ることもありますまい」

――此奴らの申すことは至極、尤もだ。交易の利を取り上げられてしまえば、われらは貧乏土豪に逆戻りだ。

摂津の国衆は、その表高以上に豊かだった。瀬戸内海を舞台にした交易という打出の小槌を握っていたからだ。

「瀬兵衛はどう思う」

村重が水を向けてきた。むろん期待する答えは一つしかない。

――これまで殿は、先のことをじっくりと読み、すべて己だけで決めてきた。ここで、その意に反することを申しても無駄だ。

清秀は威儀を正すと、あえて強く言った。

「殿のお考えに従うべきかと」

「よくぞ申した」

その一言で、荒木家の方針が決まった。

――となれば、急がねばならぬな。

この瞬間、清秀は、村重とは別の覚悟を決めた。

二

南東からの追い風を受け、関船は大坂湾を滑るように疾走していた。

住吉大社の松林も天王寺の石鳥居も、瞬く間に小さくなっていく。

すでに夕日は西の水平線上に沈みつつあり、周囲の海を橙色に染めている。

「海はいいですね」

舳に立つ仙千代が大きく伸びをした。

「いかにも、実に爽快なものです」

――そろそろ見えてきてもいい頃だ。

仙千代の横に並んだ清秀は、満面に笑みを浮かべつつも、鋭い目つきで二艘の船を探していた。

「摂津は交易が盛んな地。中川殿も、さぞ海に出る機会が多いでしょうな」

「さほど多くもありません。それとも万見様は、交易にご関心がおありで」

清秀は探りを入れてみた。

「いや、それがしは近江の産ゆえ、琵琶湖には慣れておりますが、海は恐ろしいだけ。ただこうして、波の穏やかな日に湾内を回るだけで十分です」

進行風に目を細めつつ、仙千代が、こぼれんばかりの笑みを浮かべた。

それがどこまで本心かは、清秀にも計りかねる。

「それゆえ万見様に、海に親しんでもらおうと思い立ち、お連れいたした次第」

「ご配慮かたじけない。このことは上様にもお伝えいたします」

仙千代は丈の高い清秀を見上げつつ、科を作るように笑みを浮かべた。

――信長のお気に入りというのもうなずける。

どのような顔をし、どのようなことを言えば、人が意のままに動くかを、この若者は知悉している。

その時、南西の方角に小早船が二艘、見えてきた。それを視線の端で捉えた清秀は心中、安堵のため息を漏らした。

仙千代に覚られぬよう、背後にいる家臣に目配せすると、船の舳は、ゆっくりとそちらに向いた。

「あれに見える船は何をしておるのでしょう」

しばらく行くと、仙千代が不審げな顔で海上を指差した。

「はて――」

二艘の船が舷を接して何かを受け渡している様が、はっきりと見て取れる。

内心ほくそ笑みつつ、清秀はとぼけたように答えた。

「何かの売り買いでしょうか。それにしても、海上での取引とは不審ですな」

「中川殿、船を近づけていただけませぬか」

　仙千代に応じた清秀が背後に合図すると、左右から無数の艪が突き出され、船は全力漕走に入った。

　二艘もこちらに気づいたらしく、差し渡された架け橋を外し、慌てて離れようとしている。

「あれは――、門徒の船ではないか！」

　舳に片足を掛け、身を乗り出すようにしていた仙千代が声を荒らげた。

　それに調子を合わせるように、清秀も怒ってみせた。

「門徒どもが米を買い入れているようですな。売っているのは、どこの商人ばらか」

　門徒とは、主に農民、漁民、商人などから成る本願寺信者のことだ。

　石山本願寺城を兵糧攻めしている最中の信長は、商人たちに本願寺に米を売ることを禁じていた。しかし船の出せる浦や津は、大坂周辺の至るところにあり、そこから出てくる大小の船を、しらみつぶしに船改め（臨検）するわけにはいかない。そのため兵糧攻めの効果は、さほど上がっていなかった。

「けしからん。乗り入れましょう」

「承知仕った」

素早く離れた二艘は、瞬く間に北と南に分かれていく。

「万見殿、空船（からぶね）は船足（ふなあし）が速く、追いつけませぬ」

「致し方ない。門徒どもの船を追いましょう」

米俵を積み込んだ門徒の船なら、船足が鈍いので容易に追いつける。

仙千代が「商人の船を追え」と言い張らなかったことに、清秀は安堵した。

清秀の船は二艘より一回り大きい関船なので、たとえ空船でも商人の船に追いつくのは容易だが、船に詳しくない仙千代には、それが分からない。

門徒の船から米俵が海に捨てられる頃には、鉤刃（かぎは）の付いた鉄鎖（てつぐさり）が投げ入れられ、船が引き寄せられた。

接舷するや、槍を取った仙千代が真っ先に敵船に飛び移った。続いて仙千代の従者や清秀の家臣も続く。仙千代が艪で打ち掛かってきた二人を突き伏せるや、残る門徒は武器を捨てて降伏した。

早速、船上で取り調べが行われた。

信長直伝の仙千代の取り調べは、厳格かつ性急だ。

物頭らしき男の首を落とした仙千代が、血の滴（したた）る首を提げ、「米をどこから買い入れた！」と問うと、蒼白となった門徒らは、そろって「荒木様の手の者から」と答えた。

鬼のような形相で、仙千代が清秀に視線を据えた。

「中川殿、これはいかなることか！」

「われらの与り知らぬこととはいえ、お詫びのしようもございませぬ」

清秀は、胴の間（甲板）に額を擦り付けて謝罪した。

「この一件、上様にお伝えする」

「下々のしたことゆえ、何卒、ご容赦下され」

殊勝げに謝罪する清秀の眼前で、仙千代が凄まじい気合いを発しつつ、門徒の首を次々と刎ねていった。

村重の許に信長から問責使が派遣されたのは、十月二十一日のことだった。

問責使は松井友閑、明智光秀、万見仙千代の三人だ。

険しい顔で村重を問い詰める三人に対し、村重は「全く身に覚えがありませぬ」と陳弁を繰り返すが、三人は「上様の沙汰を仰ぐ」と言い残し、有岡城を後にした。

すでにこの頃、信長は京に入り、村重の謀叛に備えて陣触れを発している。

戻った三人から村重の弁明を聞き、ひとまず疑心を解いた信長は、人質として実母を差し出すこと、生き証人（犯人）を引き渡すこと、さらに村重本人が、安土に来るよう命じた。

これを受けた村重は生き証人を探したが、どうしても見つからない。そのため、老母を伴って有岡城を飛び出し、安土への途次にある清秀の茨木城に一泊した。

「たいへんなことになった」

村重の顔に生気はなく、その広い額には、うっすらと汗がにじんでいる。

「弱りましたな」

清秀は渋い顔で腕組みし、嘆息までしてみせた。

「殿、家中で生き証人は見つかりませんでしたか」

「厩番から釜焚きまで、城内にいる者は残らず尋問したが、本願寺に通じた者など一人もおらぬ」

ここ数日の心労からか、村重自慢の美髯に垣間見えていた白滝のような筋も、今では奔流となり、黒い部分を凌駕するほどになっている。

「生き証人を連れていけないとなれば、上様が示した条目を満たせぬのでは」

「そうなのだ。かくなる上は牢にいる罪人を斬り、首だけでも持っていくか」

「それは無駄というもの。上様は、生き証人から直に話を聞きたいと仰せなのですぞ」

「いかにも、そうだったな」

村重がその樫の根のような腕を組み、苦虫を嚙みつぶしたような顔をした。

「しかも殿は、先だって上様の不興を買ったばかりではありませぬか」

「不興とは何のことだ」

「思い出されよ」

先の播磨神吉城攻めの折、村重は情にほだされ、生け捕りにした敵将・神吉藤大夫の命乞いをした。

藤大夫は三木城主の別所長治傘下の国衆で、実母や子を人質として三木城に預けていた。ところが長治が突然、信長に反旗を翻したため、藤大夫の実母と子は、一転して三木城に囚われの身となった。藤大夫は致し方なく長治に従い、意に反して織田方と戦う羽目になったというのだ。

この話を聞いて藤大夫に同情した村重は、信長の許可を得ずに藤大夫を解き放った。それが、「すみやかに処刑せよ」という信長の命を託された使者が着く前だったため、村重は信長の不興を買い、三木城攻めから外され、京に召還された。

この後、藤大夫は嬉々として三木城に入ったので、信長の怒りは頂点に達した。人を見る目に長けた村重としては、珍しい失策だった。

「あれはまずかった」

「殿は、あの一件によって上様の信を失いました」

「裏切ったわけではない」

「とは仰せになられても、上様を怒らせたのは事実。此度が二度目では——」

さも深刻げに清秀が首を左右に振ると、「いかさま、な」と呟きつつ、村重が肩を落とした。

「病（やまい）と称して、少し時を稼がれてはいかがか」

時間稼ぎは信長の最も嫌うところだが、この場では、それくらいしか手はない。

「難しいな。すぐに安土に赴かねば、謀叛人として成敗（せいばい）されるだけだ」

「しかし安土に赴いたとて、成敗されぬという保証はありませぬぞ」

清秀が慎重に一歩を踏み出した。

「生き証人抜きでは、上様は許さぬと申すか」

「それは分かりませぬ。いずれにせよ上様が、摂津一国を蔵入地（くらいりち）（直轄領）としたがっているのは明白」

「ああ、そうだ」

「殿が安土で囚われの身となれば、われらは手も足も出ず、改易だろうが国替えだろうが、上様の命に従うほかありませぬ」

有明行灯（ありあけあんどん）の薄明りの下、村重の顔から血の気が引いていくのを、清秀ははっきりと見た。

「瀬兵衛、わしはどうすべきか」

村重の顔は、死人のように青ざめている。

主従となって以来、これほど追い込まれた村重を見るのは初めてだ。

――いい気味だ。

清秀にとって村重は、下剋上の手本と同時に競争相手だった。主の池田家を乗っ取った村重の手腕を横目で見ていた清秀は、実力さえあれば何でも手に入れられることを知り、自らもそれに倣（なら）った。しかし、乗っ取ったものの大きさが違うことから、清秀は村重に臣従せざるを得なかった。

以来、清秀は村重に忠節を誓い、事あるごとに「死なばもろとも」と言い続け、危機に陥れば、身を挺（てい）して村重を守ってきた。それを繰り返すうちに、村重は清秀を恃（たの）むところ大となり、いつしか絶大な信頼を置くに至った。

――村重は、わしも同じ穴の狢（むじな）ということを忘れてしまった。それが墓穴となるのだ。

獲物は、ゆっくりと罠に近づいてきていた。

しばしの間、沈思黙考（ちんしもっこう）するふりをした後、清秀が思い切るように言った。

「事ここに至れば、石山本願寺と誼（よしみ）を通ずるほか、手はありませぬ」

「何だと」

暗がりで物の怪にでも出遭ったかのように、村重が体をのけぞらせる。

「上様から離反いたせと申すか」

「安土に行けば、死が待っております」

「この期に及んで、負け馬に乗る馬鹿がどこにおる！」

天正四年（一五七六）四月の天王寺合戦で惨敗を喫して以来、本願寺は信長に対して一方的に受け身に回り、攻勢に転じることができないでいた。

「むろん上様にすがり、弁明するも一つの道。しかし上様は証拠を重んじ、くどくどしい弁明を嫌います。此度の一件は、何といっても万見様ご乗船の折のこと。いかに弁明しようが、生き証人抜きで、上様が『ああ、そうか』とばかりに殿の罪を不問に付すとは思えませぬ。かようなことをすれば、万見様の面目は丸つぶれとなります。これから織田家の奉行職を任せんとしている万見様の顔を、上様がつぶすとは考え難く――」

「待て」

「それがしは待っても、上様は待ってくれませぬ」

清秀が決めの一言を投げた。

「いずれにせよ、それがしは殿のご判断に従うまで。それでも、これから安土に赴くと仰せなら、われらは籠城の支度を整え、辞世の歌でも考えておきます」

いかにも死を覚悟しているかのごとく、清秀が恬淡として言うと、村重は半ば禿げ上がった頭に節くれ立った指を突き立てて問うた。

「それでは門徒方に、いかな勝算があるのか」

――魚が餌に食らいついたわ。

心中、ほくそ笑むと、清秀は、ここぞとばかりに畳みかけた。

「石山本願寺、毛利、武田、伊賀惣国一揆、そして将軍家と、上様は敵対勢力に包囲されており、これらの者どもが一味同心して周囲から雪崩込めば、いかに上様とて防ぐ術はありませぬ」

「とは申しても、かの者らに呼応し、殿が摂津で反旗を翻せば、いよいよ上様は袋の鼠。いかに烏合の衆でも、負けるはずがありませぬ」

高山右近の高槻、清秀の茨木、村次の尼崎、そして花隈、三田など村重麾下の十七城が一斉に離反すれば、摂津北東の高槻から南西の花隈まで、半円状の遮断線が描け、信長の背後を脅かすどころか、その勢力圏を分断できる。

「しかし戦が長引けば、兵糧が乏しくなり、籠城を続けられぬやもしれぬぞ」

確かにその通りだが、すでに清秀はその対策を考えていた。

「二年前の天正四年、木津川口の戦いで、毛利水軍は大勝利を収めております。これにより織田方水軍の実力が知れました。毛利に味方すると申せば、兵糧などいくらでも運んできます」

「そうだったな」

清秀はさらに押す。

「殿、信長さえ屠れば畿内は殿のもの。本願寺は既得権益を守ればよいだけ。武田と毛利は遠隔地ゆえ、上洛してもすぐに兵を返すは必定。さすれば天下人の座は――」

「えっ」

村重がのみ込んだ生唾の音が、清秀にも聞こえた。

「天下は、わしのものになると申すか」

清秀が深くうなずく。

「殿の御運が開けるも開けぬも、この場のご決断一つでござるぞ」

村重の顔は苦悶で引きつっていた。

しかし清秀には、その結論がどう出るか分かっていた。村重ほど果断に富む野心家は、ほかにいないからだ。

しばしの間、考え込んだ末、幽鬼のような顔をして村重が言った。

「やるか」

獲物が片足を罠に踏み入れた。

「よきご判断かと」

両の拳を畳に突きつつ、清秀が恐れ入ったとばかりに平伏した。

翌朝、村重は安土に向かわず、有岡城に戻っていった。

三

十一月六日、本願寺に兵糧を搬入すべく、大坂湾に入ってきた毛利方村上水軍を迎撃した織田方九鬼水軍は、火矢の通じない鉄甲船を駆使して村上水軍を打ち破った。

これにより大坂湾の制海権は織田方の手に帰し、毛利方が大船を連ねて兵糧を運んでくるどころか、後詰勢を送ってくる可能性さえなくなった。

村重の賭けは裏目に出たのだ。

九日、これに安堵した信長は、三万の大軍を率いて京を出陣した。

一転して危機に陥った荒木方は、高山右近の高槻城と、中川清秀の茨木城を両翼にした防御態勢を布く。

これに対して信長は、万見仙千代と堀秀政を先手とし、まず秀政に高槻城を囲ませた。

高槻城を攻める堀秀政の後詰に回った信長は、付近に付城を築くよう命じると、自らは安満という高台の陣所に入った。

早速、伴天連を召し出した信長は、布教の允許状を与えることと引き換えに、キリシタンの高山右近の説得にあたるよう命じた。

羽柴秀吉と共に高槻城に赴いた宣教師たちは、口を極めて右近に降伏を勧めた。これにより軟化した右近は、城を開くことに同意する。

十五日、安満から郡山(こおりやま)に陣を進めた信長は翌日、右近を謁見(えっけん)し、早期の降伏を「殊勝」と評価し、摂津国芥川(あくたがわ)郡を安堵した。

さらに二十三日、茨木城近郊の惣持寺(そうじじ)に陣を布いた信長は、先行してこの地に付城を築いていた仙千代に、清秀の説得を命じた。

一方、仙千代から降伏勧告の書状が届くと、清秀は即座に応じた。

二十五日、広袖の直垂裃(ひたたれかみしも)を着て、腰に脇差と白扇を差しただけの姿で現れた清秀を、仙千代は丁重に迎え入れた。

「よくぞ旗を降ろしていただけた。中川殿には分別(ふんべつ)がある」

「此度の事、何の申し開きもありませぬ」

清秀は悄然(しょうぜん)と頭(こうべ)を垂れた。

「中川殿の赤心は、この仙千代、十分に分かっております。それよりも此度は、なぜこのような仕儀になられたのか」

「家臣として真に恥ずかしきことですが、殿は『実は、すでに本願寺と通じており、わが命により、本願寺の求めに応じて兵糧を売っていた』と申したのです」

額に垂れた仙千代の髪の一筋が、怒りで震えた。

「中川殿、それは真か」

「残念ながら」と言いつつ清秀は懐(ふところ)に手を入れると、一通の書状を取り出した。

それは、天正六年十月十七日付けの本願寺顕如(けんにょ)の起請文(きしょうもん)だった。

そこには、「当寺に対して一味の上は、善悪について互いに相談し、入魂(じっこん)せしむべきに候」から始まり、仏敵信長を斃(たお)したあかつきには、村重の所領安堵と加増を、将軍義昭に斡旋(あっせん)するとまで書かれていた。

しばしの間、ため息をついて書状を眺めていた仙千代が顔を上げた。

「しかし中川殿は、いかなる理由(わけ)で、この書状をお持ちなのか」

「殿が来訪の折、この起請文を、それがしに見せて安心させたのです」

「それでは、これほど大切なものを、なぜ荒木殿は中川殿に預けられたのか」

「この瀬兵衛、至らぬ者なれど殿の信頼厚く、以後、それがしが奏者となり、石山方と計策（交渉）に及べと、殿から申し付けられました」

それでも仙千代は険しい顔を崩さない。

――侮(あなど)れぬ小僧だ。

仙千代が信長のお気に入りとなっている理由を、清秀は知った。

――これ以上、起請文に関心を向けさせてはいかん。何といってもこの起請文は、「荒木家中そろって信長から離反する」と、本願寺をだまして出させたものだからな。

さも無念げに、清秀は口端を歪めた。

「上様に洗いざらい語り、許しを請うべしと、それがしは殿を諫めたのですが、殿は一切聞く耳を持たず――」

そこまで言うと、清秀はその場に両手をついた。

「申し訳ありませぬ」

「中川殿は苦渋の決断をなされた。主を裏切るのはよほどのこと。心中、お察し申し上げる」

「ありがたきお言葉」

上目づかいに仙千代を見ると、その顔には、狡猾な色が浮かんでいた。

それこそは村重や己と同じ、野心に囚われた者の顔だ。

――此奴も、われらと何ら変わらぬ。

己の読みが当たったと確信した清秀は、さらに一歩、踏み込んだ。

「して万見様、上様は有岡の城を力攻めなさらず、降伏を勧めるのですな」

「このままではそうなります。あの城の縄張りに精通した者は家中におらず、幾度か訪れたことのあるそれがしとて、把握しきれておりませぬ。とくに外曲輪には町屋が密集し、どこをどう進んでいるのか分からぬほど。それさえ分かれば――」

「つまり内城に至る道筋さえ分かれば、力攻めなさると仰せか」

「はい。それがしが、それを申し出れば、上様にもお聞き届けいただけるはず」

仙千代の顔に、権力者に愛されている者特有の自信に溢れた笑みが浮かんだ。

「分かりました。この瀬兵衛、主を裏切ることは不本意ながら、天道に背く者を、もはや主とは思いたくありませぬ。それゆえ、有岡の城の攻め口をお教えいたしましょう」

「ありがたい！」

仙千代の瞳が少年のように輝いた。

近習に有岡城の絵図面を持ってこさせた清秀は、どこをどう進めば、いち早く本曲輪に到達できるかを教えた。

「よくぞ、お話しいただけた」

仙千代が清秀の手を取らんばかりに喜ぶ。

「ただし、それがしが有岡の城の攻め口をお教えいたしたことは、一切、口外無用」

「上様にお伝えしなくともよいのですか」

仙千代が、女人のような仕草で小首をかしげた。小姓時代の癖が抜けないのだ。

「万見様が功を挙げることこそ、それがしの喜びでござる」

「あいすみませぬ」と言いながら、仙千代の顔に一瞬、老獪な色が浮かんだ。

「向後、中川殿を悪いようにはいたしませぬ」

信長の側近くで多くの武将のやりとりを聞くうち、仙千代も、武将間の微妙な貸し借りを学んでいたに違いない。

額を板敷きに擦り付けて礼を言いつつ、心中、清秀は鼻で笑っていた。

——馬鹿め。

仙千代の取次により、清秀に信長への拝謁(はいえつ)が許されたのは、二十七日の夜のことだ。

清秀の態度をたたえた信長は、馬、太刀、黄金三十枚などを下賜(かし)し、本領安堵の上、家臣の列に加えた。

四

十一月二十八日、有岡城の西方二里にある甲山(かぶとやま)に攻め寄せた仙千代と堀秀政は、そこに避難していた領民を撫で斬り（皆殺し）にし、その首を串刺しにすると高台に晒した。城に籠もる荒木方に、裏切りの代償がいかに大きいか示すためだ。

さらに陣所を進めた織田方は、猪名川(いながわ)に面した東方を除く三方から城を囲むと、その夜、有岡城の一里ほど南の塚口に着陣した信長の下、城攻めの軍議を開いた。

城内の様子が分からないことから、力攻めすれば甚大な損害をこうむると予想され、まずは降伏勧告からという意見が大半を占めたが、仙千代は敢然(かんぜん)と夜討ちを進言、自ら先手を承りたいと願い出た。

「迷わず内城に行けるのか」という信長の問いに、仙千代は「申すまでもなきこと」と返答した。

その自信溢れる態度を見た信長は力攻めを決定、仙千代に先手を命じた。

これに先駆け、織田方は猪名川をせき止める工事を終わらせていた。新たな水の流入がなくなり、残っていた水も水路の掘削により流されたため、満々と水をたたえていた有岡城の外堀が瞬く間に涸れた。

十二月八日酉の刻（午後六時頃）、惣懸りが始まった。

空堀となった外堀を渡った仙千代らは、鉄砲を放ちつつ大手口に殺到した。

先頭を駆けるのは仙千代、堀秀政、菅屋長頼の三人だ。

信長は、出頭競争をしている三人に先陣争いをさせることにしたのだ。

信長から鉄砲奉行を仰せつかった三人は、鉄砲を乱射しつつ、先を争って有岡城大手口に殺到する。

有岡城は、根小屋（城下町）を取り込んだ惣構を有する平城で、その規模は南北十五町（約一千六百三十六メートル）、東西七町（約七百六十三メートル）に及ぶ西国屈指の大城だ。

商人町ごと城内に取り込んでいるので、戦時でも経済活動が停滞せず、敵が引き揚げた後は、すみやかに平時と変わらぬ活動を再開できる。

村重は、そうした惣構の有効性に、いち早く気づいた一人だった。

しかし外堀を涸らされてしまっては、惣構も無力となる。

惣構の大手口は、城の南端にある鵯塚砦の西に設けられており、そこを突破して北に八町ほど進むと内城に至る。

織田方の火力に圧倒された鵯塚砦は、半刻ほどで落城、仙千代らは大手門を押し破り、惣構内に殺到した。

有岡城は、西の町屋地域と東の侍町を分断するように、中央に多田街道が走っており、内城に向かうには、そこを進むことになる。しかし清秀の話によると、途次に西の上臈塚砦と東の内城から攻撃を同時に受ける死地を設けてあるという。そのため仙千代は、あえて町屋が密集する狭い道を進んだ。

その頃には、後続する弓隊が火矢を放ったため、根小屋地域は炎に包まれていた。

幾筋もの町筋が交錯する根小屋は、迷路のように入り組み、昼でも迷うほどだが、清秀から道順を聞いていた仙千代は、最短距離を突き進んだ。

「進め、進め。功名は望みのままぞ！」

この戦いが実質的な初陣となる仙千代は、逸りに逸っていた。

やがて仙千代の眼前に、内城の築地塀が見えてきた。

――中川殿の申した通りだ。

堀・菅屋両隊に先んじて内城に達したのは間違いなく、仙千代は内心、快哉を叫んだ。西方で聞こえる激しい筒音から、堀・菅屋両隊は、清秀が言っていた死地で立ち往生させられているに違いない。

嵩に懸かって攻め寄せようとした仙千代だが、そこで清秀の言を思い出した。

「内城の大手門を押し破ろうとすると、井楼から苛烈な攻撃を受けます。それゆえ、井楼の矢頃（射程）から死角となる北側に迂回し、北門を目指されよ。北門は最も手薄。しかも、そこを進めば本曲輪まで一本道となっております」

内城の大手門をやり過ごし、北門前に達した仙千代は、それでも用心深く中の様子をうかがった。

寄手の一隊が、これほど早く内城に達していると思っていなかったのか、堀・菅屋両隊の防戦に出払っているのか、門は閉じられ、城内は静まり返っている。

清秀からは内堀の幅も聞いているので、仙千代は用意してきた梯子橋を架けさせると、築地塀に縄梯子をつるさせた。

「よし、入れ」

一番乗りを競うように、兵が城内に飛び込んでいく。

「中に敵はおりませぬ」

城内に降り立った将から報告があった。

「行くぞ」

縄梯子を伝って中に下りた仙千代が周囲を見回すと、付近に人気はなく、暗闇の中に折れ曲がった道が続いているだけだ。これこそ、清秀の言っていた本曲輪に通じる道に違いない。

「進め」

村重の首を求め、万見隊二百余が馬場のような道を突き進んだ。しかしその道は次第に細くなり、兵二人が、どうにか通れるだけの幅になった。

その時、突然、左右の築地塀の上が明滅すると、炸裂音が轟いた。

先頭を走っていた兵が絶叫を上げつつ、もんどりうって倒れる。

「進め、進め！」

それでも仙千代は突破を試みたが、しばらく行くと袋小路にぶつかった。

――しまった。ここが死地ではないか。

北門は囮虎口で、その先には、あえて敵を城内に誘導し、一気に殲滅する切留（行き止まり）と呼ばれる仕掛けが施されていたのだ。

「引け、引け！」

おびただしい数の銃弾が頭上から降り注ぎ、信長から付けられた屈強な家臣たちが、次々と斃されていく。

——瀬兵衛め、話が違うではないか！

仙千代は地団駄踏んだが、とにかく今は、この窮地(きゅうち)を脱するほかない。

折り重なるように斃れている兵の上を乗り越えつつ、仙千代は来た道を引き返そうとした。しかし降り注ぐ銃火は、次第に勢いを増してくる。

頭上で銃撃音がする度に、仙千代を守るために作られた人壁は薄くなり、遂には十人ほどになった。

それでも、あとわずかで北門というところまで戻った時、北門前の内枡形(うちますがた)に、長柄(ながえ)や槍を構えた荒木勢が立ちはだかっているのが見えた。

この時になって、ようやく仙千代は確信した。

——瀬兵衛に謀(たばか)られたのだ。

仙千代が討ち死にすれば、いかに詫びを入れても、信長は村重を許さない。村重が滅びれば、すでに降伏している清秀は、摂津一国とはいかないまでも、功に見合った知行を得られる。

仙千代が無念の臍(ほぞ)を噬(か)んだ時、背後から喊声が聞こえ、敵勢が迫ってきた。

前後に敵を持った仙千代は死を覚悟した。

「槍だ。槍をよこせ！」

小姓から槍を奪った仙千代は、敢然と敵の中に討ち入った。

功を焦って押し寄せる敵を相手に仙千代は奮戦したが、身に数創を負い、遂に力尽きた。仙千代が片膝をついた瞬間、その脾腹深くに長柄が差し入れられた。待っていたかのように腸が溢れ出し、遅れて激痛がやってきた。

「御免」

次の瞬間、兜を脱がされ、頭を上に持ち上げられた。

——首を獲られるのだな。

遠のいていく意識の中でそう思った仙千代は、首を打とうとする兵に、「最後に伝えたいことがある」と告げた。

「仙千代が討ち死にしたと」

その報を聞いた信長は一瞬、顔色を変えただけで、すぐに冷静さを取り戻し、全軍に撤退を命じた。

万見隊の壊滅後、残る堀・菅屋両隊も内城を破れずにいたため、この日の夜討ちは失敗に終わった。

有岡城の東方半里にある原田郷の陣所にいた清秀が、池田城の信長本陣に呼ばれたのは、仙千代が討たれた翌日のことだった。

池田城は、かつての内訌により焼け落ちており、その後に建てられた小寺に、信長の本陣は設えられていた。

本堂の縁先に清秀が控えていると、近習や茶坊主の行き来が激しくなり、やがて太刀持ちの小姓を従えた信長が現れた。

清秀にとって三度目の拝謁となる。

「瀬兵衛、聞いたか。仙千代が死んだ」

肩衣半袴姿の信長は開口一番、甲高い声で言った。

「此度の事、真に無念でありました。万見殿ほどの忠臣は二人としておらず、上様の心中、察するに余りあります」

慎重に言葉を選びつつ、清秀がお悔みを述べる。

「仙千代は、わが側近くに長らく仕えてきた」

「はい、存じ上げております」

「しかし、運拙き者が生き残れぬのも武門の習い」

「ははっ」

上目づかいに見上げると、信長の切れ長の瞳には、冷たい焔がともっている。

「あの髭面に、この代償を払わせねばならぬ」

「仰せの通りでございます」

己の胸内から湧き上がる動揺を力ずくで捻じ伏せ、清秀は平静を装った。

「わしは荒木の手の者を、ただの一人も許すつもりはない」

「はっ、はい」

寒気が厳しい季節にもかかわらず、清秀の背に冷や汗が伝った。

「そこでだ」

信長の瞳にともっていた光は、肝が縮むほど険しいものに変わっていた。

「事後のことは、そなたに任せる」

「事後――、と仰せになられますと」

「決まっておろう。城を落とした後のことよ」

本堂の祭壇を背にした信長は、この寺の本尊と見まがうばかりに崇高に見える。

「荒木家中に知己が多いそなただが、まさか手ぬるいことはすまいな」

「ははっ」

祭壇の灯明に照らされた信長の半顔が、激しい憎悪に歪んだ。

年が明けて天正七年（一五七九）、周囲の戦況の好転により、信長は有岡城を力攻めにせず、兵糧攻めにした。

信長は鷹狩りをしたり、茶会を開かせたりしながら時を過ごしていたが、配下の諸将は有岡城の周囲に砦を築き、二重三重に堀を穿ち、徐々に包囲態勢を固めていた。

一方、恃みの本願寺が佐久間信盛らに包囲され、身動きが取れなくなった今、村重があてにできるのは、毛利家だけになっていた。

それでも荒木方には、有岡城のほかに村次の守る尼崎城、従兄弟の荒木元清の守る花隈城などが健在で、何とか戦線を維持していた。

信長は有岡城を包囲しつつ、播磨や丹波にも嫡男信忠や明智光秀を派遣し、毛利方への攻勢を強めていた。制海権を握られた上、こうした圧力により、毛利家は桂元将率いる小部隊を尼崎城に送るのが精一杯で、本格的な後詰勢を送れない状況に陥っていた。

これにより荒木方三城は完全に孤立した。

天正六年十一月に始まった籠城戦が、十月を過ぎようとする九月二日、痺れを切らした村重は、ひそかに有岡城を脱出し、桂元将のいる尼崎城に入った。毛利家に後詰勢派遣を促すためだ。

しかし村重が有岡城を留守にしている隙に、城内から内通者が出て、敵を惣構内に引き入れてしまった。

そのため城方は内城に追い込まれた。

村重は地団駄踏んで口惜しがったが、もはや有岡城に戻ることは叶わず、尼崎城で籠城を続けるほかなかった。

指揮官を失った上、兵糧も底をつき、万事休した有岡城は十一月十九日、降伏開城する。城内の兵と民を助命する交換条件として、信長は、村重の降伏と尼崎・花隈両城の明け渡しを求めてきた。

降伏した村重の宿老が尼崎城に派遣されたが、村重は煮え切らない態度に終始し、いっこうに明確な返事をしなかった。むろん時間稼ぎと思われても仕方ない。

武装解除された有岡城から瞬く間に織田勢は退去し、尼崎・花隈両城の包囲に向かった。有岡城には、降伏者の監視役として、織田勢の一部と清秀の部隊が残された。

十二月十二日、「荒木一族の者を都に連れてこい」という信長の命に応じ、清秀は村重一族三十人余を都に送った。

残る家臣や民など、有岡城に籠もった者たちの処置を問い合わせると、信長は「任せる」とだけ言ってきた。

その意味するところは明白だ。

翌十三日、尼崎の七松ノ浜に上級家臣の女房子供百二十二人を引き出した清秀は、彼らを磔刑に処した。その中には幼児も多くいたが、母親の胸に縛り付け、一緒に突き殺した。

苦痛を感じる暇もなく死ねる斬首刑と異なり、磔刑は、左右の脇腹から対角の肩めがけて槍を突き通すという残虐な処刑法だ。心臓を外すので一撃では死ねず、槍の穂先に次々と内臓を巻き取られた末、ようやく死に至る。言うまでもなく、その苦痛は言語に絶する。

続いて下級武士、中間(ちゅうげん)小者、下女など五百十人余の男女の処刑が行われた。

清秀は彼らを四つの小屋に押し込め、外から板材を打ち付けると、小屋の周囲に薪(まき)と柴(しば)を積み上げ、一斉に火をつけた。

これは、「焼き籠め」と呼ばれる信長が最も好む集団虐殺法だった。

その熱と煙による苦しみは凄まじいもので、当時の公家(くげ)の日記によると、女子供の泣き叫ぶ声は幾重にも連なり、この光景を見物した人々の耳に、二十日から三十日の間、貼り付いて離れなかったという。

清秀は顔色一つ変えず、粛々と五百十人に及ぶ処刑を終わらせた。

続く十六日、すでに京に送られていた荒木一族三十人余が、都大路を引き回された上、六条河原で斬首刑に処された。

その中には、村重の室をはじめとする女性や子供もいたが、彼女たちは少しも取り乱さず、神妙な態度で死出の旅に就いたという。

これを最後に有岡城の戦後処理は終わった。それは、戦国期でもまれに見る残虐なものとなった。

五

それから四年の月日が流れた天正十一年（一五八三）四月十二日、琵琶湖北東部にそびえる賤ヶ岳の東一里弱にある羽柴秀長の田上山砦に、一人の茶人がやってきた。

戦場には似つかわしくない十徳に長袴といういでたちで、その五十がらみの茶人は一人、雨の中に佇んでいた。

「新五郎、息災のようだな」

机上に並べられた図面をのぞき込み、幕僚と談議していた武将が驚いて顔を上げた。

「まさか、父上ではありませぬか！」

「久方ぶりだな」

法性寺笠を取った茶人の顔に、苦い笑みが浮かんだ。

そのこけた頬や額に刻まれた深い皺は、その茶人のくぐり抜けてきた風雪が、いかに厳しいものだったかを物語っていた。

「父上、何をやっておられる。早くこちらにおいで下さい」

武将は、手を取らんばかりに土砂降りの雨の中を走ってきた。

「城を造っておると聞いたが」

「はい。羽柴様のお情けにすがり、普請奉行として陣中に加えていただきました。これもひとえに、父上から伝授された普請作事の知識のおかげです」

「それはよかった」

西国で初めて惣構の概念を取り入れた有岡城を築いた村重は、築城術に長けた武将の一人だ。その知識を伝えておいたことが、息子村次の身を助けていた。

「父上、ここではお体が冷えます。ささ、こちらへ」

作事小屋に招き入れられた村重は、暖の近くに座を与えられ、ようやく濡れた着物を乾かすことができた。

「尼崎の城を出て以来でしたな」

「ああ、かれこれもう四年か」

「それにしても、あの時の無念を思うと、今でも口惜し涙が出ます」

村次が拳を固めて言う。

「有岡城のことか」

「はい、有岡城に残った者は、一族郎党から家臣の末端まで、すべて殺されました」

二人は遠い目をして過去を回想した。

有岡城が開城した後も、村重・村次父子は花隈・尼崎両城で抵抗を続けた。

信長は、村重が降伏すれば有岡城にいる者たちを赦免すると言ってきたが、村重が降伏しても、有岡城に籠もった者たちが救われるという保証は、どこにもない。

伊勢長島でも加賀でも、信長は約束を反故（ほご）にし、老若男女を問わず、一向一揆の端々（はしばし）に至るまで殺し尽くしているのだ。

――それでも、わしは降伏しようと思った。

村重が投降しなければ、一族や家臣は間違いなく撫で斬りにされてしまう。たとえ一縷（いちる）の望みだとしても、村重は信長を信じようとした。

「あの時、信長の許に向かおうとする父上を止めたのは、それがしでした」

城を出ようとする村重の足にすがり、懸命に投降を引き留めたのは村次だった。信長との戦いを勝ち抜くには、村重の軍略と指導力が必要だからだ。

村次の説得に折れた村重は、結局、城を出ず、有岡城に籠城していた者たちは虐殺された。しかも有岡落城後から四月（よつき）後の天正八年（一五八〇）三月、毛利家から使者が入り、いくら待っても、後詰勢は派遣されないと告げてきた。

後詰が来ない限り、村重に勝ち目はない。

一時は自害まで考えた村重だったが、再起を期し、村次と共に城を脱出した。

村重とて、この決断が世間から後ろ指を差されることになるのは、十分に分かっていた。しかし、死をもって冥途にいる一族や家臣に詫びるよりも、裏切り者に復仇することで、彼らへの手向（たむ）けにしたいという思いが勝った。

裏切り者とは、言うまでもなく清秀のことだ。

村重は毛利家を頼って備後国の尾道に落ち、村次は本願寺に向かった。父子が袂を分かったのは、最悪の場合でも、どちらかが生き残るためだった。

「わしのために罪なき者たちが死んでいった。わが室と子らは致し方ないとしても、家臣から下女まで殺されたことは、真に無念だ。しかも信長は直接、その命を下していなかったというではないか」

「ご存じなのですね」

「ああ、信長から後事を託された瀬兵衛がやったのだろう」

「ご存じならば仕方ありませぬ。その通りです。しかし父上――」

村次が言葉を切り、真摯な眼差しを向けてきた。

「今では、瀬兵衛殿もお味方なのです。それがしは口惜しさを堪え、同じ陣中で同じ釜の飯を食ろうております」

「復仇など考えるな、と言いたいのだろう」

村次が黙って首肯した。

荒木一族が没落した後、摂津一国を手中にした信長の勢威はさらに高まり、国人一揆が支配する伊賀を平定、戦国最強を謳われた甲州武田家を滅ぼし、越後上杉家を滅亡寸前に追い込んだ。

しかし天正十年（一五八二）六月二日、信長は本能寺で横死する。

この時、毛利攻めの最中にあった羽柴秀吉は、「中国大返し」という離れ業を演じ、主君の仇となった明智光秀を討ち、天下の覇権を柴田勝家と争うまでになっていた。

本能寺の変後、中川清秀はいち早く秀吉に属し、山崎合戦で明智光秀勢を破るきっかけを作るなどの活躍をし、秀吉の覚えめでたい家臣の一人となっていた。

一方、清須会議の後、秀吉の本拠となった山城国天王山の宝寺城へ伺候した村重は、村次の出仕を秀吉に願い出た。

かつて播磨攻略戦を村重と共に戦った秀吉は、その望みを入れ、村次を家臣の列に加えた。しかし、堺で隠居したいという村重の希望には難色を示した。

秀吉は村重の能力を高く買っており、家臣の列に加えたいと言ってきたが、村重は商人兼茶人として第二の人生を歩むと言い張り、これを固辞した。

武士として秀吉陣営に身を投じてしまえば、清秀とは味方どうしとなり、武門の道義上、復仇を遂げられなくなってしまう。

実は、有岡城で万見仙千代が討ち死にした際、村重は仙千代を討ち取った武将から、そのいまわの際の言葉を伝えられていた。

「瀬兵衛にお気をつけなされよ」

その一言で、すべてを覚った村重は、茶人となることで復仇の意思がないことを、清秀や秀吉家中に身をもって表明した後、虎視眈々とその機会を待っていた。

そんな折、賤ヶ岳合戦が勃発した。この天下分け目の決戦に清秀も参陣していると聞いた村重は、堺を出発した。

それでも村重は、秀吉に敵対する柴田勝家に味方し、力ずくで清秀を討つという愚を犯すつもりはない。村重から見れば、勝家が勝つ目は万に一つもないからだ。

「父上、それがしは、これから軍議の座に赴きます。それゆえ短慮を起こさず――」

「心得ておる」

むろん村重にも、村次の立場は分かっている。天下取りの大戦をしている最中に、私怨から刃傷沙汰に及べば、いかに寛容な秀吉でも、許すはずがない。

――いかに藤吉郎がわしに甘かろうと、瀬兵衛めに何かすれば、父子そろって打ち首だろうて。

心配そうに幾度も背後を振り返りつつ、村次が陣所を出ていった。

秀吉と相対する柴田勝家の与党は、信長三男で美濃岐阜城に籠城する信孝と、伊勢長島城の滝川一益だ。彼らは三方から秀吉を包囲するような陣形を布いていたが、越前北庄城を本拠とする勝家は、積雪により冬季の動きが制約され、その間に信孝や一益が各個撃破される恐れがあった。

そのため勝家率いる北陸勢は、天正十一年（一五八三）三月三日、いまだ雪の積もる峠道をかき分けつつ、南下を始めた。

一方の秀吉は、勝家の南下を阻むため、余呉湖周辺に陣城群を築いていた。

余呉湖は、琵琶湖の北東隅にある小さな湖だ。北を除く三方を山で囲まれたこの湖は、琵琶湖の千分の三弱の大きさしかない。

秀吉は余呉湖北岸に連なる神明山、堂木山等の山塊群を第一線陣地とし、秀吉側に寝返った長浜城主・柴田勝豊の寄騎の大鐘藤八郎貞綱、山路将監正国、木下一元ら長浜衆を置き、秀吉股肱の木村重茲に監視させていた。この第一線部隊の総兵力は二千となる。

さらに、北国街道を隔てた東側にあたる東野山に、堀秀政五千を配した。

余呉湖南岸から東岸にかけて連なる山塊群にも第二線陣地を築き、兵を置いていた。西方から、賤ヶ岳に桑山重晴一千、大岩山に中川清秀一千、岩崎山に高山右近一千という布陣だ。秀吉は最高所の賤ヶ岳に陣を布いた古参家臣の桑山重晴に、摂津衆二人を監視させた。

さらに、北国街道を挟んだ東方の田上山に羽柴秀長一万五千を置いた秀吉は、その南方の木之本に自らの本陣を設けた。

すなわち秀吉は、寝返ったばかりの長浜衆を敵の矢面に立たせ、同様な立場の摂津衆二人を第二線に置き、秀吉股肱の木村重茲、堀秀政、桑山重晴、羽柴秀長に監視させていた。

第一線に配された長浜衆は、わずか二千という兵力からも分かる通り、捨て石に等しく、敵の攻撃を直接、受けねばならない羽目に陥っていた。

――いかにして瀬兵衛を討つか。

村重はそれだけを考えていた。

かつての癖で顎に手を当てた村重は、そこにあった美髯が今はないことに、あらためて気づいた。

――わしは一介の茶人だ。兵も武器も持たぬがゆえ、知恵だけで勝負せねばならぬ。

誰もいなくなった陣所の床几に腰掛け、村重は、いっこうに降りやまぬ雨の音を聞いていた。

――いかに瀬兵衛を殺すか。しかも秀吉の天下取りの邪魔をせず、新たな道を歩み始めた村次にも、一切の迷惑は掛けられぬ。ここは思案のしどころだな。

その時、ふと机上を見やると、多くの絵図面が広げてある。それは、羽柴方の陣城の縄張り図のようだ。

見るとはなしにそれを見ていた村重の面に笑みが浮かぶまで、さほどの時は要さなかった。懐に手を入れた村重は、おもむろに手控えを出すと、句でも書くように、それらを写し始めた。それがすべて終わった後、篠突く雨の中、陣所の外に出た村重は、田上山の北端まで行った。

そこからは、敵味方の陣城群が一望の下（もと）に見渡せる。

——瀬兵衛、己の野望を実現するために、なりふり構わぬそなたの姿こそ、この時代を生きる者の見本となる。その点、万見殿もわしも甘かった。しかしな、わしを殺せなかったことが、そなたの命取りになった。いかに見事な画龍（がりょう）でも、点睛（てんせい）を欠いては、ただの戯（ざ）れ絵でしかないのだ。

かすかに篝火（かがりび）の瞬く大岩山砦を見つめる村重の皺深い頬には、会心の笑みが浮かんでいた。

六

四月十二日、長浜衆の山路正国が田上山に来ていると聞いた村重は、ゆっくりと陣所を出た。

驟雨（しゅうう）の中、村重は秀長本陣から出てきた山路正国を呼び止めた。

「将監殿、久方ぶりですな」

「これは、荒木殿ではありませぬか」

「して、これから堂木山の砦にお戻りか」

「ああ、はい」

型通りの挨拶を済ませた後、村重は気の毒そうな顔をした。

「それにしても堂木山とは、たいへんなところに配されましたな」

村重の言葉に何かを感じたのか、正国の顔に戸惑いの色が浮かぶ。

勝家の家臣だった正国は、清須会議で長浜の地を得た勝家から長浜城主に任命された甥の柴田勝豊の付家老として、長浜城に赴任させられた。そのため勝豊が秀吉に降伏したことで、自らの意思とは裏腹に秀吉方となってしまった。

「立ち話も何です。こちらへどうぞ」

村重に誘われるままに、正国が村次の陣所に入った。

村次とその配下は、陣城普請の監督に出ていて不在だ。

「それにしても此度は、随分と思い切ったことをなされましたな」

「離反のことですか」

「いかにも」

「あれは、それがしらが知らぬうちに、勝豊が勝手にやったことです」

「やはりそうでしたか」

「しかも本人は重篤(じゅうとく)とのことで、こちらに来られず、おかげで宿老のわれらが、親父殿

（勝家）の矢面に立たされることになりました」

勝豊の病気は事実で、このすぐ後に死去する。

「主の勝手な判断で寝返ることになり、その挙句、大恩ある親父殿と戦う羽目に陥るとは、将監殿もついておりませぬな」

「仰せの通りです」

正国が憤然と吐き捨てた。

「いずれにせよ羽柴方の有利は動かぬゆえ、それならそれで、よいではありませぬか」

「緒戦で討ち死にしてしまえば、後に羽柴方が勝ったとて、何の甲斐もありませぬ」

「しかし今更、柴田方に帰参するわけにもまいりますまい」

「いかにも。経緯はどうあれ、ここまで出てきてしまったのですからな。帰参するにしても、何か手土産でもない限り、到底、信じてもらえませぬ」

――どうやら、うまく行きそうだな。

村重は、この策配が成功する確信を持った。

「お言葉ご尤も。とくに佐久間玄蕃などは、長浜衆の裏切りに、さぞや怒っておりましょうな」

「そうなのです。われらだけでは、とても玄蕃の猛攻を支えられませぬ」

鬼玄蕃の異名を持つ佐久間盛政は、叔父の柴田勝家の右腕として、幾多の戦場を疾駆してきた織田家中屈指の猛将だ。しかも性格は短気で、裏切り者に容赦はない。

――秀吉は長浜衆という囮の餌を眼前にちらつかせ、玄蕃に戦端を切らせるつもりだ。

盛政の気質をよく知る秀吉は、正国ら長浜衆を囮にして盛政を誘い出し、たとえ餌を食い尽くされても、その後に包囲殲滅するつもりでいるのだ。

「お気の毒ですが、どちらが勝つにしても、このままでは、長浜衆は潰えましょう」

「やはり、そう思われますか」

正国が悄然と肩を落とした。

「ただし、この窮地を脱する手がないこともありませぬ」

「えっ」

うなだれていた正国が顔を上げた。

七

その日の深夜、数人の供を引き連れた男が、柴田勝家の陣に逃げ込んできた。

山路正国である。

正国は、とんでもないものを持参していた。それは秀吉方陣城群の縄張り図だった。

それを見せられた勝家と盛政は唖然とした。

城攻めが長引く要因の一つに、敵方の城や砦の縄張りが分からないということがある。逆に縄張りが分かれば、城を落とす確率は格段に高まる。

地図を見ると、神明山や堂木山といった秀吉方第一線の陣城には土塁や横堀がめぐらされ、枡形虎口（ますがたこぐち）や馬出（うまだし）まで設けられており、攻略は容易でない。

ところが、賤ヶ岳、大岩山、岩崎山といった第二線陣城群は、普請半ばの状態に置かれていた。

秀吉は、最前線の陣城群から堅固な普請を施していったので、第二線以降の普請が、なおざりにされていたのだ。

とくに中川清秀の籠もる大岩山砦は貧弱な造りで、攻略は容易に思えた。

しかし、じっと絵図面に見入っていた柴田勝家は首を左右に振った。

「いかに二の手（第二線）の陣城が半造作（はんぞうさ）でも、背後に先手（第一線）の陣城を残したまま、中入りなどできぬ」

中入りとは、背後に第一線の敵を残したまま、第二線の敵に攻撃を仕掛けることだ。

これに対し、正国は笑みを浮かべて答えた。

「柴田様が二の手の陣城群を屠れば、先手の陣城群に残る長浜衆の大鐘貞綱や木下一元が、寝返る手はずになっております」

「それをいかに証明する」

盛政が厳しい声音で問うた。

秀吉なら正国に言い含め、偽の縄張り図を持たせることくらい平気でする。

「それがしが柴田様の陣に残ります。言うまでもなく、大鐘や木下からも証人（人質）を取っております」

背後に控えていた者たちが陣笠を外すと、勝家や盛政も見知っている大鐘や木下の子弟たちの顔が現れた。もはや正国を疑う余地はない。

勝家と盛政は視線を合わせ、大きくうなずくと、そのまま軍議に移行し、盛政による大岩山砦への先制攻撃が決定された。

ところが翌日から雨が続き、盛政が攻撃をためらっていると、さらなる朗報が届いた。

十七日、豪雨の中、秀吉が二万の兵を率い、木之本を後にしたというのだ。

秀吉は、勝家と同盟する織田信孝の岐阜城を攻めた後、同じく滝川一益の守る北伊勢へと転戦するつもりらしい。

これで敵の後備（うしろぞなえ）はなくなり、兵力も四万五千から二万五千に減った。

雨も上がり、柴田方にとって千載一遇の好機が訪れた。

天正十一年四月二十日未明、佐久間盛政隊八千が大岩山砦を攻撃することで、賤ヶ岳合戦の幕が切って落とされた。

「どうやら始まったな」

田上山砦の北端から賤ヶ岳方面を眺める者たちの中に村次の姿を見かけた村重は、その背に声をかけた。

「父上、敵は大岩山に奇襲を掛けてきました」

「そのようだな」

「なぜ大岩山なのか。あそこは、いまだ半造作なのに」

村次が口惜しげに舌打ちする。

第二線陣地の中でも、大岩山は賤ヶ岳と岩崎山の間に挟まれた位置にあり、敵が、わざわざそこを突いた意図は分からない。

「余呉湖の北は動いておるか」

「いえ、静まり返っております」

余呉湖の北とは、大鐘貞綱や木下一元らのいる第一線陣地のことだ。

――これで心配ない。戦上手の玄蕃のことだ。背後が脅かされなければ、瀬兵衛を逃すことはあるまい。

村重は万感(ばんかん)の思いを抱きつつ、大岩山から上る炎を見つめていた。

――瀬兵衛よ、甘かったな。

村重の思惑通り、佐久間盛政の奇襲攻撃に遭った大岩山砦は落城し、清秀は自刃(じじん)を遂げる。

村重がその場から去ろうとすると、「父上、お待ち下さい」という声と共に、村次の手が肩に置かれた。

「なぜ敵は、先手の陣城を背後に残したまま、大岩山に攻撃を仕掛けたのでしょう。父上は何かご存じでは」

「いや、わしにも分からぬ」

その時、法螺貝(ほらがい)の音(ね)が陣所に響きわたった。出陣の合図だ。

鈴なりになって大岩山を眺めていた兵たちは、慌てて自らの持ち場に戻っていった。

「もしや父上――」

「わしは何も知らぬ。それより早く行け。功を逃すぞ」

「はっ、はい」

怪訝(けげん)そうな顔で村重を見つめていた村次だったが、意を決したように自らの陣所へと走り去った。

――そなたは、何も知らぬ方がよい。

その後ろ姿を見送りつつ、村重は村次の健闘を祈った。

法性寺笠をかぶり、顎紐(あごひも)を締めると、村重は人の波をかき分けるようにして、田上山の南麓(なんろく)に向かった。

――上様、わしも瀬兵衛も愚かでございました。

村重は天の信長に語り掛けていた。

――野心に囚われた者は、しょせん野心に滅ぼされるのです。上様もそうでしたな。

山を下りかけたところで、村重は、北国脇往還に延々と続く万灯のごとき松明の帯に気づいた。

それは初め点にすぎなかったが、次第に線となって近づいてきていた。

――秀吉がもう来たか。これで新たな天下人が決まったな。よほどのことがない限り、その勝敗は明らかだからだ。

こうなってしまえば、戦の結末を見る必要はなかった。

草鞋の紐を締め直した村重は、松明の列に挑むように一歩を踏み出した。

それは野心を剝き出しにして、こちらに向かってくる武士たちの生き様と相反するものだった。

――信長という一人の男が生み出した野心という魔が、足軽小者の末端までも取り込んだのだ。

その典型こそ秀吉だった。

――秀吉よ、そなたも気をつけることだ。野心はいつしか、そなたの身を蝕み、やがて、その身を食い尽くすことになる。

村重は気づいていた。武士という稼業を続ける限り、一つ野心を成就させても、次から次へと新たな野心が頭をもたげる。遂には野心の囚われ人となり、その生涯が終わるまで、野心に追われ続けるということを。

そこに思い至った時、村重は、残る生涯を一介の茶人として送る決心がついた。

——ただし瀬兵衛だけは、わしの手で始末をつけておきたかった。

最後の望みを果たした今、村重に武士への未練は失せていた。

——わしだけが野心という魔を克服したのだ。

苦笑いを浮かべた一人の茶人は、ゆっくりと山を下っていった。

小才子（こざいし）

天正十年（一五八二）六月五日　大坂石山本願寺跡地

――あの男を殺す。

そう決めた時から津田信澄（のぶずみ）は、信長に最も従順な家臣の一人を懸命に演じてきた。いかに理不尽な命だろうと、すべて唯々諾々（いいだくだく）と受け入れ、天魔の手先として、人の道に悖（もと）るような残虐な行為も粛々と行ってきた。

――そして今、ようやくそれが報われたわけか。

かつて信長が立ち退（の）かせた石山本願寺で唯一焼け残った二の丸千貫櫓（せんがんやぐら）から、朝焼けに輝く大坂湾を眺めつつ、信澄は一人、込み上げてくる喜びを抑えていた。

――今日から、わしが天下人だ。

淀川口に差す曙光（しょこう）を浴びながら、多くの漁船が大坂湾へと漕ぎ出していく。彼らは、昨日の続きの今日を過ごしているにすぎない。しかし信澄にとって、今日という日は、天下人として新たな旅立ちをする日なのだ。

――五郎左め、何をしておる。天下人を早く迎えに来い。

五郎左とは、織田家重臣の丹羽五郎左衛門長秀のことだ。

信澄は、住吉から迎えに来る丹羽勢に供奉されて京に上ることになっていた。

その堂々たる入洛の様を想像すると、自然と笑いが込み上げてくる。

――思えば長き道のりだった。

信澄は苦難に満ちた過去を振り返った。


津田七兵衛尉信澄は弘治元年（一五五五）、織田勘十郎信勝（信行）の嫡男として生まれた。父の信勝は、信長とは三歳違いの同腹弟になる。

つまり、信澄にとって信長は伯父にあたる。

そもそも織田一族は、室町時代は尾張守護・斯波氏の守護代にすぎなかったが、次第に頭角を現し、天文年間初頭には斯波氏を凌駕するまでになっていた。

しかし守護代織田家も、岩倉城に拠る伊勢守信安と清須城に拠る大和守達勝の二家に分かれ、勢力争いを繰り広げるようになる。

信長や信勝の属する織田弾正忠家は、大和守家を支える三奉行のうちの一家にすぎなかったが、二人の父の信秀は伊勢湾交易を掌握し、莫大な富を蓄えていく。

その財力を背景に勢力を拡大した信秀は、やがて大和守家を追い、尾張半国を支配下に収めた。

その頃、信長と信勝の兄弟は生まれ、競うように成長していった。

後に聞いた話だが、信勝は幼少の頃から聡明で、父の信秀と母の土田御前から、ことのほか可愛がられていたという。

それにひきかえ信長は、幼い頃から粗暴な振る舞いが多く、信秀や老臣たちから眉をひそめられていた。

長子相続が絶対ではない当時、信秀は信勝に家督を継がせるつもりで、己の持つ弾正忠の官位も、僭称ながら信勝に名乗らせていた。

——本来、わしが織田弾正忠家の惣領のはずだった。

父信勝の無念を思うと、信長が死した今となっても、口惜しさが込み上げてくる。

その話を聞いたのは、十歳になった正月のことだった。

その日、信澄には期するものがあった。というのも、いくらせがんでも誰も教えてくれなかった父の死因について、「十になったらお教えしましょう」と、傅役の柴田勝家が約束していたからだ。

勝家の許を訪れた信澄が、「父はなぜ死んだのか教えてくれ」と頼むと、勝家は「約束なので、お教えいたしますが、決して誰も恨んではいけませせぬ」と前置きしつつ、その話を語り始めた。

天文二十年（一五五一）、祖父信秀が四十代の働き盛りで病死することにより、父信勝の運命は暗転する。

信秀の死はあまりに急だったため、遺言らしきものは残っておらず、宿老たちの話し合いにより、織田弾正忠家の家督は、長男の信長に引き継がれることになった。

この時、信勝は、信秀の居城だった末盛城を与えられるにとどまった。

不満を抱いて末盛城に引き籠もる信勝に比べ、ここからの信長の活躍は際立っていた。領内の抵抗勢力を次々と平らげた信長は、美濃斎藤家と戦いつつ、尾張統一へと着実に歩を進めていた。

一方、弘治二年（一五五六）、宿老の柴田勝家と林秀貞の後押しを受けた信勝は、信長に反旗を翻す。

――しかし父上は敗れた。

千七百対七百という優位な態勢で臨んだ稲生合戦で惨敗を喫した信勝は、母の土田御前の取り成しによって赦免された。

しかし翌弘治三年（一五五七）、再び信長に背く策謀をめぐらしている最中、信勝は清須城に呼び出されて惨殺される。

「病が重篤となったので、後事を託したい」という信長の甘言に乗せられ、のこのこ清須城に赴いたのがいけなかった。

信勝の死によって弾正忠家の内紛は収まり、信長の家督を脅かす者はいなくなった。

――父上は、信長の策配によって非業の死を遂げたのだ。

いかに信勝に油断があったとはいえ、正々堂々と戦って敗れたのならまだしも、だまし討ちによって殺されたという一事が、信澄には我慢ならなかった。

唇を噛み締め、口惜しさに耐える信澄に、勝家はこう言った。

「信勝様は、それがしの注進によって殺されました」

「何だと」

信勝の信頼厚き家臣の一人として、共に策謀をめぐらせている最中、「織田家を託すべきは信勝様にあらず、信長様だ」と、勝家は気づいたのだという。

「おのれ権六！」

脇差に手を掛ける信澄を制すでもなく、勝家は続けた。

「われらは、領主を好く好かぬで選んでおるわけではありませぬ。家中と領民を託すに足るお方が、領主の座に就くべきなのです」

「わが父は、領主として伯父上に劣っておったと申すか」

「信勝様は――」

勝家が、過去を懐かしむような遠い目をした。

「よいお方でした。それがしは信勝様を好いておりました」

「それではなぜ――」

その問いに勝家は何も答えなかったが、沈黙がすべてを語っていた。

己の密告によって信勝が討たれたと正直に告げた勝家は、目に涙をため、こう付け加えた。

「今日を限りとして、ご出自を忘れるのです。七兵衛殿は織田家の連枝ではなく家臣なのです。それを忘れた時、お命はなくなります」

後に別の者から聞いた話だが、信勝を討った後、信長は三歳の信澄も殺すつもりでいた。しかし勝家から、「己の功に替えて、一命を救ってほしい」と懇願され、助命したという。ただしその時、信長はこう付け加えるのを忘れなかった。

「そなたの責において、逆心を抱かぬよう養育せよ」

柴田勝家の監視下に入った信澄は、御一家衆ではなく家臣の列に落とされ、徹底して教育された。勝家の教育は峻烈を極め、時には罵倒された上、鞭で手の甲を打たれることさえあった。

永禄七年（一五六四）の元服の折には、織田家庶流の津田姓を名乗らされた。信長と同じ母を持つ信勝の嫡男にとって、これほどの屈辱はなかった。

しかし信澄は、こうした措置にも文句一つ言わなかった。なぜかと言えば、父の無念を知った時から、いつか信長を殺そうと思っていたからだ。

信勝を裏切った後ろめたさからか、勝家は厳しくはあっても、信澄を実の子のように可愛がってくれた。しかし信澄は、勝家をも殺すつもりでいた。

――いかなる理由があろうとも、勝家の裏切りによって父上は殺されたのだ。

十代の間、信澄は父の無念を晴らすことだけを考えていた。

しかしあの日、信長の驚くべき企てを聞いてからは、天下のために信長を斃さねばならないと思うようになった。

――あれは、葉桜の頃だったな。

信澄の脳裏に、信長の企てを聞いた日のことが鮮烈によみがえった。


天正二年（一五七四）三月二十八日　大和多聞山城

おぼろげながら抱いていた殺意が、具体的な形を持ったのは、初めての大役を担わされた天正二年三月のことだ。

場所は大和国の多聞山(たもんやま)城――。

信澄は、蘭奢待(らんじゃたい)の切り取りとそのお披露目の奉行役を信長から仰せつかった。

蘭奢待とは奈良時代に日本にもたらされた沈香（香木）の一つで、朝廷の厳格な管理の下、東大寺正倉院に収蔵され、神器に等しい扱いを受けてきた。

この香木の一部を切り取り、焚いて香りを嗅ぐことは天下人の証となり、これまで足利義満・義教・義政ら名だたる足利将軍が権力を振りかざし、その恩恵に与ってきた。

しかし神器に等しい宝物なので、儀礼や手続きを誤れば、信長とて朝廷から体よく断られることもあり得る。

この時、二十歳にすぎない信澄は、信長の名代として堂々と内裏に伺候し、日野輝資や飛鳥井大納言ら公家を通じて、蘭奢待の切り取りを帝に奏聞してもらった。

その結果、蘭奢待切り取りは許可された。

儀礼や手続きに問題がなかっただけでなく、信澄の堂々たる態度が、公家たちに好感を持たれたからだ。

切り取られる部分の大きさは、足利将軍たちと同様の一寸八分（約五・五センチ）と決まった。

三月二十八日、勅使として東大寺に下向してきた二人の公家立ち会いの下、蘭奢待を切り取って、多聞山城まで運ばせた信澄は、同日夜、いよいよ蘭奢待を焚くことになった。

信長の天下一統（畿内制圧）を記念するかのようなこの儀式には、柴田勝家、佐久間信盛、塙直政、丹羽長秀、荒木村重といった織田家重臣と、今井宗久、津田宗及、千宗易（後の利休）、山上宗二といった堺の会合衆が一堂に会していた。

この時、羽柴秀吉は長浜城の普請作事で、明智光秀は本願寺勢力への警戒で、それぞれ参加できなかった。

蘭奢待が焚かれると、重臣や会合衆は、その香りを記憶にとどめんとばかりに、瞑目して鼻に神経を集中させた。

末席に連なった信澄も、その恩恵に浴したが、その香りの何がありがたいのか、皆目、分からなかった。

その後は宴席となり、この日の行事は終了した。

来賓たちを宿館へと送り出し、ほっとしていると、信長から召しがあった。

多聞山城の常の間に呼び出された信澄は、久方ぶりに信長と二人きりで向き合った。

信長から「大儀」と声をかけられるや、信澄は「はっ」と答えつつ、額を畳に擦り付けた。この伯父の前に出てしまうと、どうにも萎縮してしまう。

「此度の大役、大儀」

「はっ、これも上様のおかげです」

「そなたの父も、きっと誇らしく思っておるはずだ」

「――」

唐突に父を持ち出され、信澄は言葉に詰まった。

——感情をあらわにしてはいけない。

そう思いつつも、どうしても次の言葉が出てこない。

「そなたの父は、時と場所を違えておれば、きっと出頭（出世）したはずだ」

遠くを見るような目で、信長が言った。

——それは、弟ではなく家臣ならよかったという謂か。

心の奥にしまっていた怒りの埋火が、ぱちぱちと音を立て始める。

「今に至るまで、あれほど賢い者に、わしは出会ったことがない。しかしな——」

信長の鋭い視線が信澄を捕らえた。

「信勝は、しょせん小才子にすぎなかった」

小才子とは、頭の回転は速いものの大局観がなく、場当たり的に動き回る者のことだ。

——父上が小才子だと。

その記憶がないからこそ、信澄にとって父の信勝は崇敬の対象だった。物心ついた頃から、周囲の者たちは、いかに信勝が有能だったかを信澄に語った。それが積み重なるに従い、父の像は信澄の心中で肥大化していった。

それを信長は見事に打ち砕いた。

——それでも今は、耐えねばならぬ。

信澄は口惜しさを押し殺し、真摯な姿勢で信長の話に聞き入るふりをした。

「小才子は理だけですべてを考える。この世は理だけではない。それが分かっておれば、信勝は死なずに済んだのだ」

――父を殺しておいて、何という言い草か。

もはや何を言われても、憎悪の塊と化した信澄の耳には入ってこない。

「信勝は己の才気にうぬぼれ、わしを超克できると思った」

信澄の瞳を見つめると、信長は言った。

「誰にも神を超えることはできぬ」

――やはり、この男は己を神と思うておるのだ。

ルイス・フロイスがイエズス会総長に送った書簡には、こう書かれていた。

「信長は己を生きた神体となし、その誕生日を聖なる日として万人に祝わせようとした。安土山の寺院（摠見寺）に自らの化身として盆山と呼ばれる石を置き、この神体を崇拝すれば、あらゆるご利益があると布告したため、寺院に参詣しに来る者はおびただしい数に上った」

しかし次の言葉で、信澄は己の浅慮を知る。

「まさかそなたは、わしが本気で己を神だと思っておるのではあるまいな」

——あっ。

思わず顔を上げてしまった信澄に、信長が笑いかけた。

「やはりそうか。わしは、そこまで愚かではないぞ」

「恐れ入りました」

「わしが、なぜ己の代わりに盆山などという下らぬものを置き、民に拝ませておるか分かるか」

「いえ、分かりませぬ」

「民には、理が通じぬからだ」

「あっ、はい」

聡明な信澄は、この時、信長の真意に気づいた。

伴天連（ばてれん）の来日により、日本古来の神仏を凌駕する存在を民は知り始めた。

一方、本願寺との戦いを通じて、宗教に心を奪われた民の恐ろしさを、信長はとことん味わった。

——このままでは、布教熱心な伴天連に天下を乗っ取られる。しかし、むげに伴天連を排除することもできない。伴天連を介して南蛮との交易を続けたいからだ。伴天連の信じる神の台頭を抑え、民を意のままに動かすには、己が神になるしかない。

「わが真意、肚に落ちたか」

「はっ、しかと」

「それでは、本日の儀において、堺衆を招いた理由が分かるか」

「はい。蘭奢待という渡来香木を、兵事を専らとする宿老らと、商いを専らとする堺衆に嗅がせることにより、これからは武と商が相携えて、天下を牽引していくことを内外に知らしめるためではありませぬか」

「さすが、七兵衛」と言うや、信長は背後の小姓に顎で合図した。

小姓は、床の間の脇にある違い棚から奇妙な球体を持ってきた。その球体の中心は軸に貫かれており、軸は台座に固定されているので、ぐるぐると回転させられる。

球体に軽く触れつつ、信長が問うた。

「これが何か分かるか」

「はっ、南蛮人が申すところの世界かと」

すでに信澄も、それが何かくらいは知っていた。

「そうだ。これが、この世のすべてとなる。伴天連が唱えるパラディソ（天国）も、坊主どもが教える浄土も、この中にはない」

「はい」

信長に似て現実主義者の信澄は、そうした考えを素直に受け入れられる。

――人は死ねば土となるだけだ。土になってしまえば、パラディソも浄土も、どうでもよくなる。

「伴天連が申すには、われらの国は、たったこれだけだという」

最近、近くの物が見えにくくなっているという信長が、目を細めて一点を差し示した。

「しかもわしは、この国のすべてを手にしておるわけではない」

「残念ながら、仰せの通りでございます」

「しかし、どうせ取るなら同じことだ。わしは、このすべていただこうと思うておる」

信長の白い指が、その球体をぐるぐる回した。

信澄には信長の言わんとしていることが、にわかに理解できない。

「すべて――、と仰せになられますと」

「この世のすべてをわがものとする」

――やはり狂うておる。

信澄には、そうとしか思えない。

信長と同等の聡明さと大胆さを有していても、信澄は、より現実を見てしまう。

「世界を制するには、武だけではだめだ。財を持つ堺衆と労を供してくれる民を、わしに従わせねばならぬ」

――つまり、堺の財力と民の労力を支えにし、武をもって世界を制するというわけか。

己を神として民にあがめさせるという信長の真意が、これではっきりした。

「少なくとも、わが命があと二十年も続けば、唐国までは制せられる」

唐国とは中国大陸のことだ。

「その後のことは、勘九郎（信忠）やそなたの仕事だ」

常と変わらぬ顔つきのまま、信長はそう言った。

――この男は正気か。

信長の話は、信澄の理解の範疇を超えていた。

「しかし七兵衛、この企てを現のものとするには、大きな筋書きが必要になる。そのためには、目先のことだけ見ていてはだめだ。つまり小才子であってはならぬのだ」

「はっ」

小才子という言葉を聞き、再び信澄の胸奥から憎悪の念が噴き上がった。しかし今、それを面に出すわけにはいかない。

信澄は、真摯な眼差しを信長に注ぐと言った。

「実に壮大な企てでございますな」

「そなたなら分かると思うていた」

「しかと肚に落ちました」

「それでは七兵衛、わが企てを支えてくれるな」

「はっ、承って候」

信澄は大げさに平伏した。ここで反論したところで、信長の機嫌を損ねるだけだからだ。しかしその内心は、裏腹な思いを抱いていた。

――やはり、此奴は殺さねばならぬ。さもないと、この国は破滅する。いや、この天魔によって世界の民が死滅してしまう。

この時、信澄の決意が固まった。

――此奴に代わって、わしが天下を統べる。

父の仇を討つという私的な理由から、世界のために信長を斃(たお)すという大義を得たことで、信澄の心には一点の曇りもなくなっていた。

天正十年正月十九日　近江大溝城

天正十年（一五八二）正月十九日、江北(ごうほく)では終日、雪が降り続いていた。

安土で行われた左義長(さぎちょう)と馬揃(うまぞろ)えの帰途、新築成ったばかりの大溝城に岳父(がくふ)の明智光秀を招いた信澄は、ささやかな竣工(しゅんこう)の宴(うたげ)を催した。

光秀の本拠・坂本城から大溝城までは、琵琶湖西岸沿いに半日の距離だ。それゆえ光秀は、信長や織田家の宿老たちから多くの引出物を託されていた。

祝宴も終わった夜、人払いされた対面の間で、二人は酒を酌み交わしていた。

「それにしても見事な城よ」

「これも、義父(ちち)上のおかげでございます」

「いやいや、わしは少し縄を引いただけにすぎぬ」

大溝城は、信澄の願いを聞き入れた光秀が縄張りした。琵琶湖の水利をうまく取り入れた城を築くのは、光秀の得意とするところだ。

信澄は、手ずから光秀の盃に清酒(すみざけ)を注いだ。

いかにもうまそうに酒を舐めつつ、光秀が言う。

「これで武田と毛利をひれ伏させれば、上様の天下統一の大事業は成ったも同じだ」

「仰せの通りにございます」

盃を干しながら、信澄は光秀の様子をうかがった。

――この小心者は、果たしてこの話に乗ってくるか。

それは間違いなく賭けだった。

しかし戦国の世で、賭けを避けた者が生き残った例(ためし)はない。

「さて七兵衛殿、明朝にはお暇(いとま)せねばならぬゆえ、そろそろ娘に会わせてもらえぬか」

「分かりました。しかしその前に、お会いになっていただきたい方がおるのです」

「ほう、それは――」

その時、襖を開けて男が一人、入ってきた。

「明智殿、それがしでござる」

「何だ、丹羽殿か」

丹羽長秀が、人のよさそうな笑みを浮かべて座に着いた。

「珍しくもない顔で、すみませぬの」

「いやいや、そういうことではない。こちらにいらしておるとは思わなかったのだ」

丹羽長秀の領国は、信澄の領国の近江国高島郡と国境を接する若狭国だ。それゆえ長秀が祝宴に駆けつけてくるのは、決して不自然なことではない。

つまり長秀、信澄、光秀の三人は、日本海から琵琶湖西岸にかけて、若狭国、近江国高島郡、同志賀郡と、領国を接している間柄になる。

しばしの間、三人は盃を傾けながら世間話などに興じていたが、明朝には帰らねばならない光秀が、そわそわし始めた。娘の顔を一目見ておきたいのだ。

「で、七兵衛殿、丹羽殿を交えて何のお話かな」

「ああ、そのことでございましたな」と前置きしつつ、信澄が笑みを浮かべて言った。

「謀叛の打ち合わせでござるよ」

光秀の顔から、さっと血の気が引いた。しかしそれは一瞬のことで、すぐに朱が差すと、首を左右に振りつつ言った。

「戯れもほどほどになされよ。上様股肱のわれらだからこそ、戯れ言で済ませてもらえるが、ほかの者なら、すぐに上様のお耳に届き、打ち首にもなりかねぬ」

やれやれといった調子で、光秀が盃を口に運ぼうとしたが、それを制するように信澄が言った。

「戯れ言でないと申したら――」

盃を持つ手を止めた光秀は、二人をかわるがわる見た。

新木の匂いもみずみずしい大溝城対面の間に、重い沈黙が立ち込める。

「丹羽殿、まさか本気ではあるまい」

光秀が長秀を促したが、長秀はうつむいたまま何も答えない。

「二人とも気でも狂うたか。わしは帰らせていただく」

座を払おうと立ち上がった光秀を、信澄が険しい声音で制した。

「お待ちあれ」

「何を待つ。わしは何も聞かなかったことにする」

「義父上のお力を借りずして、謀叛は成就いたしませぬ」

「わしの知ったことか」

「明智殿」

長秀がおもむろに口を開いた。

「このままでは早晩、織田家は滅ぶ」

「何を申すか」

「明智殿なら分かるはずだ。あらゆることがうまく行きすぎ、上様は己を神と思い込むほど増長しておる」

長秀が珍しく感情をあらわにした。

「人を人とも思わず、敵対する者すべてを撫で斬り（皆殺し）にする。わしはもう、そんな主を頂くのはうんざりだ」

実直で職人肌の長秀の言葉には、妙な重みがある。

「義父上」

信澄が畳み掛ける。

「上様のしていることは、人の道に悖ることだとは思いませぬか」

信澄が、信長の残虐非道な行いの数々を振り返った。

「上様は、伊勢北畠一族をだまし討ちで滅ぼしたのを皮切りに、浅井・朝倉両家を根絶やしにし、叡山を焼き打ちにし、伊勢長島と加賀の一向一揆、さらに伊賀惣国一揆を壊滅させるや、その地の女や幼子までも殺し尽くしました」

「それが戦国の世だ。やらねばやられるだけだ」

「それでは北条や上杉が、そこまでやっておりますか。そんなことをせずとも領国を拡大でき、世を静謐に導けることを、かの者らは証明しております」

「――――」

光秀は、思いつめたように畳の一点を見つめていた。

そうした信長の非道を最も憎んでいるのは、ほかならぬ光秀なのを信澄は知っていた。

――義父上は日々、辛くて仕方がないのだ。

これまで、信長に命じられたことを黙々とこなしてきた光秀だが、最近、己の城や館に帰ると、一人で自室に引き籠もり、何かに苦しんでいるようだと、信澄は室付きの家臣から聞いていた。

「義父上、このまま上様を野放しにすれば、この国は滅びます。それが分からぬ義父上ではありますまい」

「明智殿、われらは何のために戦っておるのだ。よりよき世を作り、武家も僧侶も民も、明日を案ずることなく暮らせるようにするためではなかったか。今の世を見よ。僧侶は寺を焼かれ、民は飢えに苦しみ、怨嗟の声は国中に満ちておる」

珍しく長秀も声を荒らげる。

ここが切所だと分かっているのだ。

その時、思いつめたように畳の一点を見つめていた光秀が、決然と顔を上げた。

「もしや、そなたらは上様の命により、わしを試しておるのではないか」

光秀の顔は疑念に満ちていた。

「義父上――」

信澄が、大きな嘆息を漏らすと言った。

「それをお疑いならば致し方ない。お帰り下さい」

「そなたは、わしを殺さずに帰すのか」

「はい。その上で、この場で丹羽殿と共に腹を切り、この城を焼きます」

長秀も黙ってうなずいた。

「何ということを――」

「それ以外、謀叛の意を明らかにしたわれらに、いかなる逃げ道があると仰せか。逆にここで義父上を殺せば、いや、心の臓の発作でお亡くなりになられたと言っても、上様は信じますまい。当然、遺骸を見たいと仰せになるはず。無残な義父上のお姿を見れば、上様は何かあったと思います。さすれば義父上の口を封じたところで、われらは破滅です。それならば、義父上を生かしておいた方がよろしいでしょう」

「わしのことを思うて、そう申すか」

「つけ上がらないで下され」

信澄が厳しく釘を刺した。

こうした場では、硬軟取り混ぜた駆け引きが有効になる。

「義父上を、これからも上様の走狗として生かす方が、義父上の苦しみになるからです」

「いかさま、な」

光秀が、がっくりと肩を落とす。

「明智殿」

一転して長秀が慈愛に満ちた声音で言った。

「この城を焼いて、われらが自害すれば、上様は必ず何かあったと思うはず。少なくとも上様は、明智殿に対して厳しい詮議を行うに違いない。いかにも、われらの謀議を明らかにすれば、明智殿の身の潔白は証明されましょう。しかし、謀叛人として死んだ七兵衛様の御内室は――」

「あっ、そなたらは何ということを――」

光秀の顔が憎悪に歪む。

「義父上、われらを恨むのは筋違いというもの。罪を係累にまで及ぼし、一族を根絶やしにするまで殺し尽くす上様を恨まれよ」

信澄の謀叛が明らかになれば、信澄の正室にあたる光秀の娘は、間違いなく殺される。

信澄は、光秀が謀叛の誘いを断れぬよう十分に理を尽くしてきた。

「明智殿、七兵衛様の仰せの通りだ。上様に仕えるということは、いつ何時、勘気をこうむり、破滅させられるか分からぬ恐怖を味わい続けることなのだ」

「それよりも娘はどこだ。娘に会わせてくれ！」

光秀が信澄の襟を摑まんばかりに迫ったので、背後から長秀が抱き留めた。

「義父上、それは問わずとも分かりましょう」

「まさか、そなたは娘を――」

信澄は、光秀がこの話に乗らない可能性が万に一つはあると思っていた。それゆえ最後の手札として、光秀の娘を軟禁したのだ。

「こうした手を使うのは、それがしの本意ではありませぬ。しかし心を鬼にして――」

手を上げて信澄の言葉を遮（さえぎ）ると、長秀が言った。

「わしが勧めたのだ」

「おのれ――」

「そなたを味方に付けるためには致し方なきことだ。もしも逆の立場なら、そなたもそうしたはずだ」

光秀は口惜しげに唇を嚙むと、眉間に皺を寄せたまま沈黙した。長秀の言葉が図星だからだろう。

――義父上には、この罠から逃れる術（すべ）はない。

信澄には、理の網で光秀を搦め捕れるという自信があった。

「この話を知るのは、われら三人だけか」

大きなため息を漏らしつつ、遂に光秀が口を開いた。

「いかにも」

二人が強く首肯する。

「向後一切、この話を他言無用とできるか」

「申すまでもなきこと。他言などすれば、われらも破滅だ」

長秀が真顔で答える。

重い沈黙と空気の凍るような緊張が訪れた。

聞こえているのは、時折、庭木から落ちる雪の音だけだ。

すでに理は詰めた。これ以上の言葉は不要だ。それを長秀も分かっているのか、先ほどまでの真剣な面付き(つら)はどこへやら、常と変わらぬ農家の老翁(ろうおう)のような顔で、黙って清酒(すみざけ)を飲んでいる。

沈黙に耐えかねたかのように、光秀が問うた。

「して、いかなる手を打つ」

──遂に掛かったな。

快哉(かいさい)を叫びたい気持ちを抑え、信澄は静かに答えた。

「それは、これから考えます」

「いや、慢心した信長は必ず隙（すき）を見せます。おそらく、さほど待たずとも好機は訪れましょう」

己を神とまでは思っていないにしても、自己肥大化した信長は必ずや大きな隙を見せると、信澄は信じていた。

「もはや、後には引けぬのだな」

「いかにも」

光秀を味方にできたことで勝利を確信した信澄は、初めて安堵の笑みを浮かべた。

天正十年正月二十日　近江大溝城

翌二十日早朝、重苦しい顔をした光秀が、大溝城を後にした。

その隊列を大手門まで見送った後、信澄は長秀の待つ対面の間に戻った。

結局、昨夜は一睡もできなかったが、突き上げるような高揚感から、いっこうに眠気を感じない。

――遂に賽（さい）は投げられたのだ。

「何と愚かな」

「ご無礼申し上げる」と言いつつ襖を開けて入室すると、寸前までうたた寝でもしていたのか、長秀が、大あくびをしながら伸びをした。

――この男は、よほどの太肝か虚けか。

しばしの間、その青黒い瓢箪顔を見つめた後、信澄は声をかけた。

「丹羽殿、お疲れか」

「ああ、いや」

今年四十八になる長秀は、有能な技術官僚として信長に見出され、城や陣の普請作事から奉行仕事まで、そつなくこなしてきた。

しかし長秀は、元亀二年（一五七一）に近江国の一部、天正元年（一五七三）に若狭国の一職支配を託されて以後、一切の加増を受けていない。

すなわち将としても統治者としても、信長から、その才を見限られたことになる。

最近では、光秀や秀吉といった出頭者の手助けをするために、各地を転戦するだけになっていた。

佐久間信盛や林秀貞の例を挙げずとも、何の失態がなくても突然、改易を申し渡されるのが織田家なのだ。それを思えば、長秀は最も危うい立場にいる。

――それゆえ、まずこの男を籠絡したというわけだ。

信澄は、かねてより親しくしていた長秀に謀叛を持ちかけた。むろん周到に調査し、絶対に与(くみ)すると確信した上での話だ。案の定、長秀は話に乗ってきた。

「それにしても見事でしたな」

「義父上のことか」

「はい」と言いつつ長秀が、胃の腑に疾患を持つ者特有の青黒い顔をほころばせた。

「わしとて当初は、明智殿のような実直者が話に乗ってくるとは思いませなんだ。しかし七兵衛様の話を聞くうち、その気になってきました」

「申した通りになっただろう」

「恐れ入りました」

薄くなり始めた頭頂を恥ずかしげもなく晒し、長秀が頭を下げた。

「さすが、幼少より無類の器量者と謳われた七兵衛様ですな」

長秀が追従(ついしょう)笑いを浮かべた。

――それを今更、知ったか。

信澄には、眼前にいる男が凡人にしか見えない。

『多聞院日記』で「一段の逸物也(いつぶつなり)」と評された信澄は、織田家中のみならず、周囲の人々から格別の目で見られていた。その評価を裏切らぬよう、信澄は忠臣を演じ続けてきた。

しかしそんな日々も、あとわずかとなった。

「かつて磯野殿が逐電(ちくでん)した折にも、何かの手を使ったのですな」

「ああ、あの時のことか」

――この男とは一蓮托生（いちれんたくしょう）だ。もう話しても構わぬ。

信澄は苦笑しつつ、「あの時」のことを語った。

かつて信澄は、信長の命により、磯野員昌（かずまさ）という武将の養子になった。

員昌は浅井長政の家臣として佐和山（さわやま）城を守っていたが、織田勢の攻勢に抗し得ず、元亀二年二月、城を開いて降伏した。

降将とはいえ、浅井家の武辺を一身に担ってきた員昌の力を見込んだ信長は、近江国高島郡五万石の支配を任せた。降将に五万石の地を与えるなど破格の待遇だが、それも員昌の実力を評価してのことだった。

員昌は姉川の戦いで織田方を窮地に陥れ、佐和山城での籠城戦に半年以上も耐え抜いた実績を持つ。この時代は、敵方であっても奮戦した者は報われる。とくに織田家では、その傾向が顕著だった。

員昌には男子がいなかったため、信長は信澄を養子入りさせ、先々、員昌の娘と娶（めあわ）せることにした。

員昌の領国の高島郡は、京と北陸諸国をつなぐ要地なので、信長は信頼できる一族の誰かを配しておきたかったのだ。

「それで、いかなる手をお使いになられたのか」

「ははは、聞きたいか」

磯野家に入ってから二年ほど、信澄は員昌の忠実な養子として過ごした。

天正六年（一五七八）二月、員昌が信澄を鷹狩りに誘ってきた。員昌は武辺者にありがちな鷹狩り数奇で、度々、北近江の山野をめぐり、支配地の掌握に務めていた。

待っていた好機が到来した。

あえて信澄は、別行動を取って一日の獲物を競い合うことを提案した。勝負事の好きな員昌が、断るはずないと踏んでのことだ。

言うまでもなく、員昌は乗ってきた。

鷹狩りの最中、信澄は、かねてより飼っていた浅井旧臣を山に伏せさせ、員昌ではなく己を襲わせた。

襲撃は実際に行われ、員昌から付けられていた家老や護衛役は、ことごとく殺された。しかし襲った側の浅井旧臣も、その場で信澄の腹心によって討たれた。

信澄は浅井旧臣の首を安土に送り、信長に顛末（てんまつ）を報告したが、その中で不慮の出来事を強調し、あからさまに員昌を庇（かば）った。

そうなれば逆に疑いを抱くのが信長だ。

早速、員昌に呼び出しの使者が来た。

慌てて出立しようとする員昌を引き留めた信澄は、涙ながらに訴えた。

「上様は、一度でも疑いを抱いた者をお許しになりませぬ」

この直後に起こる荒木村重の例を引くまでもなく、それは隠しようもない事実だ。

信澄は夜を徹して員昌を説いた。

その結果、員昌とその一族が江北の山中でほとぼりをさましている間に、信澄が安土に伺候し、疑いを晴らすことになった。

一族郎党五十余だけを引き連れた員昌が、近江と若狭の国境の山中に踏み入った時、信澄の手の者が襲撃し、磯野一族はことごとく討ち取られた。その中には、信澄の室となる予定の娘もいたが、信澄は容赦なく殺した。

磯野一族の遺骸は闇から闇へと葬られた。

信澄が「員昌逐電」を信長に報告すると、信長は多くを聞かず、高島郡の支配一切を信澄に任せると伝えてきた。

かくして信澄は、策を弄して磯野一族を陥れ、まんまと近江高島郡五万石を己のものとした。

「七兵衛様は、げに恐ろしき方ですな」

「これも織田家のためだ」

「ははは、なるほど」

信澄の皮肉に、長秀が声を上げて笑った。

「それにしても明智殿は、いかがいたしますかな」

「何の証拠もない話だ。よもや上様に注進に及ぶとは思えぬ」

「分かりませぬぞ」

信澄とて、長秀に謀叛を持ちかけた時ほどの自信はない。しかし手だけは打っていた。

「もしもの際は、わしとそなたが安土に呼び出されるはずだ。それに備えて、没落した朝倉旧臣を飼っておる」

この頃、高島郡北西部の山中には、浅井・朝倉旧臣勢力が潜伏し、虎視眈々と勢力挽回の機会をうかがっていた。

「ほほう」

いかにも感心したかのように、長秀の奥二重の瞼が見開かれた。

「安土に呼び出されれば、わしはこう言うつもりだ」

信澄が得意げに筋書きを話した。

「光秀から謀叛話を持ちかけられたが、それを拒否したため、逆に訴えられたと言うのだ。その証人として朝倉旧臣を連れていき、光秀の謀叛計画を洗いざらい語らせる。その朝倉旧臣は手打ちになるだろうが、すでに病で先が短い上、息子を先々、引き立てることで納得しておる」

かつて光秀は朝倉家に仕官していたことがあり、朝倉旧臣に知己が多い。それゆえ、いまだ統治が行き届かない北陸で謀叛を起こさせ、北陸に親征した信長を途中で襲うという筋書きは、あり得ない話ではない。

「いやはや、恐れ入りました」

長秀が深々と頭を下げた。

天正十年四月二十日　近江坂本城

「義父上、ご無沙汰いたしております」

信澄が丁重に頭を下げると、光秀は迷惑そうな顔で言った。

「いったい何用か。用がないのに来られても困る」

「ご存じの通り、丹羽殿とそれがしは上様の命により、これから四国征伐に赴きます。その途次に寄らせていただきました」

信澄と長秀は、四国の長宗我部（ちょうそかべ）征伐に赴く途次に、光秀の坂本城に立ち寄った。

光秀の居城・坂本は、信澄や長秀の領国から京・大坂に向かう際に使う西近江路にある。それゆえ立ち寄っても不自然なことはない。

そもそも今回の四国征伐は、長宗我部元親（もとちか）討伐が目的だ。かつて信長は四国全域の支配を元親に約束していたが、それを反故にしたため、怒った元親が反旗を翻したからだ。信澄と長秀の二人は元親を討つべく、主将に信長三男の信孝を頂き、船の待つ大坂住吉に向かうことになっていた。

「明智殿、甲州では、いろいろご苦労なされたようですな」

長秀が意味ありげな笑みを浮かべる。

実はこの三月十九日、甲州征伐が終わった後に信州諏訪で行われた戦勝祝賀会の席上で、光秀の言った「われらも長年にわたって骨を折ってきたかいがあった」という言葉を聞きとがめた信長は、「お前が、どれほどのことをしてきたのか！」と一喝し、光秀を縁まで蹴り出した上、その頭を欄干に叩き付けたという。

この話は、家中はもとより畿内の民の間にまで広がり、信長の恐ろしさと、その第一の側近と目されていた光秀の無力さを痛烈に印象付けた。

これにより光秀の面目はつぶれ、その地位が、いかに危ういものか明らかになった。

「さようなことは、もう忘れた」

「ははあ、それなら結構ですが」

長秀が黄色い歯をせり出して笑う。

「それよりも二人して何用か。それがしは上様の命により、すぐさま安土に赴き、徳川殿を迎える支度をせねばならぬ」

諏訪で信長の勘気をこうむった光秀は、即刻、帰国を命じられた。そして今度は、武田家討伐の功により、駿河一国を拝領したお礼言上の目的で安土にやってくる徳川家康の饗応役を仰せつかっていた。

「それは大役ですな」

長秀の揶揄に光秀が鼻白む。

「それゆえ、ここでこうして、益体もないことを語り合うている暇はないのだ」

「義父上」

信澄が膝を進める。

「かつてのお言葉を、よもやお忘れになったのではありますまいな」

「何のことだ」

「なるほど義父上は、われらの謀議を誰にも漏らさなかった。それには感謝いたしております。しかし、かつて仰せになられた『して、いかなる手を打つ』という言葉を、お忘れになられては困ります」

「そのことか」

光秀が眉間に深い皺を寄せた。光秀は今年で五十五歳になるが、その苦悶する面は、どう見ても七十過ぎの老翁にしか見えない。

「しかしそなたらは、あの時、これといった策はないと申した。それは、今も変わらぬのではないか」

「いいえ、状況は変わったのです」

「何だと」

長秀も得意げにうなずいた。

「実はいま一人、われらに与するという御仁が現れたのです」

「それでは話が違う。これは、われら三人だけの話と決めたはずだ!」

「義父上、お静かに」

自らの城のためか、光秀の声が高くなるのを、信澄がたしなめた。

「いかにも、それは仰せの通り。しかし、ちと話が違うのです」

長秀が話を引き取った。

「実は、われらから持ちかけたのではなく、先方から申し出てきたのです」

「何と——。先方とは、いったい誰のことだ」

長秀が信澄の了解を求めるように顔を向けたので、信澄はうなずいた。

——その名を聞き、義父上がいかなる顔をするか。

一瞬、沈黙した後、長秀が神託(しんたく)を下す巫女(みこ)のように言った。

「羽柴秀吉」

その名を聞いた光秀は、一瞬、驚いた後、やれやれといった様子で首を左右に振った。

「戯れもほどほどにせい。秀吉は上様股肱の臣。しかも今頃、上様の命に従い、備中で毛利と戦っておるわ」

「いやいや、それが違うのです。先日、石田某と申す秀吉の近習が突然、わが城にやってきて、それがしに秀吉の真意を伝えてきたのです」

「真意とは何だ」

「信長を討たねば、われらの破滅は必定と――」

「馬鹿馬鹿しい」

光秀が憎々しげに吐き捨てた。

「知っての通り、秀吉は、草履取りから上様に引き立てられた男だ。大恩ある上様を裏切るはずがあるまい」

「それも一つの見識ではありますが――」

「よいか、上様のお引き立てがなければ、秀吉など、今でも草履を取るか厩番をしておるような男だ。そんな男が、なぜ上様を討つ」

「それは、どなたかと似たり寄ったりではありませぬか」

「何だと」

長秀の皮肉に、光秀の顔色が変わった。

流浪の公方・足利義昭の家臣にすぎなかった光秀の器量を認め、織田家の家臣に取り立て、出頭の階を登らせてくれたのは信長だった。

——義父上は、秀吉とさして変わらぬ境涯から引き立てられたのだ。

秀吉と光秀こそ、実力さえあれば出自を問わず出頭させていくという、信長の登用方針の象徴だった。

家臣たちは二人を見て、己も大身になれると信じ、信長のために粉骨砕身する。

それが織田軍団の強さの秘訣だった。

「秀吉とて、ここまで大身になってしまえば、己の身が可愛い。それは上様から受けた恩義にも勝るはず。しかも、あれだけの切れ者なら、われら同様、上様が先々どうなるかなど、お見通しに違いない」

長秀が秀吉の心理を忖度したが、光秀は、これまで親しく行き来のない秀吉に信を置いていない。

「上様の策配ではないか」

「と申されると」

信澄が問うた。

「上様が、われらを試すために秀吉を使ったのではないか」

「それはあり得ませぬな」

自信ありげに長秀が言った。

「その石田某という若者は、己から、わが城の後瀬山城に滞在すると言い、証人（人質）となっております。もしもこれが策配なら、その者の命はありません」

「して、その者の年はいくつくらいか」

「二十三、四かと」

　いかに忠義者でも、健康な若者が、命を張って主君の犠牲になった例はない。この話を長秀から聞いた時、信澄も秀吉の謀略を疑った。しかし秀吉とて、長秀や光秀同様、織田家の将来に不安を持っているのは同じだと思い直した。

――しょせん人は、己が最も可愛いのだ。

　それを思えば、秀吉の提案も理に適っている。

「それで、秀吉は何と」

「秀吉は、それがしを通じて明智殿と気脈を通じ、共に上様を討とうと――」

「ということは、秀吉に何らかの策があるのだな」

「まず秀吉が、備中の苦戦を伝え、上様のご出馬を請う」

「つまり、その途次を狙うというわけだな」

「いかにも」

　長秀が自信ありげに言ったが、光秀はそれを言下に否定した。

「上様が安土から率いてくる軍勢は、少なく見積もっても二万余だ。われらが力を合わせて襲撃したところで、上様を取り逃がす公算が高い」

「それゆえ、上様と安土の兵を切り放す策が必要となります」

信澄がすかさず口を挟んだが、光秀は鼻で笑った。

「そんなことが、できるはずあるまい」

しかし長秀の話を聞くにつれ、その笑みは次第に消えていった。

天正十年六月五日　大坂石山本願寺跡地

千貫櫓の最上階から大坂湾を見渡しつつ、天下人になった幸せを嚙み締めていた信澄の許に、近習が駆けつけてきた。

「住吉方面から丹羽様の軍勢が参りました！」

「おお、遂に来たか」

南の欄干から身を乗り出すようにして丹羽勢を探すと、やがて天王寺方面に、丹羽勢らしき隊列が見えてきた。

——いよいよだな。

信澄は興奮を抑えきれない。

──秀吉というのは、やはり切れ者よ。わしでも思いつかぬような策を思いついたわ。信澄らの懸案は、いかに信長と安土の兵を切り放すかにあった。信長は用心深く、どこに行くにも己の周囲を兵に固めさせている。そんな信長を丸裸同然でどこかに連れ出すには、よほどの策が必要となる。

ところが秀吉は、いとも簡単にその答えを導き出した。

秀吉の策はこうだ。

武田家を滅ぼした後、信長が最も葬り去りたい者は家康となった。これまで信長の忠実な組下大名として、武田家への障壁となってくれた家康だが、利用価値がなくなれば排除するのが、信長の考え方だからだ。

幸いにして家康は、駿河一国を賜ったお礼言上で安土までやってくる。しかし、安土にやってきた家康を安易に殺せば、信長の信用が失墜する。

いかに信長とて、何の大義もなく忠実な組下大名を殺してしまえば、以後、調略や離反工作は使えなくなり、信長に敵対する者たちは必死の戦いを挑んでくる。それだけならまだしも、味方陣営に疑心暗鬼が渦巻き、離反者が相次ぐことも考えられる。

それゆえ信長は、家康を安土では殺せず、家康もそれを見切って安土に来る。

信長には己の信用を失墜させず、しかも合戦という相応の損害を覚悟せねばならない手段を用いずに家康を排除する方法が、一つだけあった。

家康を畿内各所に連れ回し、その隙に野盗や野伏に扮した兵に襲わせるのだ。

光秀を通じて、この策を聞いた信長は疑いもせずに乗ってきた。

そして、それを実現させるべく、信長は饗応の座で魚が腐っていたと光秀に難癖をつけ、家康の前で殴る蹴るの暴行を加えた。

これにより饗応役を解任された光秀は、坂本城に帰ることができた。

しかし少人数で移動する家康を、野盗に扮した光秀の手の者が討つには、人気ない場所に家康を連れ出さねばならない。

それゆえ信長は、新たな饗応役となった長谷川秀一を通じて、家康一行を京から大坂、そして堺へと連れ回した。

ところが光秀は動かない。

安土で痺れを切らした信長が光秀に襲撃を急かすと、光秀はこう言った。

「たとえ百程度とはいえ、徳川家の精鋭に守られた家康を襲うことは至難の業です。しかし彼奴らを、どこかに誘い込めれば話は別」

――そして信長は、少ない供を連れて本能寺に入り、堺にいる家康に上洛を促した。

備中高松城を囲んでいた秀吉は、すでに信長に後詰を要請していたので、信長は多くの兵を率いて備中に向かうことになっていた。その途次に家康を誘い込むべく、信長は安土に兵を置いたまま先行して上洛したことになる。

こうした情報は、京にいる家康股肱の商人・茶屋四郎次郎から随時、家康にもたらされていた。

信長が多くの兵と共に上洛すれば、用心深い家康は、何のかのと言い訳して、京には近づかない。下手をすると、堺から船を仕立てて逃げてしまう。しかし信長が丸裸でいるなら、安心してやってくる。

――信長は家康しか見えていなかった。家康を襲うはずの義父上の兵が、まさか己を襲うとは思っていなかったのだ。

家康が本能寺に入った夜、信長はひそかに本能寺を抜け出し、野盗に扮した光秀の手勢が、家康を襲う手はずだった。

ところが家康一行が、いまだ京への途次にある六月二日未明、光秀は本能寺に襲撃を仕掛け、無防備の信長を討ち取った。

信長は自ら仕掛けた罠に、自らはまってしまったのだ。

これにより織田家の家督継承権を持つのは、次男の信雄と三男の信孝だけとなった。

そのほかの息子たちは、信長が別姓を名乗らせ、継承権をなくしている。つまり立場は信澄とさして変わらない。

――信雄は虚け（うつ）ゆえ、誰も相手にせぬ。いつでも討てる相手だ。

この後、信雄を担いで柴田勝家や徳川家康が旗揚げしても、明智・羽柴・丹羽勢を率いる信澄に敵うはずがない。

問題は信孝だ。

しかし信孝は、長秀の手により、もう首となっているはずだ。

四国の長宗我部征伐の主将に任命された信孝は、副将の長秀と共に、四国へ渡海すべく住吉で風待ちしていた。そこを長秀が襲う段取りになっているからだ。

かくして秀吉、光秀、長秀の三人に担ぎ上げられた信澄が、信長の天下を引き継ぐことになる。

――秀吉め、上様に後詰を頼むだけで、義父上に次ぐ功を挙げるとはたいしたものよ。

まさにこの世は、知恵だけで出頭できるのだ。

しかしそれは、秀吉が食えぬ男だということの証明でもあった。

――あの男だけは侮れぬ。天下が治まった後、先手を打って殺そう。

天下人となってしまえば、優位に立つのは信澄なのだ。

――さすれば、どのような手も打てる。

信澄は、込み上げてくる勝利の喜びを噛み締めていた。

大手門に至った丹羽勢が開門を求めてきた。長秀は一万五千の大軍を率いてきた。

入城を許した信澄は、対面の間で傲然と背を反らして長秀を待っていた。

──今日から、わしが天下人だ。これまでの傍輩（ほうばい）とは立場が違うことを、五郎左に知らしめねばならぬ。

「丹羽様ご一行が参られました」

やがて、長秀と家臣たちが入室してきた。

──やけに多いな。

二十名になんなんとするその供回りの数に、信澄は顔をしかめた。

──そうか。わしが天下人として君臨することを見通し、位負けせぬよう、供の数だけでも増やしてきたのだな。

すでに信澄と己の立場に差があると、長秀も自覚しているのだ。

長秀の供回りの中には、白木でできた桐箱を抱えている者がいる。

──あの中に、三七（信孝）の首が入っておるのだな。かの小才子めが、どのような顔をして首になったか、見るのが楽しみだ。

「ご無沙汰いたしております」

「大儀」

信澄は、あえて不機嫌そうに言った。

「いやいや、それがしは住吉からここまで参っただけ。大儀なのは明智殿でしょう」

「うむ、かの者こそ功第一だ。しかしそなたと羽柴筑前も、それに次ぐ功を挙げた」

「ははは」

相手を愚弄するような品性の欠片もない笑い声に、信澄は少し鼻白んだ。

――いつまでも田舎臭さが抜けぬ男だ。信長が出頭させなかったのもうなずける。

一つ咳払いし、険しい顔をすると信澄は言った。

「天下の動揺を鎮めるため、一刻も早く入京する」

「承知仕りました」

信澄は一万五千の丹羽勢を従え、光秀の待つ京に入る手はずになっていた。

「しかし、あいにく輿の用意がない。かねてから頼んでおいた三七の輿を運んできたか」

「輿と仰せか」

「三七の馬でもよいぞ」

信孝は名馬収集癖があり、その乗馬は重臣たちの垂涎の的だった。

「馬や輿よりも、こちらの方がよろしいのでは」

長秀が背後に合図すると、近習が桐箱を捧げ持って膝行してきた。

「おう、首実検が先だったな」

先走ってしまった信澄は、赤面して威儀を正した。

――いよいよ三七と対面か。信長の息子を鼻にかけ、わしを見下してきた三七も、遂に首となったか。哀れなものよ。

信澄は勝利の快哉を叫びたかった。

「ご高覧に供せ」と長秀に命じられた近習は、何ら怖じることなく桐箱を開いた。

「あっ」

ところが箱の中には、何も入っていない。

「これはいかなることか」

「何か入っているとでも思われましたか」

「当たり前だ。三七の首はどこにある」

「三七とは、信孝様のことでござるか」

とぼけたように長秀が問い返してきた。

「当たり前だ。三七は、もう首になっておろう」

「いえいえ、信孝様は住吉におられますが、間もなくこちらにやってきます」

「何を申すか。それでは話が違う！」

ようやく信澄は、話が嚙み合っていないことに気づいた。しかし、双方の重臣たちが居並ぶこの席で、それをあからさまに指摘するわけにはいかない。

「それでは、その桐箱は何のために持ってきたのだ」

「ああ、これでござるか」

とぼけた素振りで、それを手に取ると長秀が言った。

「この箱は、七兵衛様に入っていただくために用意いたしました」

「何だと」

「七兵衛様には、これに入ってご上洛いただきます」

その瞬間、頭の中に渦巻く一切が凝固した。

「出合え、出合え！」

信澄は立ち上がると、背後の小姓が掲げていた太刀を抜いた。

振り向くと、すでに立ち上がった丹羽家の者たちが、肩衣（かたぎぬ）を両肩脱ぎにして脇差を手にしている。一方、信澄の家臣たちは戸惑っているばかりで、太刀袋の紐さえ解いていない。信澄が何も伝えていないので、何が起こっているのか分からないのだ。

怒濤（どとう）の気合を上げつつ、丹羽家の者たちが殺到してくる。

たちまち対面の間は、阿鼻叫喚（あびきょうかん）の坩堝（るつぼ）と化した。

――五郎左め、裏切りおって！

信澄は足をもつれさせながら、帳台構えの奥に逃れようとした。

「待て！」

振り向くと、長秀が悪鬼のような形相（ぎょうそう）で迫ってきている。

信澄は帳台構えを開けると、次の間に飛び込んだ。

背後からおびただしい足音が聞こえる。丹羽家の者どもは半袴なので動きが早い。

一方、信澄は長袴なので、走ると足がもつれる。

帳台構えから納戸を抜け、中門廊に出た信澄は、庭に飛び降りたところで転倒した。

──しまった。

起き上がろうとしたところを、丹羽家の者たちに取り押さえられた。

「てこずらせおって」

「この表裏者め！」

兵たちは信澄を罵倒しながら、腕を強引に背に回し、庭土の上に半顔を押し付けた。

「放せ、無礼者！」

「何を言うか。この謀叛人が！」

そこに長秀がやってきた。先ほど見せた悪鬼のごとき形相は消え、農家の隠居のように穏やかな笑みを浮かべている。

「ああ、五郎左、助けてくれ。坊主にでも何にでもなる。消えろと申すなら消える。それゆえ、命だけは取らんでくれ」

信澄は必死で哀願した。

「そうだ五郎左、わしに似た者を身代わりに立てるゆえ、その首を持っていけ。さすれば皆も納得するだろう。頼むから、この場は見逃してくれ」

「いやいや、そういうわけにはいきませぬ。それがしがほしいのは、七兵衛様の首級だけです」

片頬に冷笑を浮かべた長秀の瞳には、慈悲の欠片もなかった。

信澄は覚悟を決めねばならぬと思った。

「なぜにそなたは、わしを裏切ったのだ」

「何を申されます。上様を裏切ったのは、七兵衛様と明智殿ではありませぬか」

「何だと」

「それがしは、謀叛人を成敗いたすだけ」

――そういうことか。

この時になって信澄は、長秀の背後で糸を引く男の存在に気づいた。

「秀吉と手を組んでいたのだな」

「まあ、そうなりますな」

「いつからだ」

「最初に七兵衛様から謀叛のお話を聞かされた時、それがしは、あまりの畏れ多さに驚き、親しくしている羽柴殿に、洗いざらい語りました。上様の覚えめでたき羽柴殿に、身の潔白を証明したかったのです。ところが羽柴殿は、しばし考えた末、一言『捨て置け』と言いました」

「つまり、われらに上様を殺させ、次にわれらを滅ぼすというわけか」

それには何も答えず、長秀は笑みを浮かべている。

――さすれば信長の天下は、そっくり秀吉のものとなり、謀叛人を討ったことから、その名声も四海を覆うばかりとなる。何という知恵者だ。

信澄は、秀吉の手の上で踊らされているにすぎなかったのだ。

口惜しさを押し殺しつつ、信澄が問う。

「秀吉はどこにおる」

「そろそろ備中高松を発った頃でござろう」

「つまり秀吉が義父上を討ち、そなたが、わしを討つということか」

「ご明察」

農家の老翁が幼児を褒めるような口調で、長秀が言った。

「しかしなぜだ。わしほどの器量者はおらぬと、そなたは、幾度となく褒めたたえたではないか」

長秀が、胃の腑の辺りをさすりつつ言った。

「実は近頃、胃を患いましてな。それがしも、さほど長くはありませぬ。子々孫々のことを考えれば、危険な賭けには乗れぬ身なのです」

長秀はこの三年後、胃潰瘍（いかいよう）とおぼしき症状でこの世を去る。

「つまりそなたは、わしほどの器量者を見限り、出自も定かでない秀吉に乗り換えたというのか」

「七兵衛様が器量者とは笑止。七兵衛様は――」

人のよさそうな笑みを浮かべつつ、長秀が断じた。

「小才子にすぎませぬ」

「ああ」

すべてをあきらめた信澄は、がっくりと頭(こうべ)を垂れた。

城内での小競り合いも収まったらしく、先ほどまで聞こえていた刀槍(とうそう)のぶつかり合う音と断末魔の絶叫は、すでに聞こえてこない。

一万五千の丹羽勢に対し、五百余の信澄勢では抗(あらが)う術などない。

「わしは、謀叛人として討たれるのだな」

「仰せの通り。七兵衛様は明智殿と共に、悪逆非道の謀叛人として青史に名を残します」

「それで、そなたと秀吉は無類の忠義者となるのか」

「ご明察」

長秀の手の者が、ぐいと肩を押した。

すべてをあきらめた信澄が、苦痛を一瞬にするため首を前に差し伸べると、背後で太刀にかける水の音が聞こえてきた。

それを聞きながら信澄は、己が小才子にすぎないことを思い知った。

王になろうとした男

一

その巨大な生き物が水場に現れると、水鳥は一斉に飛び立ち、動物たちは四散した。

さも当然のごとく水場を独占したその巨象は、その中ほどまで進み、長い鼻で泥水を吸い込み、口や背に幾度も運んだ。

その度に激しい飛沫（しぶき）が飛び散り、小さな虹が懸かる。

「アーワワワワワ」

水場の背後にある灌木の中を忍び足で進んできたヤシルバが、突然、奇声を発すると、慌てて体を反転させようとした巨象は、泥土（でいど）に脚を取られてよろめいた。

――いまだ！

藪から飛び出したヤシルバが槍を投じると、槍は放物線を描き、見事、巨象の背に突き刺さった。

次の瞬間、百頭の馬が同時にいなないたかのような雄叫び(おたけ)びが、草原に響きわたった。続いて別の者が二本目の槍を投じたが、槍は象の分厚い皮膚に弾き飛ばされ、水面(みなも)に落ちた。

穂先の当たる角度が悪いと、象の皮膚を突き通せないのだ。

ヤシルバと三人の若者は象に近づき、立て続けに槍を投げた。そのうちのいくつかは象の体に刺さり、その度に象は怒りの雄叫びを上げる。

しかし慌てれば慌てるほど、泥土に脚を取られて動けなくなる。それを見た若者四人は水場に入り、その柔らかそうな下腹(したばら)めがけ、槍を投げては逃げることを繰り返した。

すでに後ろ脚二本を水中に埋没させている象は、その大きな耳を震わせ、叫び声を上げることしかできない。槍の刺さった下腹からは、濁流のように血が流れ出し、水場を朱に染めている。

やがて十以上の槍を受けた象は、おびただしい水飛沫を上げてその巨体を横たえた。

それでも蛇のように鼻をうねらせ、四人を近づけまいとしている。

若者たちは象に接近し、その柔らかそうな下腹めがけて、槍を深く突き刺そうとするが、その度に鼻が襲い掛かるので、途中まで行っては身を引くことを繰り返した。

すでに水場には、ほかの生き物の姿は一切ない。

やがて象の叫びは、突然、生を終わらせねばならない口惜しさからか、悲しみの色を帯び始めた。いよいよ死が近づいたのだ。

後は、いかに苦しみなく死を迎えさせてやるかだ。

──俺は、モノモタパ（モザンビーク）の勇者ではないか。

意を決したヤシルバは、槍を構えると、その心臓めがけて突進した。


空の中央に座を占めた太陽は、その勢いを衰えさせることなく、大地を焦がすばかりに照りつけていた。

生き物の姿が一切ない水場は、戦いが終わった後の静寂に包まれている。

陽炎（かげろう）の湧き立つ草原を眺めつつ、四人の男たちは木陰に入り、一息ついていた。

彼らの眼前には、二本の巨大な象牙が誇らしげに置かれ、その少し先には、水場に半ばまで身を沈めた象が、疲れ果てたように身を横たえている。

先ほどまで、苦しげに上下していたその巨大な腹は、もう微動だにしない。

上空には、男たちがいなくなるのを待つかのように、数羽の禿鷲（はげわし）が弧を描くように飛んでいた。

「俺は、これほど大きな象牙を見たことがない」──

おどけ者のアヴドゥが、血糊（ちのり）の付いた象牙に抱きついて頬ずりした。

「確かに、こいつはでかいな」

ヤシルバが呟くと、ギーザが得意げに言った。

「これだけの象を、われらは四人だけで仕留めたのだ」

「こいつは、この草原の王だった。雌を八頭も独占していやがった」

少し離れたところで煙草をふかしていたムタンバが、吐き捨てるように言った。

ムタンバは三人とは別の村の若者だが、その村で象狩りのできる若者がいなくなったため、長老どうしの話し合いにより、ヤシルバたちと働くようになった。

「この象には八頭もの雌がいたが、お前には嫁一人いない」

ギーザが歌うような調子で茶化したので、ムタンバがギーザの頭を叩いた。

「余計なお世話だ」

「お前は女と見れば言い寄るので、お前の村の長老も嫁を世話しないと聞いた。それに引き換えヤシルバは、お前より年が若いのに、あんなに美しい嫁をもらった」

「うるさい」

ムタンバがギーザをさらに殴ろうとしたので、ヤシルバは無言でその手首を摑んだ。

「よせ」

「ヤシルバ、お前は長老のお気に入りだ。だから、あれだけの嫁をもらえたのだ」

ムタンバが憎々しげにヤシルバの手を振り払う。

「そうではない。俺とムクエナは以前から言い交わしていたのだ」

「ウーウ、ホウホウホウ」

ギーザが、野鳥をまねて冷やかしの奇声を発する。

ヤシルバは、ムクエナという十四歳の花嫁を娶（めと）ったばかりだ。すでにムクエナは妊娠しており、あと半年もすると、ヤシルバは最初の子を授かるはずだ。

三人のやりとりを気にも留めず、アヴドゥが象牙を撫でながら言った。

「この象を狩るには、水場に誘い込むしかなかった。水場以外で、こいつを狩ることはできなかった」

「そうだ。こいつは群れを離れ、一頭でも水場に行く。脚の力が強いので、平気で水場の中まで入り、澄んだ水を飲む」

アヴドゥの言葉にギーザが同調した。

「俺たちは何日もこいつをつけ回し、その習性を摑み、唯一の機会をものにしたのだ」

ヤシルバの言葉にも力が籠もった。

「やったな」

肩を叩き合う三人から少し離れた場所で、ムタンバが言った。

「しかし、このまま象牙を村に持ち帰っても、長老たちを通して、ポルトギーたちと取り引きすることになる」

ポルトギーとはポルトガル人のことだ。

「それがどうした」

ヤシルバがムタンバの言葉を聞き咎めた。

「そうなれば、俺たちの手には何も入らない」

「何が言いたい」

「以前、村に来たポルトギーが帰り際、俺だけに言った。『長老を通さず、港に象牙を持ってくれれば、酒と煙草をたんまりやる』とな」

「馬鹿を言うな。獲った象は村人全員のものだ」

そう言い捨てると、ヤシルバはアヴドゥとギーザを促し、帰り支度を始めた。

「ここから港までは歩いて半日だ。ポルトギーの船も着いていると聞いた。それを、わざわざ村に象牙を持ち帰るのは、愚か者のすることだ」

その言葉に一瞬、三人の動きが止まる。

ムタンバの言う通り、村に戻るまでには二日かかる。長老に象牙を見せるためだけに村に戻り、それをまた港に運ぶのは、確かに馬鹿馬鹿しいほど効率が悪い。

「長老や女子供は、何の苦労もなく象牙の恩恵に与っている。たまには俺たちだけでよい目を見ても、ばちは当たらないはずだ」

「もう何も言うな」

二本の象牙を渡し棒に結び付けつつ、ヤシルバが釘を刺した。

「それでは、こうしたらどうだ。俺たちだけでこの象牙をさばき、交換した酒や煙草を正直に村に持ち帰ればいい。それなら長老たちも文句を言うまい」

「そうだ、そうしよう」

アヴドゥとギーザもムタンバに同調したので、ヤシルバも渋々、首を縦に振った。

港に着くと、ムタンバの言ったようにポルトガル船が着いており、荷下ろしや荷揚げが行われていた。雇われたアフリカ人たちに交じり、ポルトガル人の姿も多く見られる。

その場に三人を待たせたムタンバが、雑踏（ざっとう）の中に入っていくと、一人のポルトガル商人に声をかけた。

ムタンバに促され、こちらを向いたポルトガル商人の顔が、とたんに輝いた。

象牙は三人の足元に下ろされており、そちらからは見えないはずだが、商人は満面に笑みを浮かべ、「よくやった」と言わんばかりにムタンバの肩を叩いている。

「何をやっている」

「分からん」

アヴドゥとギーザも不審げに首をかしげた。

やがてムタンバは、ヤシルバたちに「こっちに来い」とばかりに手招きすると、商人と一緒に船に向かって歩き出した。しかし、三人が立ち尽くしたままでいるのを知ると、こちらに向かって何かしきりに言っている。一方、商人が船に合図すると、船の鐘がけたたましく鳴らされた。

その時だった。ヤシルバの腹底から、嫌な予感が湧き上がってきた。

「行くな」

象牙をぶら下げた渡し棒を両肩に担ぎ、歩き出しかけていた二人が振り向いた。

「何か様子がおかしい」

痺(しび)れを切らしたムタンバが、小走りでこちらに向かってくる。

「どういうことだ」

ギーザが不安げに問う。

「前にポルトギーの船が着いた時、ムタンバの村の男たちがいなくなった。一緒に象狩りをしていたムタンバだけが村に戻り、皆とはぐれたと言った」

「確かに、あれから村には、誰も戻っていないと聞いた」

アヴドゥの顔が引きつる。

「最近、ほかの村でも、若い者がよくいなくなると聞くが、まさか——」

笑顔で近づくムタンバから逃れるように、ヤシルバが一歩、二歩とあとずさった時だ。背後に人の気配がすると、鉄砲を持った白人兵が横一列になって近づいてきた。

「逃げろ！」

ヤシルバは身を翻すと駆け出した。

二人も後に続いたが、象牙を捨てなかったので、すぐに取り押さえられた。

悲鳴と怒声が交錯すると、間を置かず背後から多くの足音が迫ってきた。腹底からは、得体の知れない不安が突き上げるように襲ってくる。

もう少しで丘の向こうに逃げ込めると思った時、前方から、棍棒を手にした水夫たちが姿を現した。ヤシルバは方向を変えて右手に走った。そこには深い森があり、その中に飛び込めば、捕まることはない。

森に足を踏み入れたヤシルバが「助かった」と思った瞬間、頭上から何かが降ってきた。

それは、猛獣を捕える時に使う大きな網だった。

木の上には同じアフリカ人がおり、その瞳には、憐みの色が浮かんでいた。

――しまった。追い込まれたのだ。

絡み付く網から必死に逃れ出ようとするヤシルバの体を、容赦ない殴打が襲う。

気を失う寸前、常に憎悪の対象だった照りつける太陽が、網膜に焼き付けられた。

二

——夢だったか。

はっとして半身を起こすと、四囲に白い壁のようなものが立ちはだかっていた。そこには脚の細い鳥と、節くれ立った腕のように太い枝を伸ばした大木が描かれている。純白の上掛けを取り除けると、体の前で左右を重ねる奇妙な衣服を着ていた。

記憶の糸が、徐々に手繰り寄せられていく。

——あの壁が襖で、鳥は鶴、木は松。そして俺の名は、ヤシルバではなく彌介だ。

これまでに知ったことを反芻し、手巾で額の汗をぬぐった彌介が、再び身を横たえようとした時だ。

——何かおかしい。

囚われた時と同じような得体の知れない不安が湧き上がってきた。心を落ち着かせ、五感を研ぎ澄ませたが、京の町も本能寺も、深い静寂の海に沈んでいる。

——気のせいか。

この国に連れてこられてからこの方、慌ただしい日々が続いたためか、鋭いはずの己の勘が少し鈍ってきているのだと、彌介は思った。

しかし、すっかり目も覚め、渇きを覚えたので、彌介は部屋を出て庫裏（くり）に向かった。

内陣にある僧房の一つを寝所にあてられている彌介は、長廊（ちょうろう）伝いに庫裏を目指した。

本能寺の庫裏は、境内の北東隅にあるため、本堂脇の長廊を行くことになる。

時折、吹く風が寺の周囲に植えられた竹藪を震わせる。聞こえるのはそれだけで、人の気配もない。しかし何か胸騒ぎがする。

——気のせいに違いない。

長廊を歩いていると、すぐに、じっとりとした汗が噴き出してきた。郷里の暑さとは違う、その息苦しいほどの湿気に、彌介は辟易（へきえき）していたが、冬の寒さに比べれば、それでもましだ。

——それにしても俺は、なぜこんなところにおるのだ。

長廊を歩きつつ、彌介は人の運命（さだめ）の不思議を思った。

囚われたヤシルバたち三人は、後ろ手に縛られ、傭兵や水夫によって船上に追い立てられた。

船上から陸を一瞥（いちべつ）すると、ムタンバが多くの品々を荷車に載せていた。

こちらに気づいたムタンバは、笑みを浮かべて大きく手を振ると、両手を口に当てて何か叫んでいる。

「ムクエナはもらった。お前の子は殺す」

その意味することが分かった時、揚戸が引き上げられ、三人は船底に押し込められた。

モノモタパの港を出帆した船は、途中、何カ所かの港に寄り、同じような境遇に陥った若者たちを乗せてきた。その中には女も交じっている。

囚われた者たちは、男女の区別なく裸にされると、後ろ手に縛られたまま、三段に連なる棚板の上に俯せに寝かされ、その足を鎖でつながれた。

水や食事は、眼前に渡された半円形の筒に流されたり、盛られたりするだけで、それを豚のように、手を使わずに食べねばならない。食べ物は傭兵や水夫の残した残飯や、小麦粉を練っただけの味気ないものだ。

ヤシルバは当初、見向きもしなかったが、やがて渇きと飢えに耐えられなくなり、皆と同様の不様な格好で水を飲み、飯を食らった。

排泄物は、身をずらせて足側にある筒に尻を突き出してするのだが、うまくできる者はおらず、飛び散った排泄物が悪臭を放ち、息もできないほどになっていた。

各地の港に寄りながら二週間ほど北上した後、船はアレキサンドリアという大きな港に着いた。

そこでようやく足の鎖と手の縄が解かれ、ヤシルバたちは船上に連れ出された。

久方ぶりに体が動かせたのはありがたかったが、銃を持った傭兵に囲まれているため、逃げることはできない。

むろん強欲なポルトガル商人が、容易に解放してくれるとは思えず、鉱山かどこかで働かされた後、解き放たれるものと、ヤシルバは思っていた。

――郷里に帰ったらムタンバを殺してやる。しかしムタンバにも、それが分かっているはずだ。ということは、俺たちはもう村に帰れないのではないか。

アヴドゥとギーザも不安らしく、「これから、どこに連れていかれる」「村にはいつ帰れる」と問いかけてくるが、ヤシルバには「分からない」としか答えられない。

やがて様々な人種の商人が、入れ替わり立ち代わりやってくると、気に入った者を指差して金を払い、小船に乗せてどこかに連れていった。

その頃には、何が行われているのか、ヤシルバにも分かってきた。

商人はヤシルバたちを売買しているのだ。

しかし、ヤシルバたち三人は商いの対象とはされず、離れた場所に立たされていた。

やがて、鍔なし帽に裾長の黒マントを着て、胸に十字の首飾りを下げた男たちがやってきた。

彼らが金貨を払うと、商人たちは、山羊でも追うようにヤシルバたちを急き立てた。

ヤシルバをはじめとした十人ほどの若者は、いったん小船に乗せられた後、別の大船に移された。

「あれは白人の祈禱師だ。きっと俺たちは助けられたのだ」

アヴドゥが喜びの声を上げたが、ヤシルバは首を左右に振った。

やがて最前と同様に縄と鎖でつながれ、船底に押し込められると、大船は出帆した。

船底には、同じ境遇の者たちが百人ほど寝かされており、それぞれの間は、肩を重ねるほど狭い。

「これで帰れる」と喜んでいたアヴドゥは、五日もすると口数が少なくなり、食も細くなっていった。

昼夜を分かたず、うめき声は絶えることなく船内に満ち、近くに見える者だけでも、幾人かは間違いなく死に向かっている。

船は大海に漕ぎ出しているらしく、しばしば激しいうねりに載せられ、大きく揺らいだ。その度に、船底を右に左に転がる排泄物と吐瀉物が飛び散り、それが容赦なく皆の体にかかる。

やがて海が穏やかになったある日、ヤシルバたちは鎖につながれたまま船上に引き出された。アヴドゥは痩せ細り、歩行もままならなかったが、ヤシルバとギーザが前後から支え、何とか甲板まで連れていった。

船上では、体の弱った者たちが一所に集められていた。

しばらくすると、船長らしき男が現れ、ヤシルバたちの瞳をのぞき込み、アヴドゥの鎖だけを外させた。

手足が自由になり、やつれた頬を一瞬、緩めたアヴドゥだったが、弱った者たちの許に連れていかされると分かると、身悶えして抵抗した。

「嫌だ。行きたくない」

水夫の一人がアヴドゥを殴打しようとしたので、ヤシルバは声を張り上げた。

「アヴドゥ、心配は要らない。弱った者を治療するのだ」

やがて十人ほどの弱った者たちは、片足を荒縄で結ばれ、元気な者たちの前に並ばされた。

「よく見ておけ」

船長がそう言うと、接岸時に渡り板を出すための舷門が一カ所、開けられた。

それを見て、何が行われようとしているか分かった者は、慌てて自らの足に結ばれた縄を解こうとする。しかし、舷門の近くにいた男が海に放り投げられると、それに引きずられるようにして、弱った者たちは次々と海に吸い込まれていった。

その度に上げる絶叫が船上に残されていく。

足元の荒縄は、蛇のように身をうねらせると急に張り詰め、弱った者を一人、また一人と船から落としていく。

その様を茫然と見ていたアヴドゥの顔に一瞬、恐怖の色が走った。

「嫌だ！」

そう言ったかと思うと、突然、アヴドゥが転倒した。そのまま甲板を凄まじい勢いで引きずられたアヴドゥは、船から落ちる寸前、かろうじて舷門を掴んだ。痩せさらばえた腕の筋が、破裂せんばかりに浮き出ている。

「アヴドゥ！」

耳元でギーザの絶叫が聞こえた。

しかし次の瞬間、海上にいる者たちの体重を支えきれなくなったアヴドゥは、悲鳴を残して姿を消した。海に落ちる音だけが空しくこだまする。

やがて最後の一人が、見たこともないような速さで甲板を走り抜けると、何事か叫びながら海に落ちていった。それは、自ら飛び込んだとしか思えない光景だった。

船上には悲鳴とすすり泣きが満ち、友や兄弟を呼ぶ声が交錯している。

ヤシルバとギーザも懸命にアヴドゥの名を呼んだ。

海上を見やると、航跡のところどころに頭が出ていた。助けを呼ぶ声も聞こえる。友や兄弟を「救ってくれ」と懇願する者もいるが、白人水夫たちは、談笑しながら煙草をふかしているだけだ。

やがて、海に落とされた者たちの頭は小さくなっていった。助けを呼ぶ声が、いつまでも尾を引いていたが、ヤシルバには、どうしてやることもできない。

この陰惨な儀式が終わると、アフリカ人水夫が船長の言葉を伝えた。

「体の弱った者はこうなる。こうなりたくないのなら、ほかの者よりも、たくさん食うしかない。これからお前らはインドという国まで行く。そこに着くまでには、昼と夜が五十回ほど来る。その間、体を丈夫に保っておけ」

日が沈む頃、残った者たちは船底に戻された。この時、ヤシルバは、もう二度とムクエナに会えないことを覚った。

――ムクエナ、すまなかった。

ムタンバにだまされたことを、ヤシルバは心底、悔やんだ。そして長老たちの力で、ムクエナがムタンバのものとならず、ほかの優しい男と再婚し、ヤシルバの子を無事に育ててくれることを祈った。

その夜、ヤシルバは生まれて初めて泣いた。

三

足を忍ばせて長廊を渡り、庫裏に着くと、男が一人、先着していた。

小姓の高橋虎松だ。

虎松は、信長の小姓だった堀秀政、菅屋長頼、長谷川秀一らが次々と馬廻衆へと転出したため、このところ、信長お気に入りの小姓の一人になっていた。

「トラマツ」

「何だ、彌介か。びっくりさせるな」

暗がりから現れた彌介を見た虎松は、ぎょっとして身をのけぞらせた。

ようやく彌介に慣れてきた信長の家臣たちだが、長廊の曲がり角などで彌介に出くわすと、一様に驚いて立ちすくむ。

「虎松、何をやっている」

「上様の水を替えておるのだ」

信長は突然、夜中に目を覚まし、何事か指示し始めることがある。そんな時は、すぐにすまし（飲料水）を要求するので、夜番(やばん)の小姓は、一刻に一度は井戸に赴き、新鮮な水を汲んで甕(かめ)に移し、信長の寝所近くの小姓部屋まで運んでいた。

「これをやる」

虎松が、水の入った柄杓(ひしゃく)を突き出した。

「カタジケナイ」

それを受け取った彌介は、喉を鳴らして水を飲んだ。

——俺は上様と同じ水を飲んでいる。

白人社会では、最下層の貧民でさえも、アフリカ人と水を分け合うことなどしない。

「彌介も、この国の言葉がうまくなったな」

　虎松が感心したように言った。

「だいたい分かるようになった」

「あれからどれくらいになる」

「あれから——」

「おぬしが、この国に連れてこられてからだ」

　彌介は、信長に初めて会った時のことを思い出していた。

　インドのゴアで船から下ろされた時、ヤシルバはギーザとはなればなれにされた。ギーザがどこに連れていかれたのかは知らされず、その後、ギーザの消息は一切、摑めなかった。

　教会の建設作業や宣教師の雑用をこなしながら、半年ほどゴアで過ごしたヤシルバだったが、突然、港に連れていかれると大船に乗せられた。

　その船では、縄や鎖につながれることもなく、白人水夫たちに交じって働かされた。出される食事も変わらず、それゆえ、てっきり水夫にされるのだと思った。

　——水夫なら帰れるかもしれない。

　ヤシルバの心に、かすかな希望の灯がともった。

しかし船は、ひたすら東を目指し、郷里と離れていくばかりだ。

やがて、小さな島々が点在する緑豊かな地に着いた。

同乗している宣教師たちは、そこを「ナガサキ」と呼んでいた。

その港は、ゴアに匹敵するほど人は多いが、ゴアのように、そこかしこに貧しい人々が転がり、飢えに苦しんでいるわけではない。ここでは、一人として困窮している者はおらず、こぎれいな姿をした人々が、忙しげに行き来していた。

——ここはどこだ。

自らの村どころかゴアと比べても、あまりにかけ離れた文化や風俗に、ヤシルバは啞然とした。

しかし最も驚いたのは、その寒さだ。水夫たちにもらったぼろ服を幾重にも身にまとっていたが、あまりの寒気に歯の根が合わない。

教会の敷地内にある厩に放り込まれ、何日か過ごした後、ヤシルバは再び船に乗せられ、東に向かった。その船の左右には、常に陸地が見えていたので、この奇妙な国の内海を航行していると分かった。

やがて船は、宣教師たちが「サカイ」と呼ぶ港に滑り込んでいった。

その地で、ポルトガル商人のような衣装に着替えさせられたヤシルバは、馬に乗せられ、左手に海を見ながら、「オオサカ」という地に向かった。

沿道には果てるともなく人が連なり、物珍しそうにヤシルバの姿を眺めていた。

時折、ヤシルバと目が合うと、人々は驚いたように逃げ散り、子供は一様に泣き出した。彼らは口々に何か言っていたが、どうやらそれは、「恐ろしい」とか「醜い」という言葉のようだ。

そうしたことが繰り返され、ようやくヤシルバは、この国の人々が、黒い肌の人間を見たことがないと知った。

――俺は、この地に来た初めての黒人なのか。

心の動きを一切、面に出さず、ヤシルバは平静を装い、馬の背に揺られていた。

大坂の地は、長崎や堺を上回るほど人が多い上、果てしなく町が続き、その賑やかさは、これまで見たいかなる都市をも上回っていた。

この地の教会で一泊したヤシルバは、水路と陸路を使い、数日後、「アヅチ」と呼ばれる地に連れていかれた。

その地の山上には、巨大な尖塔が立っていた。近づくにしたがい、それは尖塔ではなく、人が住めるほどの巨大な会堂だと分かった。しかもその周囲には、奇妙な形をしているが、統一感のある建築物が、山を覆うほど軒を連ねている。

――ここが、この国の中心なのだ。

何も教えてもらえなかったが、ヤシルバは、長い旅が終わったと感じた。

天正九年（一五八一）二月二十三日、ヤシルバはその男に初めて会った。いや、その男の黒い瞳の前に置かれたと言った方が、より正確だろう。屋敷の庭にあたる砂利の敷き詰められた場所に座らされた。
会堂のある山を登らされたヤシルバは、屋敷の庭にあたる砂利の敷き詰められた場所に座らされた。

ヤシルバの前には、ビジタドール（巡察師）のヴァリニャーノ、パードレ（宣教師）のルイス・フロイス、通詞のロレンソ了斎の三人が座している。むろん彼らの名をこの時は知らず、後で知ることになる。

何が起こるのか左右を見回していると、突然、頭上からマントが掛けられた。やがて周囲を慌しく行き交う人々の気配がし、多くの衣擦れの音が聞こえると、しばらくしてそれもやんだ。

――王が着座したのだ。

マントをかぶせられ、何も見えないヤシルバにも、それくらいは分かる。

「お久しぶりでございます」

ヴァリニャーノが、たどたどしい日本語で挨拶すると、王は一言、「タイギ」と言った。

「今日は、たくさんの献上品をお持ちしました」

ロレンソ了斎という名の老人が後を引き取る。

「ほほう、それは楽しみだな」

王の声は、洞窟(どうくつ)で聞く祈禱師の声のようによく響く。

「まずはこれを――」

了斎が、鏡、時計、虫眼鏡、香水、地球儀などの献上品を順次、説明した。

鏡や香水には、さしたる関心を示さなかった王だが、地球儀には興味を示し、フロイスや了斎の説明に聞き入っては質問していた。

「実は献上品は、これだけではありません」

了斎老人が思わせぶりに言う。

「今日は、とても奇妙な生き物を連れてまいりました」

「であるか」

いかにも関心なさそうな声がした。

「厳密には、われらと同じ人でございますが――」

「どちらでもよい。さっさと見せろ」

突然、マントが払いのけられた。

先ほどまで眼前に座していた三人は、左右にどき、王らしき男とヤシルバは正対する格好になっていた。

王は、真紅の羅紗地(らしゃじ)に金糸(きんし)の刺繡(ししゅう)が施された豪奢(ごうしゃ)な衣服を着て、中央の座を占めていた。

ヤシルバを一目見た王の顔は、驚きで凍りついていた。続いて王の口から出た言葉は、この国に着いてから、ヤシルバが初めて聞くものだった。

「美しい」

「いま何と、仰せになられましたか」

了斎が媚（こ）びるように問う。

「余は、これほど美しき者を見たことはない」

了斎が小声で王の言葉を伝えると、ヴァリニャーノとフロイスは顔を見合わせ、啞然としている。

「立たせてみろ」

王の命に応じ、左右に控えていた日本人イルマン（平修道士）が、腕を取ってヤシルバを立たせた。その瞬間、王の口からため息が漏れた。

「これほど美しき生き物が、この世におるのか」

王は履物（はきもの）も履（は）かずに庭に飛び降りると、大股で近づいてきた。その眼光は鷹のように鋭く、じっとヤシルバの瞳を見据えている。

「背丈はどれほどある」

「六尺二寸（約百八十八センチメートル）ほどかと」

慌てて了斎が答えた。

「着ているものを脱がせろ」

「はっ、はい」

了斎の合図により、イルマンたちがヤシルバの上半身を裸にする。

「美しい」

王は、その細い腕をゆっくりと上げると、白い指先をヤシルバの肩の下あたりに置いた。そして指を、ゆっくりと上から下へと這わせていった。

「ああ、何と美しいのだ」

王は陶然としてヤシルバの体を撫で回した。

ヤシルバにも、王の口から幾度も発せられる言葉の意味が分かってきた。

――まさか、俺を美しいと言っているのか。

拉致されてこの方、醜い動物としてしか扱われてこなかったヤシルバにとって、王の言葉は信じ難いものだった。

――俺は美しいのか。

ヤシルバの肉体から目を離さず、王が問うてきた。

「そなたの名は何と申す」

その意味が分からず、ヤシルバが困っていると、フロイスが代わりに答えた。

「このような者は獣と変わらず、名など持ちませぬ」

「名を持たぬ者がおるか。それとも、言葉も話せぬと申すか」

「いえ、彼らの言葉を話します」

「それでは、名があるはずだ」

フロイスの困り顔を見ていたヤシルバに、ピンとくるものがあった。

——きっと名を問うているのだ。

「ヤシルバ」

フロイスの方を向いていた王の顔が、ゆっくりと回り、再びヤシルバの瞳を捉えた。

「ヤシルバ、わが名はヤシルバ」

久しぶりに自分の名を口にすることで、ヤシルバの胸奥(きょうおう)から、モノモタパの勇者としての誇りがよみがえってきた。

「ヤ、シ、ル、バとな」

「ヤシルバ」

「分かった。しかしそのままでは、皆が覚えにくい。向後、そなたの名は彌介とせい」

「ヤ、ス、ケ——」

「そうだ。彌介だ」

すべては、その時から始まった。

『信長公記』天正九年二月二十三日条に、太田牛一はこう記している。

「キリシタン国から黒坊主が参上した。年のころは二十六、七歳でもあろうか。全身の黒いことは牛のようだ。見るからにたくましく、見事な体格をしている。その上、力の強さは十人力以上はある」

四

彌介が水を飲み干すと、虎松が言った。

「明日は出陣となるやもしれぬ。今宵は早く休め」

「これから、われらはどこへ行く」

「何だ、聞いておらぬのか」

虎松は呆れ顔をしつつ、今後の行程を教えてくれた。

天正十年(一五八二)五月十五日、毛利方の備中高松城を包囲中の羽柴秀吉から飛札が届き、信長の出馬を要請してきた。

安土にやってきた家康一行を接待するつもりでいた信長だが、いよいよ毛利方との決戦の機が熟したと聞き、まず明智光秀を派遣した後、自ら出陣することにした。

そこに京都所司代の村井貞勝から、「公家たちが、上様の名物茶器を拝見したいと申しております」という一報が入った。

それを聞いた信長は、陣触れに応じて集まってくる兵を安土で待たず、京で待つことにした。

そのついでに、公家たちを相手に京で大茶会を開くことを思い立ち、九十九茄子、珠光小茄子、紹鷗白天目など天下の名物三十八品を携え、五月二十九日、京に入った。

「というわけで、われらは、ここ本能寺で兵の着到を待つことになるが、上様のことだ。いつ何時、惟任様（明智光秀）の去った後、空城となっている亀山に向かうと言い出すか分からぬ」

「カメヤマ――」

「もういい。おぬしにいちいち説いていては、日が昇るわい」

虎松が、笑みを浮かべて水甕を持ち上げた時だった。

遠方から何かが近づいてくる気配がした。耳を澄ませると、金属のこすれ合う音も聞こえる。

――あれは、この国の戦士の着けるアルマドゥーラ（甲冑）の擦れ合う音ではないか。

「虎松、何か聞こえる」

「何かとは何だ」

甕を抱いたまま、虎松も耳をそばだてた。

「わしには何も聞こえぬぞ」

「待て」

　彌介の聴力は人並みではない。しかも勘が鋭いため、それが災いをもたらすものなら、胸奥の警鐘(けいしょう)が鳴る。

「こちらに多くの兵が向かってきている。よくない兵だ」

「兵だと」

　甕を下ろした虎松は、庫裏の戸を開け放ち、外の気配に耳をすませた。

「やはり、何も聞こえぬ」

　虎松が断じた。

「いや、間違いない。多くの兵が近づいてきている」

「そんなはずはない。畿内は織田家の支配下にあり、敵の軍勢など入ってはこられぬ」

　虎松が再び甕を抱えた。

「虎松、このことを上様に知らせろ」

「馬鹿を申すな。上様は先ほどまで碁を打ち、寝入ってから一刻ほどしか経っておらぬ。こんな時に起こせば、機嫌は最悪だ。しかも空騒ぎと分かれば、わしが罰を受ける」

　しかし、彌介の耳に届く音は次第に大きくなってきた。

「虎松、急げ！」

「おぬしは知らぬだろうが、周囲の状況を考慮せずに騒げば、出頭の道は閉ざされる」

それが、激しい出頭競争をしている小姓たちの本音だった。

「急がないと、よくないことが起こる」

彌介には畿内の情勢など分からない。ただ己の五感に従うのみだ。

「彌介、分をわきまえろ！」

吐き捨てるようにそう言うと、虎松は甕を抱えて去っていった。

しばしの間、彌介は、その場に茫然とたたずんでいた。

――「ブンヲワキマエロ」か。

誰からも教えられなかったが、彌介はその言葉の意味を知っていた。

その言葉は、この国に来てから彌介が経験した、唯一の悲しい思い出と共にあったからだ。

天正九年二月、安土での生活が始まった。

信長とその家臣たちは、彌介が安土に連れてこられた五日後に京で行われる大馬揃え(おおうまぞろえ)の準備で多忙を極めており、しばしの間、彌介は捨て置かれた。

二月二十八日の大馬揃えを成功裏に終わらせた信長は、安土に戻るや、すぐに彌介を呼び出し、様々なことを試させた。

視力、聴力、嗅覚などを、あらゆる方法で確かめた信長は、彌介の五感が異様に発達していると知り、「わしの耳目になれ」と命じ、小姓の一人とした。

しかし信長は、筋骨隆々とした彌介の肉体を、日に何度も「見せろ」と要求することはあっても、決して伽を命じたりはしなかった。その点、ゴアなどで伝え聞いた、アフリカ人少年たちを慰み者とする宣教師や商人とは違っていた。

信長は十人力と伝え聞いた彌介の怪力にも注目し、相撲を取らせたりしたが、足の長さが災いし、こればかりは、なかなか上達しなかった。

これを聞いた家臣の「トウキチロウ」と呼ばれる小男が、彌介を強い力士にすることを信長に約束し、彌介を土俵に連れ出しては、相撲の極意を伝授してくれた。

「長い足という弱みを生かすのだ」

「体を使う前に頭を使え」

「相手がどんなに強くても、必ず隙はあるはずだ」

藤吉郎は自ら相撲を取らなかったが、その言葉は、ほかの力士に比べて格段に分かりやすく、教え方も巧みなので、彌介は瞬く間に腕を上げていった。

「トウキチロウ、相手が隙を見せねばどうする」

「知恵を絞って隙を作らせるのだ」

藤吉郎は、あえてもろ差しを取らせておいて相手を安心させ、彌介の強みの腕力に物を言わせ、押し出せばよいと教えてくれた。

「相手が、『これで勝った』と安堵した瞬間が隙なのだ」

藤吉郎は織田家中で最も多忙な家臣の一人だが、安土に登城した折は必ず彌介を呼び出し、相撲の稽古をつけてくれた。

後に聞いた話だが、藤吉郎は当初、相撲などに興味も関心もなかったが、主の信長が無類（むるい）の相撲数寄と聞いてから、毎日のように相撲の稽古を見学し、しつこいくらい力士に質問し、遂には力士以上の相撲通になったという。


桜と呼ばれる、この国独特の花が美しく咲き乱れるその日、彌介が力士たちと稽古していると、信長の来訪を知らせる先触（さきぶれ）の声が聞こえた。

力士たちが一斉に拝跪（はいき）したので、彌介もそれに倣（なら）った。

顔を上げずとも、信長が稽古場に入ってきたと分かる。信長が現れると、空気がピンと張り詰めるからだ。しかし、この日だけは違っていた。信長独特の体臭に交じり、百合のような香りがしたからだ。

その理由を、彌介はすぐに察した。

——女人を伴っているのだ。

彌介は、信長がその女房衆を伴い、相撲の稽古を見に来たのだと覚った。

信長が床几に腰掛けると、拝跪していた力士たちが一斉に頭を垂れた。

「彌介、ちこう」

意外にも、信長は彌介を呼んだ。

「はっ、はい」

力士たちの巨体を押し分け、信長の近くまで伺候した彌介の目に、六、七人の若い女房の姿が飛び込んできた。そちらに視線が行きそうになるのを堪え、彌介は信長を見据えた。

「彌介、何か気になるのか」

珍しい信長の戯れ言に、背後にいる小姓や近習が一斉に笑った。

「いや、何も——」

「嘘を申すな。その顔に『気になって仕方がない』と、書かれておるぞ」

信長は、いつになく上機嫌だ。

「そこでだ。今日は、彌介が最もほしがっておるものをやろう」

その一言で、和やかだった雰囲気は一変した。小姓たちの顔から笑みが消え、力士たちは、俯いたまま体を強張らせている。

何のことだか分からないのか、女房たちは、その白い顔を見交わしている。

「彌介も立派な男だ。夜ごと我慢できぬこともあろう」

「えっ」

彌介には信長の言わんとしていることが皆目、分からない。

「察しの悪い奴だな。女人がほしいだろう」

「ニョニン――」

その意味するところを、ようやく察した彌介は、恥じ入るように目を伏せた。

一方、何も知らされていなかったらしく、女房たちの顔から血の気が引いた。

中には「ひっ」という声を上げて、この場から逃れようとする者もいる。

「ここに連れてきたのは、わが家の女房の中でも選りすぐりの見目美しき者たちだ。すべてをくれてやるわけにはいかぬが、気に入った者を一人、選ばせてやる」

彌介は唖然とした。

――この国では、わしのような囚われ人（奴隷）にも妻を娶らせるのか。

しかし女房たちの顔を見ていると、手放しでは喜べない。彼女たちの顔は恐怖でひきつり、今にも卒倒しそうだからだ。

「何だ、うれしくないのか」

「いや、うれしいです。ただ――」

「ただ、何だ」

信長の機嫌が悪くなりつつあるのが、彌介にも分かる。

「私の故郷では、嫁は長老が選びます」

「ほう」

信長の瞳に残酷そうな光が宿った。

「つまり、わしが選んでもよいと申すのだな」

床几から立ち上がった信長が、女房たちの前に立った。

小動物のように怯えた女房たちは、顔を見せまいと俯き、身を寄せ合って互いの着物の端を摑んでいる。

「フロイスから聞いた話だが、かの国のとある大名家の奥方が、何を好きこのんでか、ひそかに黒奴（くろやっこ）と密通したという。ところが不義を重ねるうちに、奥方の肌の色はだんだんと黒くなり、遂には黒奴となったので、端女（はしため）に落とされたとのことだ」

女たちのすすり泣きが高まる。

「それゆえ、最も白い肌の者を選ぶとしよう」

突然、信長が一人の女の腕を取った。その女は驚愕（きょうがく）し、声も出ない。

「この女の名はたし。かわいそうに夫を失ったばかりだ。かように美しき女子（おなご）だが、家事をよくこなし、閨（ねや）でも夫に尽くすという」

女の顔には、すでにあきらめの色が浮かんでいた。

この時、彌介は気づいた。彌介がほかの誰を選ぼうとも、初めから信長は、たしを彌介にあてがうつもりでいたことを。

「たし、彌介と夫婦（めおと）になれ」

「はい」

この場で泣いて懇願しようが、信長が決定を覆さないことを、たしは知っていた。

後に人から聞いた話だが、かつてたしの夫は、探索方として武田という敵に侵入したが、捕らえられて厳しい拷問（ごうもん）の末、織田方の軍事機密を漏らしたという。

夫は武田の手で殺され、たしは寡婦（かふ）となったが、夫の不始末の責を負わされ、信長の女房にされたという。むろん、戦功を挙げた者に下賜するためだ。

五

虎松に何を言っても埒（らち）が明かないと覚った彌介は、内陣を飛び出して外陣に出るや、本能寺の南辺にあたる四条坊門小路に面した山門まで走った。

山門の屋根に上れば、何か見えると思ったのだ。

丸柱に取り付いた彌介は、猿のように素早く屋根に上った。

空に星はなく、わずかな光を放つ月が懸っているだけだ。彌介は知る由もないが、季節は梅雨で、月齢は零に近い。

——何も見えない。

本能寺の南に大きな建築物はなく、常ならば遠くまで見渡せる彌介の目でも、この日だけは、空と地の区別もつかない。むろん、この深夜に灯りをともしている寺や館はない。

耳を澄ますと、先ほどと同じ音の壁が確実に近づいてきていた。

——もう時間がない。

慌てて周囲を見回したが、近くに大きな音を出すものはない。少し離れたところに鐘楼があるが、彌介は、それが何のためにあるのか知らなかった。

——致し方ない。

中門に向かって、獣のような喚き声を上げながら、彌介は走り出した。

こうした場合の手順を知らない彌介は、騒ぎを起こして信長を起こす以外、危機を伝える方法が思いつかなかった。

とたんに周囲に灯火がともり、ばたばたと人が出てきた。右手にある厩から出てきた厩番が、彌介を押しとどめようと立ち塞がる。

「何事だ！」

「たいへんです」

「何だ、彌介か」

厩番たちは哄笑したが、彌介が中門から内陣に向かおうとするのを見て、目の色を変えた。内陣には信長の御座所があるからだ。

「おい、止まれ！」

厩番が彌介の足と手に絡み付いた。それでも彌介は前進をやめない。

左手の僧房からも家臣が飛び出してきた。それでも彌介が叫び続けたので、「狂うたぞ」と言う声が聞こえ、荒縄が用意された。

──しまった！

これでは、主殿にいる信長や小姓たちが、中間や小者の喧嘩だと勘違いしてしまう。

彌介は焦り、さらに声を荒らげた。しかし焦れば焦るほど、厩番や小者たちは彌介を押さえつけ、縛り上げることに力を注いだ。

彌介は、この企てが全くの失敗だったと覚った。しかも背後から猿轡を嚙まされ、遂には声も出せなくなった。

その時、地面に押さえつけられた彌介の片目に、信長の御座所にともる灯が見えた。

中門から駆けつけてくる小姓の姿も目に入った。その中には高橋虎松もいる。

──これで分かってもらえる。

彌介が猿轡の中で歓喜の声を上げた時、突然、押さえつけられていた両手足が解放された。

「あれは何だ」

見上げると、皆の顔が南を向いている。

彌介も立ち上がり、そちらを見ると、築地塀を隔て、寺の外に多くの灯りが行き交っている。

――遅かったか。

駆けつけてきた虎松たちも、彌介のことを忘れ、茫然と南の方を見ている。

その時、突然、鬨の声が湧き上がった。


天正九年四月初旬、簡単な祝言を挙げてもらい、彌介とたしは新婚生活を始めた。

しかし彌介の考える女といえば、故郷の女たちしかおらず、最初は、たしを性欲の対象と考えられなかった。しかも二年余にわたる厳しい生活を経て、彌介の肉体は女を欲しなくなっていた。自らが囚われ人だという意識が、肉体に性欲の発露を抑える命を下していたのだ。それゆえ彌介は、たしを抱けなかった。

そんな日々が続いたが、ある夜、たしは積極的に彌介を求めてきた。戸惑う彌介を優しく導き、二人は遂に結ばれた。その日から彌介を取り巻く世界が一変した。

郷里にいる妻のことは、一時も忘れたことはなかったが、新たな幸福が彌介の心に生きる希望を与えた。むろん、たしが突然、彌介を求めた理由など考えもしない。

安土城下に小さな家を与えられた彌介夫婦は、ほかの織田家家臣と何ら変わらぬ生活を始めた。

四月十日、いつものようにたしに見送られ、朝靄の中、彌介は城に出仕した。

この日、信長は琵琶湖の竹生島まで遠乗りすることになっており、彌介も供を命じられていた。

信長は五人の小姓を伴っていたが、馬に乗れない彌介以外は騎乗だ。ところが、いくら走っても息が切れない彌介は、馬とほとんど変わらぬ速度で、一行に付き従った。

初夏の穏やかな陽光の下、主従は遠乗りを楽しんだ。

早駆けのまま長浜城に着き、来訪を告げると、藤吉郎こと羽柴秀吉が、転がるように門前に飛び出してきた。

「竹生島に渡りたい」と信長から告げられた秀吉は、すぐに船を仕立てた。

おかげで一行は、あっという間に琵琶湖に漕ぎ出した。

湖上五里を船で行き、竹生島参詣を済ませると、信長一行は長浜城に戻った。ところが長浜城で中食を取っていると、信長は突然、「帰る」と言い出し、宿泊の支度をしていた秀吉を慌てさせた。

信長のきまぐれは、常に家臣たちを振り回す。

安土に戻ると告げられた彌介は、来た時と同じように、信長の馬前を嬉々として走り出した。

長浜城に一泊すると聞かされていたため、今夜はたしを抱けぬと知り、彌介はがっかりしていたのだ。

彌介の足は自然と速まった。

「そなたは馬よりも速いな」

信長は上機嫌で戯れ言を言い、主従は競うように安土を目指した。

安土から竹生島まで、水路と陸路合わせて往復三十余里を一気に駆け抜け、一行が安土城に戻ったのは、まだ日の落ちていない時分だった。

ところが、信長が帰城したにもかかわらず、出迎えの者が少ない。とたんに信長は不機嫌になり、奥に向かったが、女房たちはおらず、着替えの支度もされていない。

信長の瞳に怒りの焔がともった。

一方、安土城に着くや、すぐに帰宅を許された小姓たちは三々五々、城を後にした。

彌介も飛ぶように石段を下り、城下にある自宅を目指した。

背後から、彌介の目的を知る小姓たちの揶揄や哄笑が聞こえたが、そんなことを意に介さず、彌介は矢のように家に向かった。

目の前には、すでにたしの裸身がちらつき、一物は駻馬のようにいきり立っている。

「たし、帰ったぞ！」

立てつけの悪い腰高障子を力任せに開けると、家の中は静まり返っていた。

しばし待っていたが、たしの戻る気配はない。致し方なく、彌介は囲炉裏に火を入れ、濁酒を温めようとした。

最近、酒の味を覚えた彌介は、たしがいなければ酒を飲むしかない。酒は体を温めてくれるので、この国の寒さを一時的に忘れさせてくれる。

酒をちびりちびり飲みつつ、たしの帰りを待っていた彌介だったが、たしはいっこうに戻らない。

安土の町を朱に染めていた日も落ち、周囲が闇に包まれる頃、使いの者が現れ、すぐに城に来るようにと伝えてきた。

何事かと登城した彌介が見たのは、御主殿前の庭に集められた女房たちだ。背丈の三倍もある竹矢来の中に入れられた女房たちは、槍を持った番士に見張られていた。

その周囲には、昼とも見まがうばかりの篝火が、赤々と焚かれている。

女房たちの多くがすすり泣いていることから、よからぬことが起ころうとしているに違いない。

ふと竹矢来の中を見やると、女房たちの中に、たしの姿があった。

「たし、どうした」

なぜ、たしがそこにいるのか分からず、竹矢来の中に手を伸ばした彌介を、番士が引き剝がした。

左右の腕を取られた彌介は、竹矢来から少し離れた場所に敷かれた莚（むしろ）に座らされた。

誰か知己はいないかと周囲を見回したが、厳しい顔をした番士が行き交っているばかりで、問うても何も答えてくれそうにない。

やがて庭に面した障子が開き、信長が広縁（ひろえん）に姿を現した。

竹矢来の中の女房たちが、口々に何か言っている。よく聞き取れないが、その必死の様から、命乞いをしているらしい。

「よくも、わしの顔に泥を塗ったな」

信長の顔は、これまで見たこともないほどの怒りに紅潮していた。

「わしが留守の間、城を守るのがそなたらの役目だ。わが家臣である限り、それは男も女も変わらぬ。しかもそれは、そなたらを召し抱える前に、置目（おきめ）として申し渡したはずだ」

「どうかお許しを」

年かさの女房が竹矢来越しに懇願した。それを竹矢来の中にいる番士が蹴倒す。

「しかも聞くところによると、罪は、それだけではないというではないか」

続いて縄掛けされた僧侶が一人、引き出されてくると、信長の眼前に座らされた。

彌介もよく知る桑実寺の住持だ。

「上様」

住持は後ろ手に縛られていたが、穏やかな口調で言った。

「織田家の置目を破ったことは申し開きもなきこと。しかし、知恵もなき女房たちのこと。ここは慈悲の心でお許しいただきたく――」

「よくぞ申した」

信長の瞳に残酷な光がともった。

「いかにも女房たちの突然の来訪ゆえ、そなたに罪はない。しかもそなたは、織田家の置目を知らぬと申しても、致し方ない立場。しかし女房たちが、そなたの寺に行った宛所は許し難きことで、その望みを聞き入れたそなたも同罪だ」

――アテドコロとはいったい何のことだ。

彌介には、何のことだかさっぱり分からない。

「仰せの通り。それゆえ、わが命に代えて女房たちをお救い下され」

すでに死を覚悟しているのか、住持の声は落ち着いていた。

女房たちの口から、住持に対する感謝の言葉が連綿と続いた。中には手を合わせる者もいる。

「分かった。その命はもらおう」

「ありがたきお言葉」

「しかし、女房たちを許すつもりはない」

「お待ちあれ」

「斬れ」

左右の腕を取られた老僧は、その場に押さえつけられると、容赦なく首を落とされた。

女房たちから悲鳴が上がる。

人の首が落とされる様を初めて見た彌介も、われを失った。

ふらふらと立ち上がり、竹矢来に手を掛けた彌介は、無意識にそれを抜こうとした。

——たしを連れて帰るのだ。

「何をする」

たちまち番士が駆けつけてきたが、彌介の腕力に敵う者はいない。次々と飛びかかる番士を、彌介は片手で払いのけた。

遂に周囲には、怪我をした番士が折り重なるほどになった。

これを見た女房たちは悲鳴を上げ、残る番士は槍を構えたが、信長はそれを制するように右手を挙げた。

獣のような叫びを上げつつ、彌介が地に突き刺さった竹矢来の一本を抜いた時だった。

「おやめ下さい」

故郷の空のように澄んだ声が聞こえた。

顔を上げると、竹矢来を隔て、たしが立っていた。

「見苦しきまねだけは、おやめ下さい」

「ああ、たし――」

ようやく駆けつけてきた力士たちにより、彌介はその場に押さえつけられ、素早く縄掛けされた。

「彌介を連れてこい」

それだけ言い残すと、信長は奥の間に消えた。

対面の間に通された彌介は、縄掛けを解かれ、信長と相対する場所に座らされた。

やがて小姓を伴い、信長が入室してきた。

型通りに彌介が頭を下げると、信長が言った。

「人払いせよ」

「今、何と仰せになられましたか」

信長の背後に控えていた森乱（もりらん）という小姓が聞き返した。

「皆、下がってよい。わしは、彌介と二人で話がしたい」

「しかし、それは――」

「わしの命が聞けぬようだな」

顔色を変えずに立ち上がった信長は、背後に向き直ると、無言で乱を足蹴にした。乱は二間ほど転がり、背後の帳台構えにぶつかった。

これを見た小姓たちは、乱を抱えると、折り重なるようにして対面の間を後にした。

信長は次の間に通じる襖を開け放ち、誰もいないことを確かめると座に戻った。

「さて、これで二人きりだ」

信長が口端に笑みを浮かべた。

「わしは、これからあの場に戻り、女房たちを斬るつもりだ。むろん、たしもだ」

――たしが失われる。

この時になって初めて、彌介は恐怖を感じた。

――もう愛する者と別れたくない。

「どうかご慈悲を」

上位者に対して最も有効な許しを請う言葉を、彌介は懸命に思い出した。

「慈悲と申すか」

「何卒、たしをお許し下さい」

「ならぬと言ったら、どうする」

信長が彌介を試すような目で言った。白人たちと何ら変わらぬ、その蔑むような瞳を見た時、彌介の腹底から憎悪と怒りが湧いてきた。

「そんなことは許さない」

「ほほう、わしを許さぬとな」

「たしを取ることは許さない」

彌介は立ち上がったが、信長は座したままだ。

太刀持ちの小姓も退室したため、信長の周囲に武器はない。

信長を押さえつけ、その首を捻じるだけで、信長の命はなくなる。小姓たちがいかに早く駆けつけても、彌介の敏捷な動きをもってすれば、信長を殺すことは容易だろう。

むろんそんなことをすれば、彌介の命もないが、もはやどうでもよかった。

「彌介、分をわきまえろ」

彌介が一歩、踏み出そうとした時、信長が言った。

「黒奴の分際で、わしに盾突こうというのか」

彌介が自らの身分を思い出し、動きを止めると、信長が悲しげに眉を寄せた。

「たしたちが何のために桑実寺まで行ったか、そなたは知るまい」

信長の意外な言葉に、彌介は虚を突かれた。

「たしはな、身を清めに行ったのだ」

「キヨメニ――」

「そうだ。たしは、そなたとの毎日が辛くて仕方なかった。それで年かさの女房に、その辛さを打ち明けた。その女は桑実寺で祈禱と調伏をしてもらえば、たしの身は清められ、黒奴は死ぬと教えた。それでわしの留守の間に、女房たち皆で行くことになった」

信長が悲しげに目を伏せる。

「たしは、毎夜毎夜のそなたとの睦事が、嫌で嫌でたまらなかったのだ」

「――」

「そもそも、たしが突然、そなたに抱かれるようになったのは、そなたと契っていないと聞いたわしが、強く叱責したからだ。たしには前夫との間に一子があり、このまま契らぬと、その小僧を殺すと脅したのだ。女にとって子ほど可愛い者はない。真に哀れなものだ」

その意味を察した彌介は絶句した。

「分かったか。そなたは、たしに穢れた獣としか思われていなかったのだ」

「おお」

その場に突っ伏した彌介は、声を上げて泣いた。

「わが家臣を呪詛し、殺そうとした者どもを、わしは許さぬ」

それだけ言うと信長は庭に戻り、女房たちの処刑を命じた。

翌日、彌介の家にたしの遺髪が届けられたが、彌介はそれに一瞥もくれず、終日茫然と過ごした。

——この国の人々は俺に本心を語らぬ。たしもそうだった。そんなに嫌なら、そう言ってくれればいいだけのことではないか。

今回の事件で、彌介は、自らが黒奴だということを思い知らされた。

——しょせん俺は、他所者(よそもの)の黒奴なのだ。皆と同じになれると思った俺が馬鹿だった。

しかし信長だけは違った。この国で唯一、彌介を「美しい」と言った男だけは、彌介を家臣として扱ってくれた。

——上様は、俺の命を奪おうとした者たちを許さなかった。上様だけは、俺を人として扱ってくれたのだ。

彌介は、この国で唯一、信ずべきものが何かを知った。

六

敵は本能寺の山門を押し破ろうとしていた。

大木が門扉(もんぴ)にぶつかる音が聞こえる。

城門のように頑丈ではないため、閂が壊れるのは時間の問題だろう。

「武器を持ってこい！」

誰かの命により、数人が武器を取りに引き返していったが、敵は築地塀を乗り越え、すでに侵入を始めている。

侵入した敵は内側から門を開けようとするので、門を守っている者との間で小競り合いが始まった。

――たいへんなことになった。

解放されたものの、彌介の手にも武器はない。周囲を見回すと鐘楼が目に入った。

彌介は躊躇なく鐘楼に登ると、その撞木を太縄から引き抜いた。

――これなら使える。

鐘楼の鐘は小型で、撞木の長さも八尺（二・四メートル）ほどなのが幸いした。

それでも、常人が振り回すのは不可能だが、彌介なら何とかなる。

眼下を見下ろすと、すでにそこかしこで斬り合い、突き合いが始まっていた。しかし衆寡敵せず、五人から十人ほどの敵が、味方一人を取り囲んでは討ち取っている。

彌介の血はたぎった。

「うおー」

夜空に向かって咆哮した彌介は、鐘楼の上から飛び降りると、敵中に突入した。

彌介が撞木を横殴りに振り回すと、敵は折り重なるようにしてなぎ倒された。

悲鳴と同時に骨の砕ける音が聞こえる。

その頃には、東の空が明るんできており、敵の旗印も認められた。

――キキョウモン。ということはコレトウか。

林立する旗指物には、水色地に白抜きの桔梗が描かれている。

本能寺を襲った敵は、信長家臣の惟任日向こと明智光秀だった。

――なぜ惟任が上様を討つ。

彌介には、この国の人々のやることが全く分からない。

「彌介、中門まで下がるぞ」

その時、誰かに背を叩かれ、彌介はわれに返った。南門のみならず、すでに東西の門も破られ、敵は外陣に溢れていた。本堂や信長御座所のある内陣に引かねば、敵中に取り残される。

「彌介！」

白み始めた空に鉄砲の音が轟き、周囲が硝煙に包まれる中、彌介は中門に走った。

中門が閉じられる寸前、その中に身を滑り込ませると、虎松が駆け寄ってきた。

「探したぞ。どこにおったのだ」

「敵と戦っていた」

「上様がお呼びだ。わしに続け」

虎松と共に本堂の脇を抜けた彌介が、信長の御座所の主殿に達すると、広縁の欄干（らんかん）に片足を掛けた信長が、寝着（しんぎ）のまま矢を射ていた。

信長の放つ矢は楽々と中門を越え、敵の密集する辺りに落下している。

「ウエサマ！」

「彌介か。待っていたぞ」

これほどの危機に際しても、信長は平然としていた。

「早く逃げて下さい」

「もう間に合わぬ。わしはここで死ぬ」

信長の口にした言葉の意味が、彌介にはとっさに理解できない。

――上様が死ぬ。

片肌脱ぎになった信長は、その白い腕に血管を浮き立たせ、弓弦（ゆづる）を引き絞った。

「彌介、夢を見させてしまったな」

彌介は、信長と共に描いた夢が消えていこうとしていることに、この時、気づいた。

たしが処刑された数日後、抜け殻のようになった彌介の許に、信長から召しがあった。

彌介は久方ぶりに安土城に登った。

取次役の案内で御主殿の庭に控えさせられた彌介は、対面の間で、信長と宣教師が、通詞を介して会話している姿を認めた。

その宣教師は三十を少し超えたばかりで、見たことのない人物だった。信長と宣教師の間には、地球儀と欧州の風景を描いたらしき屛風が置かれていた。

「というわけで、わが母国のイスパニア帝国は昨年、ポルトガルを併呑し、文字通り、太陽が沈まぬ国となりました」

天正八年（一五八〇）、イスパニアのフェリペ二世は、王統の絶えたポルトガルを合法的に併呑し、欧州で並ぶ者のない権勢を手にしていた。

「つまり、そのフェリペ某という者は、欧州の天下を制したというのだな」

「厳密には天下の半分となります。こちらにある四つの港が描かれた屛風は、左からリスボン、セビリア、ローマ、そしてコンスタンティノープルになります。欧州では、土地よりも港を押さえることで莫大な富を手にできます。すでにセビリアを持っていたイスパニア王は、このほどリスボンも手に入れ、欧州半国の王となりました」

宣教師の得意げな説明を聞いていた信長が、ようやく彌介に気づいた。

「おう、そうであった。あれが彌介だ」

宣教師が体を捻じり、庭に侍している彌介を見た。その瞳は、ほかの白人と同じく蔑みに満ちている。

「彌介、こちらは此度、安土のセミナリオに赴任してきたフランシスコ・カリオンだ。ヴァリニャーノらが多忙とのことで、これからは、カリオンが取り次ぎをするという」

カリオンと呼ばれた男が、商人のように狡猾そうな笑みを浮かべた。

「彌介とやら、元気そうで何よりだ。実は、お前のような黒人を百人ばかり連れてこいと、今、上様から命じられた」

啞然とする彌介を尻目に、信長が話を引き取った。

「驚いたか彌介。来年は百人ほどだが、働き次第でさらに増やすつもりだ。むろん、そやつらの大将には、そなたに就いてもらう」

その構想を唐突に聞かされた彌介には、言葉もない。

しばらく談笑した後、カリオンは、幾度も頭を下げつつ帰っていった。

「彌介、カリオンを憚り、庭に控えさせたが、侍大将となるべき者を遇するには礼を欠いていた。こちらに参れ」

信長に招かれるままに、彌介が広縁に上がると、信長が傍らに座した。

「先ほどの言は戯れではないぞ。そなたのように身体能力に優れた者たちで、黒奴衆を作るのだ。むろん、そなたらの手を借りずとも、この国の敵など物の数ではない。そなたらの戦場は――」

信長の合図に応じ、森乱が地球儀を運んできた。

「まずはここだ」

信長の白い指が、地球儀の中央に座す大国に置かれた。

「日本国が治まった後、わしは全軍をもって唐土(もろこし)に押し入り、明(みん)を制するつもりだ。そしてその後――」

信長が地球儀をゆっくりと回した。

「オスマンという国のコンスタンティノープル、伴天連(ばてれん)どもの総本山のローマ、そして、カリオンが語っていたイスパニアを制する。つまりわしは、欧州の富が集まる四つの港をすべていただく。そなたは、恨み骨髄の白人どもを思いのまま殺せるのだ。もちろん、気に入った者は白奴にしてもよいぞ」

息をのむ彌介を面白そうに見つめながら、信長は続けた。

「先ほど聞いたのだが、そなたの故郷のモノモタパという国は、この辺りだという」

信長の指が、巨大な逆三角形の大陸の東南端に置かれた。

「わしの思惑通りに行けば、そなたをこの国の王としてやろう」

「モノモタパの王に――」

「この国どころか、働き次第で、そなたをこの大陸の王にしてやる。そなたは王として郷里に帰るのだ」

彌介の脳裏に、ムクエナの面影がよみがえった。

──俺はムクエナを取り戻せるのか。俺を愛してくれた、ただ一人の女を。

「ああ、上様──」

感極まった彌介は、その場に突っ伏した。

「ぜひ、そのお手伝いをさせて下さい」

「むろん、そなたには存分に働いてもらう。ただし──」

信長が一言、付け加えた。

「この地球儀すべてを制するには、ちと、わしの寿命が足らん。それゆえ、わが息子の三位中将（信忠）と二代かけての大仕事になる。幸いにして、そなたは若い。中将を支え、織田家が世界を制するのを見届けるのだ」

信長の笑い声が、いつまでも耳の奥に響いていた。

七

「彌介、そなたの夢を叶える方法が一つだけ残されている。実はそのために、そなたをここへ呼んだのだ」

矢を射る手を休め、信長が彌介を見つめた。戦場の喧噪はいっそう激しくなり、小半刻もすれば、中門も破られるに違いない。

「ここから五町ほど北に妙覚寺という寺がある。そこに三位中将が宿泊している。おそらく惟任は、全力でわしを殺しに掛かっておるはずだ。さすれば妙覚寺には、いまだ手が回っておらぬに違いない。そなたは今から妙覚寺に走り、中将の脱出を助けるのだ」

「彌介は、上様の近くにいたいです」

懇願する彌介に、信長は諭すように言った。

「敵の重囲を突破し、追いすがる敵を蹴散らしつつ妙覚寺にたどり着けるのは、そなたしかおらぬ」

信長が無念そうに続ける。

「それ以外、郷里に帰ることは叶わぬのだぞ」

「でも上様は――」

彌介の脳裏に様々な思いが駆けめぐった。郷里の港を離れていく船、白人たちの過酷な扱い、そして苦難の航海。しかし東の果てで、彌介は人として遇され、家をもらい、妻まで娶った。それもこれも信長のおかげだった。

――俺は、そこまでしてくれた上様の最後の望みを叶えねばならぬ。

「分かりました」

彌介が喉奥から言葉を搾り出すと、信長は笑みを浮かべてうなずいた。

「それと、いま一つ」

信長が彌介に顔を寄せて二言、三言、呟いた。

「それは本当ですか」

「間違いない。すべては仕組まれていたのだ。彼奴（きゃつ）らを信じたわしが迂闊（うかつ）だった。それを中将に知らせてくれ」

続いて信長は、この危機を逃れた後に信忠が取るべき策を授けた。

――この国の行く末を担っておるのは、俺なのだ。

新たな目標を得た彌介の全身に力が漲（みなぎ）る。

諸肌（もろはだ）脱ぎとなった彌介が走り出そうとすると、「これを持っていけ」と、信長が己の槍を投げてくれた。

「カタジケナイ」

「彌介、短い間だったが楽しかったぞ」

「ウエサマ！」

「走れ、彌介。郷里に向かって走れ」

獣のような喚き声を上げ、彌介は走り出した。本能寺北側の竹藪を抜け、一度の跳躍で築地塀の上に達した彌介は、そのまま堀に飛び降りると、槍をくわえて堀を泳ぎ渡り、三条大路に這い上がった。

付近を警戒していた敵兵が、すぐに集まってきた。

「何奴！」

次々と繰り出される敵の槍を払いつつ、妙覚寺までの五町ほどの距離を、彌介は一気に駆け抜けた。後から追ってくる者もいたが、彌介の脚力に敵う者はいない。追跡者は瞬く間に小さくなっていった。

ところが、彌介が向かった先からは、朝焼けの空を焦がすような黒煙が上がり、新木のはぜる音や何かが倒壊する音が、相次いで聞こえてきた。

妙覚寺が燃えているのだ。

――中将様はどこだ！

いまだ敵勢はまばらで、妙覚寺が包囲されている気配はない。となれば信忠は、すでにどこかに退去しているに違いない。

その時、唐櫃や長持ちを運び出していた顔見知りの中間が声をかけてきた。

「彌介、こんなところで何をしておる」

「中将様はどこにいる」

「二条御新造にお移りになられた」

「えっ、なぜだ」

二条御新造とは、妙覚寺の東二町ほどにある誠仁親王の御座所のことだ。妙覚寺や本能寺同様、周囲には水堀と築地塀をめぐらせた「構」を有していた。

しかし信長は、隣接する近衛前嗣邸の屋根が高いため、そこを取られては、防御の手立てがないと言い、宿館としていた二条御新造を誠仁親王に譲り、本能寺を定宿にした。

それを信忠が知らぬはずはない。

なぜ信忠が、防御上の弱点を持つ二条御新造に移ったのか、彌介には分からない。

中間の説明によると、急を聞いた信忠は、本能寺に駆けつけるべく手勢を率いて飛び出したが、すでに本能寺は雲霞のごとき明智勢に包囲されており、信長の救出は不可能だった。

致し方なく妙覚寺に戻ろうとしたが、変事を知らせに妙覚寺に向かっていた京都所司代・村井貞勝と路上で出会い、貞勝より「二条新御所は御構よく候、御楯籠り然るべし」と諭され、そちらに向かったという。

――しまった！

中間に礼も言わず、彌介は二条御新造に向けて駆け出した。

その時、何かが倒壊する音がすると、南の空に火焔が噴き上がった。

信長が本能寺に火を放ち、自害したのだ。

――上様！

落胆から膝が折れそうになる彌介を、信長の最後の言葉が支えた。

「中将の脱出を助けるのだ」

再び気力を取り戻した彌介は、瞬く間に二条御新造に着いた。しかし二条御新造の諸門は、すでに固く閉ざされている。

「ヤスケデス！」と叫びながら水堀を泳ぎ渡ると、築地塀の上から、顔見知りの武士が顔をのぞかせた。

「上様のお言葉をお持ちしました」

「門は開けられぬ。これを使え」

縄梯子が渡されたので、彌介はそれを伝って内部に転がり込んだ。ほぼ同時に、御新造のどこかで戦闘が始まったらしく、鼓膜を破らんばかりの筒音が、続けざまに聞こえてきた。

「中将様にお目通りを！」

「分かった。こちらに参れ」

武士と彌介は御主殿に向けて駆け出した。その様を見て、信長の言葉を伝えに来たと察した信忠の家臣たちは、何も言わずに道を開けた。

「中将様！」

御主殿の前に設（しつら）えられた陣所に駆け入ると、顔面を怒りに紅潮させた信忠がいた。

「彌介か」

この時、信忠は血気盛んな二十六歳だ。

「上様のお言葉を申し上げます」

彌介が信長名代と知り、信忠はじめ周囲にいる者たちが拝跪した。

上座に導かれた彌介は、感慨深くこの光景を眺めた。

——奴にすぎない俺が、たとえ一瞬とはいえ、この国の王の座にいるのだ。

しかし、いつまでも感慨に浸っているわけにはいかない。

「上様は、すぐにここから立ち退かれよとのことです」

「彌介、そういうわけにはいかぬのだ」

信忠が口惜しげに言う。

信忠によると、誠仁親王とその家族の住む二条御新造に入ったからには、親王たちの安全を確保しない限り、逃れるわけにはいかないという。

「わしがここに移ったことは、すでに明智勢にも知られておるはず。親王御一家を残し、わしだけが逃れれば、明智勢は、ここにわしがいるものと思い、容赦なく攻撃を仕掛けてくる。そうなれば親王御一家のお命が危うい。わしは惟任と語らい、いったん親王御一家を禁裏に移した後、堂々と戦うつもりだ」

「しかし上様は——」

「彌介、もう手遅れなのだ」

信忠の言葉を裏付けるように、筒音がいっそう高まった。筒音は北の方角から激しく聞こえてくる。明智勢が、近衛前嗣邸の屋根上から鉄砲を放っているのは明らかだ。

「それにしても無念だ。まさか惟任が――」

「謀叛人は、惟任だけではありません」

「何だと」

「上様によると、惟任の背後には――」

彌介は大きく息を吸うと言った。

「トウキチロウがいると仰せでした」

信忠とその家臣たちの顔から血の気が引く。

秀吉は信長に不用とも思える後詰要請をし、まずは光秀を派遣してくれるよう頼んだ。

この時、たまたま安土を訪れていた家康の饗応役だった光秀は、信長の命により饗応役を解任され、本拠の亀山城に戻り、出陣の支度をすることになった。

これにより光秀は、大手を振って軍勢を催せることになった。続いて信長自身も出陣することになったが、想定外の出陣のため、馬廻衆をはじめとした直属の兵を集めるには、時間がかかる。

「上様は仰せになられました。トウキチロウとコレトウは、兵を連れて上様に京に来てもらっては困る。そこで、もう一人、謀叛に加えた」

「もう一人だと」

信忠と幕僚が顔を見合わせる。

「それは、上様を京に呼び出した者です」

皆の視線が、ゆっくりと一人の男に向けられた。

「違う、違います。公家たちが上様の名物茶道具を見たいと騒ぐものですから、それがしは――」

禿げ上がった頭頂に冷や汗を浮かべつつ、男がその場から逃れようとしたが、すぐに取り押さえられた。

――上様は、水場に誘い込まれた象だったのだ。

その時、彌介はそれに気づいた。そして、秀吉との会話を思い出した。

「トウキチロウ、相手が隙を見せねば、どうする」

「知恵を絞って隙を作らせるのだ」

背後から両肩を押さえられた男に、信忠が厳しい声音で問うた。

「貞勝、それは真か」

「ああ、いや――」

京都所司代・村井貞勝は、兵たちの出陣支度が整うのを安土で待つ信長に、「公家たちが、上様の名物茶道具を拝見したいと申しております」と伝え、わずかな供回りだけで、信長を上洛させた。

「そなたは『親王をお守りすべし』などとほざき、わしを二条御新造に導き、親王を足枷(あしかせ)として、わしの退去を妨げた。その上、『かくなる上は、親王を禁裏に移座すべし』と主張し、その交渉役を買って出て、時を稼いだ」

すでに貞勝の顔は蒼白になっている。

「しかも、ここは近衛邸の屋根の上から狙い撃ちで、妙覚寺よりも、はるかにわしを討ち取りやすい」

「ああ、中将様、ご慈悲を」

両肩を兵に押さえられ、半顔(はんがん)を地に付けながら、貞勝は命乞いした。

「この謀議に加わらねば、惟任の一族に嫁がせた娘を殺すと、脅されたのです」

貞勝が遂に白状した。

「斬れ」

「ひい」

兵に両腕を取られた貞勝が、陣幕の外に連れていかれた。

「彌介、先ほど申した通り、わしは親王の身を守らねばならぬ。見事に陥穽(かんせい)に落ちたのは無念だが、事ここに至れば致し方ない。親王を禁裏に移座した後、父上の息子に恥じぬ最期を遂げるだけだ」

信忠の瞳には、すでにあきらめの色が浮かんでいる。

彌介は、信長と己の夢が彼方に去っていくのを感じた。しかし、彌介の中で芽生えていた別の何かが、彌介の闘志をかき立てた。

――中将様の最期を見事に飾らせるのも家臣の務めだ。

この時、「黒奴の彌介」は、まごうかたなき織田家の家臣になった。

「分かりました。彌介は中将様と戦います」

「わしも槍を取る。こうなれば存分に楽しもうぞ」

二人は笑みを交わし、敵勢の侵入しつつある大手門に向かった。

誠仁親王を移座するため停戦を申し入れた信忠は、親王一家の退去を確認した後、槍を取って縦横無尽に暴れ回り、信長の息子に恥じない最期を遂げた。

一方、彌介も獅子奮迅の活躍を見せたが、信忠自害を知るや、すべての役割を終えたことを覚り、武器を捨てた。

百にも上る敵に包囲された上での投降だった。

八

この国に連れてこられた時と同じように、船は穏やかな内海を航行していた。異なるのは、西に向かっていることだけだ。左右に見える陸地は、あの時と同じように緑が溢れていた。

彌介はすでに、その内海が「瀬戸内海」という名だと知っていた。

――これから俺は、日本人として生きるのだ。

様々なことが立て続けに起こったため、彌介には、この国で過ごした日々が夢のように思えてきた。

――上様、すべては「ユメマボロシノゴトクナリ」でしたな。

いまだ彌介の脳裏では、白扇を持った信長が舞っていた。

その姿は凜々しく威厳に満ち、まさに王と呼ぶにふさわしいものだった。

――しかし、すべては終わったのだ。

信長の命と共に彌介の野望も潰え、彌介は一介の黒奴に戻った。

はるか彼方に広がる陸地を眺めつつ、彌介が自嘲気味に笑った時だった。

「おう、彌介」

フランシスコ・カリオンが、狡猾そうな笑みを浮かべて近づいてきた。その背後には、屈強そうな白人の船乗りたちが続いている。

「本能寺で負った傷は癒えたようだな」

「はい。もう大丈夫」

「長崎では、ルイス・フロイス殿が、お前の話を聞くのを楽しみにしているとのことだ」

二条御新造での戦いの後、捕虜となった彌介は、京の南蛮寺に引き渡された。この時、信長と共に京に来ていたカリオンから簡単な聴取を受けたが、バチカンへの正式な報告書作成のために、長崎にいるフロイスの聴取も受けることになった。

「長崎で話をすれば、自由の身ですね」

「まあな」

カリオンの顔に、戸惑うような笑みが浮かぶ。

その瞬間、彌介の腹底から、嫌な予感が湧き上がってきた。

──あの時と同じだ。

彌介の脳裏に、アフリカ大陸の照りつける太陽がよぎる。

「あっ！」

次の瞬間、背後から網がかぶせられた。

「何をする！」

四方から駆け寄った白人水夫たちに、彌介は瞬く間に取り押さえられた。

「パードレ、これはどういうことです」

「実はな──」

カリオンの口端が冷酷そうに歪む。

「お前は知りすぎたのだ」

「そうだ。新たな天下人となった秀吉公から、お前を始末するよう命があった」

「知りすぎた――」

その言葉に彌介は愕然(がくぜん)とした。

「信長に近しい者たちは皆、死んでしまい、本能寺の顛末(てんまつ)を知るのは、お前だけとなった。そこで秀吉公は、われらに布教活動を許す代わりに、お前を始末せよというのだ」

共に謀事をめぐらせた光秀を裏切り、その一派を滅ぼした秀吉は、自らの謀略を知る者を探した。幸いにして村井貞勝は信忠に斬られ、信長や信忠に近しい者たちも、すべて殺された。すなわち、この天地で本能寺の変の真相を知るのは、彌介だけとなった。

「しかし、われらは神に仕える身ゆえ、生き物を殺すことはできぬ。そこで、お前を解き放つことにした」

「解き放つ――」

「ああ、ここでな」

その意味が分からず戸惑う彌介を抱えた水夫たちは、彌介を舷側から放り投げた。

あっと思う間もなく海に落ちた彌介の頭上で、カリオンたちが笑っていた。

「どこの浦へでも泳いでいくがいい。お前の姿を見た村人たちは、悪魔が現れたと騒ぎ、お前を打ち殺すだろう。われらは手を汚すことなく、お前を始末できるのだ」

茫然として波間に漂う彌介を置いて、帆に追い風を受けた船は、瞬く間に西に去っていった。

口惜しげにそれを見送った後、体に絡まった網を外すと、彌介は陸に体を向けた。

——仕方がない。

抜き手を切って泳ぎ始めた彌介だったが、思い直すと泳ぐ手を止めた。

——このまま、どこかの浦に泳ぎ着いても、カリオンの言うように、俺は殺されるだろう。うまく逃げおおせて山に隠れたとしても、飢えと寒さに苛まれ、苦しみの中で死んでいくことになる。

彌介は海上に浮かんだまま、この先、己の身に起こることを想像した。

そこには、わずかの希望もない。

絶望の淵に落とされようとする彌介の心に、信長の言葉がよみがえった。

「そなたをこの大陸の王にしてやる。そなたは王として郷里に帰るのだ」

——俺はモノモタパの、いや、あの巨大な大陸の王になるのではなかったか。

腹の底から力が湧き上がってきた。これまでの生涯で、これほど気力と体力が充実していると感じた瞬間はなかった。

——どれほど離れていようと、俺はモノモタパに泳ぎ着いてやる。そして上様のように、王となるのだ。

体の向きを変えた彌介は、今まさに沈もうとしている太陽に向けて抜き手を切った。
やがて、その漆黒の体は、夕日の中に溶けるように消えていった。

覇王の血

一

「父上はまだか！」

信忠の絶叫が、二条御所客殿の間を震わせる。その前面には、広縁と中門廊を隔て、池泉回遊式の美しい庭園が広がっている。しかしこの日ばかりは、防戦の支度に大わらわとなっている兵たちに踏みしだかれ、無残な有様となっていた。

「兄上、父上は必ず来られます。しばしお待ち下さい」

「源三郎、間違いなく父上は来られるのだな」

信忠の問い掛けに、源三郎信房が確信をもって答える。

「間違いありません。父上はそのために、それがしをここに遣わしたのです」

「しかし、このままでは敵に包囲されるぞ」

「いましばらくのお待ちを」

その時、外の様子を見てきた宿老の斎藤新五郎利治が戻ってきた。利治は信長の岳父で美濃国の戦国大名・斎藤道三の末子にあたる。

「殿、右府様のおられる本能寺が炎に包まれております」

「何だと――。惟任め、やりおったな！」

信忠の顔が怒りに引きつる。

惟任とは明智光秀のことだ。

「それで父上はどうした。父上は寺の外に出られたのか！」

「無念ながら、右府様が脱出した形跡はなく――」

「そ、それでは、父上がお亡くなりになられたと言うのか」

信忠の顔は蒼白になっていた。

その間も、人の雄叫び、馬のいななき、建物が崩落する音などが、間断なく聞こえてくる。

「あらゆることを勘案すると、お亡くなりになられたと思われた方がよろしいかと」

利治が肩を落とす。

「もはや父上が、この世におられぬと申すか」

その時、京都所司代の村井貞勝が走り込んできた。

「たった今、源五様が二条御所から落ちました。殿もお早く！」

源五とは、信長の弟の織田源五郎長益（後の有楽斎）のことだ。

「殿、今は御身のことだけ考え、ここから逃れられよ」

利治が信忠の袖を取らんばかりに迫る。

「致し方ない」

信忠が脱出の断を下そうとした時だった。

「お待ちあれ」

源三郎が努めて冷静な声音で言った。

「兄上、父上は『ここまで逃れてくる』と仰せになられたのですぞ。こちらで兄上と合流し、その手勢を使って敵の包囲を突破し、何とか安土まで逃げおおせるつもりのはず」

「源三郎様、違います」

貞勝が反論する。

「たとえ右府様が逃れられたとしても、織田家第一を考えた城介様の決断を、右府様は是認いたします」

城介とは朝廷から補任される官職名で、正式には秋田城介という。東国制覇を目指す信長は、信忠のことをそう呼ばせていた。

利治が膝を進める。

「村井殿の仰せはご尤も。この騒動で右府様と城介様のお二人がお亡くなりになれば、織田家の天下は、どうなるとお思いか。失礼ながら三介様や三七様では、天下が治まりませぬ」

三介とは信雄、三七とは信孝のことだ。いずれも信忠の弟だが、信雄は暗愚、信孝は小才子という評価がもっぱらで、到底、天下を治められる器ではない。

「しかしながら――」

あくまで源三郎は落ち着いている。

「ここで兄上が退去すれば、兵たちも付き従うしかありません。となれば父上がここにお着きになっても、兵はおらず、結句、ここで討たれることになりましょう」

「兵を置いていけばよい」

貞勝の指摘を源三郎は言下に否定した。

「兵を死地に残す将がありましょうか。少なくとも徒士や足軽は四散するに違いなく、そうなれば右府様とて、なす術もありません」

大将がいなくなれば、兵が逃げ出すのは自明の理だ。

「わしは、どうしたらいいのだ！」

信忠は明らかに困惑していた。

源三郎が、すかさず追い打ちを掛ける。

「しかも、ここ二条御所は誠仁親王の御座所であらせられます。勤皇の志が篤い惟任のこと、親王の御座所は攻められません」

「いやいや、『親王ご一家を外に出せ』と要求してくるやもしれませぬぞ」

利治が反論する。

「ご一家を出さなければよいのです」

「そういうわけにはまいらぬ」

信忠が断じた。

「とにかく手遅れにならぬうちに、城介様はここを出るべきです」

貞勝も必死だ。

利治と貞勝の二人は慌てており、完全に浮き足立っている。

――こうした時こそ、人は冷静な者の言に耳を傾ける。

源三郎は、常と変わらぬ口調で理を説いた。

「ここを出たとしても、どのような経路を通って安土までお逃げなされるのか。南から迫る敵に対し、逃げ道は三つ。東の粟田口を出ても、惟任の勢力範囲の琵琶湖に向かうため、到底、安土まで逃げられません。西の山地を行くにしても、いつかは山陰道に出ねばならず、惟任の亀山城を通過せねばなりません。北の若狭街道には比叡山があり、かつて焼き討ちされたことで、織田家に対して深い恨みを抱いております。だいいち惟任ともあろう者が、それらの道に手を打っていないはずがなく、たとえ京都から出られたとしても、安土に着く前に、どこかで捕らえられましょう」

そう言った後、源三郎は悄然と頭を垂れた。

「では、どうせいと言うのだ！」

信忠は苛立ちを隠せない。

「まずは父上を待ち、ここにいる一千五百の兵で防戦することです。たとえ父上が討たれていても、ここに三日も踏みとどまれば、住吉にいる三七殿と惟住殿が、二万の兵を率いて駆け付けてまいります」

惟住とは、惟住五郎左衛門を名乗る丹羽長秀のことだ。二人は信長の命で四国に侵攻すべく、大坂近郊の住吉港で船が来るのを待っていた。

「かように備えの乏しき御所で三日も戦えるか」

利治が天を仰ぐ。

「大義はわれらにあります。天は必ずわれらに味方しましょう」

「もうよい」

信忠が悲痛な顔付きで言った。

「織田家の当主ともあろう者が、敵に背を見せて逃げた上、途中で捕らえられ、縄目の辱めを受けるわけにはまいらぬ。わしはここにとどまる」

「よき、ご決断！」

源三郎が膝を叩く。

「分かりました。ご決定が下されたからには、それがしは防戦の手配りをするまで」

利治が一礼するや走り去る。

「それがしは親王の許に参り、お心を安んじ奉る所存」

貞勝も続いて去っていった。

「兄上」

すでに塀の外からは、敵兵のものらしき声が聞こえてくる。その喧騒を聞きながら、源三郎は言った。

「兄上、これもわれらの運命なのです」

「運命とは、どういうことだ」

信忠の視線が源三郎を射る。

それを真っ向から受け止めつつ、源三郎は薄ら笑いを浮かべた。

二

天正九年（一五八一）二月、武田家の本拠にあたる甲斐国府中の躑躅ヶ崎館に呼び出された織田源三郎勝長は、取次役に導かれ、看経の間に通された。

そこには、今は亡き武田信玄の高さ三尺（約九十センチメートル）余の位牌と対峙するように、一人の男が座していた。

「源三郎、まかり越しました」

「来たか」

丸茣蓙の上で体を回転させた武田勝頼の顔は、この世の者とは思えないほど憔悴していた。

「今、評定の結果を父上に報告していた」

「評定の結果、と仰せになられますと」

「それをこれから話す。ちこう」

勝頼は、己と対座する位置にある丸茣蓙を源三郎に示した。

「恐れながら――」

二人は一間（約一・八メートル）余の間隔で向き合った。

「そなたも知っての通り、長篠崩れ以降、われらと織田・徳川両家の攻守はところを変え、われらは苦境に立たされておる」

天正三年五月、勝頼率いる武田軍は、三河国の設楽原で織田・徳川連合軍と衝突し、手痛い敗北を喫した。以来、武田方は各地の戦線で後退に後退を重ねていた。

「それで先日、快川和尚が参られてな――」

快川和尚とは、僧侶の最高位となる国師の称号を持つ臨済宗の高僧・快川紹喜のことだ。紹喜は武田家の菩提寺にあたる恵林寺の住持を務めている。

「和尚は、そなたを織田家に返したらどうかと仰せになられるのだ」

「それがしを織田家に返すと――」

「うむ。それを本日の評定で宿老たちに諮ったところ、皆も賛意を示した」

――わしが織田家に返されるのか。

あまりに突然のことに、源三郎は絶句した。

永禄八年（一五六五）、源三郎は信長の五男として生まれた。幼名は御坊丸。生母は源三郎が生まれてすぐに死んだため、不遇の幼少年時代を送った。

元亀三年（一五七二）、美濃の国人・遠山景任に嫁いでいた信長の叔母・おつやの方からの要請により、源三郎は遠山家に養子入りさせられた。遠山家は、織田家の宿敵の武田家と領国を接する境目の有力国人なので、信長としては自らの子を養子に入れ、盤石の態勢を築いておきたかったのだ。

おつやの方は、養子入りしてきた源三郎を実子のようにかわいがった。実母と早く死に別れた源三郎にとって、おつやの方やその女房衆の愛情は、何にも増してうれしかった。

しかし、そんな幸せな日々は長く続かない。

景任が病死することで、遠山家は弱体化の一途をたどり、武田軍によって本拠の岩村城を急襲され、女城主となっていたおつやの方は降伏を余儀なくされた。岩村城は武田家のものとなり、おつやの方は、この時の城攻めの大将だった秋山虎繁の室に、八歳の源三郎は、甲斐府中に送られて人質とされた。

別れの際、唇を嚙んで涙を堪える源三郎に、おつやの方は「また会えますよ」と優しく諭し、「これをわたしと思いなさい」と言って、匂い袋を渡してくれた。

その匂い袋を握りしめた源三郎は、駕籠に乗せられて甲斐府中に連れていかれた。

それから三年後の天正三年五月、三河国の長篠で武田軍が敗れることで、おつやの方の運命が再び暗転する。

岩村城を織田軍に包囲された虎繁は、信長の「全員助命」という降伏条件を信じて城を開けた。ところが信長は前言を翻し、虎繁とおつやの方を逆さ磔にする。

かつて戦わずして武田軍に降伏し、信長の顔に泥を塗るかのように敵将の妾になったおつやの方を、信長は許せなかったのだ。

これを甲斐府中で聞いた源三郎は、怒り心頭に発し、信長への復仇を誓った。

その後、源三郎は武田家で元服させてもらい、勝長と名乗った。爾来、源三郎は武芸に励み、いつの日か、父信長と戦うつもりでいた。

勝頼が、その怜悧な面に苦渋をにじませて問う。

「それがしの念願は、いつの日か御屋形様の馬前を駆け、信長の首を獲ることだけです」

「その気持ちは分かっておる。だが恨み骨髄に徹するとはいえ、信長はそなたの父だ。悪いようにはすまい」

「かの者は、わが母に等しきお方を殺しました。それがしは、かの者の肉を食らっても飽き足りませぬ」

源三郎が怒りをあらわにする。

「そなたの気持ちは分かるが、これは武田家のためでもあるのだ」

「武田家のためと——」

「実は、そなたにある使命を託したいのだ」

「使命と仰せか」

あまりに意外な言葉に、源三郎は息をのんだ。

「そうだ。われらは長篠崩れ以来、存亡の危機に立たされている。信長ごときに膝を屈するのは無念だが、一時の恥を忍び、信長と誼を通じたいのだ」

「つまり織田家と同盟を締結したいと——」

「もはや、同盟などという生やさしいものでは許されないだろう。駿河国と飛騨国の一部を明け渡し、彼奴の麾下に参じることで、何とか甲信の地だけでも安堵してもらうと没落を余儀なくされる」

「それでも困難な和談（講和交渉）になるだろう。しかし信長と和睦せねば、われらは

源三郎が絶句する。勝頼は武田領国の一部を献上し、織田傘下に入るというのだ。

「何と――」

いう腹づもりだ」

――それほど追い詰められていたのか。

長篠での敗戦が痛手なのは分かっていたが、源三郎は、そこまで武田家の屋台骨が揺らいでいるとは思っていなかった。

長篠崩れ以後も、勝頼は東国各地を転戦し、北条領国を侵食し、それなりに戦果を上げていた。だがここ一両年は、徳川・北条両家から圧迫を受けていたのも確かだ。

「そなた以外、織田家中に伝手はない。何とか、この大役を果たしてくれぬか」

――いかにも、わし以外、双方の鎹になれる者はいない。

長らく敵対関係にあった武田・織田両家には、双方から信用され、自由に行き来できる家臣や使僧はいない。

しばしの沈黙の後、源三郎は言った。

「分かりました。御屋形様の仰せに従い、わが一身を武田・織田両家の一和のために捧げます」

「すまぬ。頼りにしておるぞ」

勝頼は、すべての肩の荷が下りたかのように嘆息した。

親しくしていた人々に見送られ、源三郎は甲斐府中を後にした。供は、岩村城にいた時代から付き従っている老武者三人だけだ。織田家に親類や知人のいる彼らが、源三郎が御坊丸だという証人となる。

三月十五日、安土に着いた一行は、両刀を取り上げられて軟禁（なんきん）されたが、その翌日、供の者たちの証言により、源三郎が御坊丸だということが証明された。

勝頼直筆の親書を信長に提出した後、源三郎が召しを待っていると、二十日、信長が会うと言ってきた。

安土城接見の間で控えていると、長廊を足早に歩く音が聞こえ、信長が現れた。

「面を上げい」

「はっ」

そこには、神経質そうに目の端を震わせている男がいた。

この時、直感的に源三郎は感じた。

――この男は、どこかおかしい。

久方ぶりに会った信長の印象は、畿内一円を制した英雄児どころか、心を病んでいる人間のようにしか思えなかった。

「そなたが御坊丸か」

「はい。今は源三郎勝長と名乗っております」

信長が父親らしく目を細める。

「十七になりました」

「そうか。そなたには苦労をかけた」

八歳の時に岩村城に連れていかれたため、源三郎には信長の記憶があまりない。

——わが体内には、この者の血が流れているのだな。

それを思うと、自分の血さえ憎くなる。

「息災(そくさい)だったと聞いておる」

「おかげさまで、病(やまい)一つしませんでした」

「武田家は、そなたにまともな食い物を与えていたのか」

「申すまでもなきこと」

この時代、敵国の人質といえども、それなりの地位にある者は、それなりの待遇を受けられる。

無礼極まりない信長の物言いに、源三郎の胸内から怒りが沸々(ふつふつ)とわいてきた。

――この男が、わが最愛の大叔母上を殺したのだ。

あらためて源三郎は、そのことを心に刻み付けた。

「さぞや、わしを恨んでおろうな」

信長が、口辺を歪めるような笑みを浮かべる。

しかし、ここで恨み言を並べても、おつやの方が戻ってくるわけではない。それならば、己の感情を抑えて時を待つべきだろう。

源三郎が沈黙していると、信長が言葉を続けた。

「かの女は、わしの顔に泥を塗った。磔物にしても飽き足らぬ。しかもあの時、磔台に括り付けられても、かの女は泣くでも哀訴するでもなく、笑みを浮かべておった」

源三郎の心の内は怒りで沸騰していた。しかしそれを抑えねば、両家の間を取り持つことはできない。

「かの女は、槍で突く寸前、舌を嚙み切りおった。それでは罰を受けなかったのと同じだ。それゆえ、許すつもりでいた女房衆も残らず磔にしてやったわ」

その中には、源三郎が生まれた時から付き従ってきた乳母や女房もいた。

――この男は狂っている。しかし今は、隠忍自重すべきだ。

源三郎は己に言い聞かせた。

「それがしは、かの大叔母から情愛らしきものを受けたことはありません。大叔母は常に居丈高で、しつけも厳しく、随分と辛い思いをさせられました」

「嘘を申せ」

信長が鼻で笑う。

「おつやが人一倍、子煩悩で情愛が深かったのは、このわしが知っておる。だいいち、そちらの様子は筒抜けだったのだぞ」

確かに信長の言う通りだ。遠山家中には、様々な情報を織田家に流している者もいたに違いない。

源三郎は、信長には嘘をつけないと観念した。

「仰せの通りでございます」

「わしが憎いか」

「はい」と、ひときわ大声で源三郎が答える。

「それでよい」

信長は満足そうにうなずくと、「さて――」と言いつつ真顔になった。

「そなたは武田家のために一肌脱ごうと思い、こちらに来たのだろう」

「お察しの通り」

開き直ったかのように応じた源三郎に、信長が笑みを浮かべる。

「さすが、わが息子だ。肝が据わっておる」

肩越しに背後を見るようにして信長が笑ったので、後方に控える小姓たちも声を上げて笑った。

「父上は、武田家と手を組むなど言語道断と思っておいででしょう。しかし父上が天下人となるおつもりなら、その度量を示し、武田家をご寛恕いただけないでしょうか。むろん四郎殿は、父上の膝下にひれ伏す形、すなわち徳川家同様の傘下大名になることで構わぬと申しております」

「はははは」

信長が高笑いする。

「そなたには、何も見えておらぬようだな。武田など、もはや死に体。わしが兵を出せば、たちどころに滅ぶわ」

「そんなことはありません。新羅三郎義光公以来、甲斐の地に根を下ろす武田家の地盤は極めて堅固。天下の兵をもってしても、攻め滅ぼすことは容易ではありません。それならば武田家を先手とし、関東の北条、さらに奥羽を制すればよろしいのでは」

「わしは武田を滅ぼすと決めたのだ。その方針は変わらぬ」

「そこをたってのお願いです。四郎殿を安土に連れてこいと仰せなら、この源三郎が再び武田家の人質となり、出仕させるよう取り計らいます。それゆえ何卒――」

「そなたは根から武田方となったのだな。致し方ない」

信長が言下に命じる。

「自害せい」

「何と――」

「武田に心を寄せる者は、わが敵と同然。いかに息子だろうと容赦はしない」

「あまりに理不尽な――」

「わが命が聞けぬというのか。それなら叔母同様に逆さ磔にしてもいいのだぞ」

源三郎は怒りで頭が沸騰し、言葉が出てこない。

「乱、力、この謀反人を縛り上げろ」

「はっ」

信長の命に応じ、小姓の乱丸と力丸が立ち上がろうとした、その時だった。

「失礼仕る！」

背後で大声が聞こえた。

振り向くと、堂々たる体軀の若武者が平伏している。

「父上、源三郎の儀、それがしにお預けいただけませぬか」

「いかに織田家当主の願いとはいえ、謀反人を許すわけにはまいらぬ」

――これが信忠か。

織田家当主と言えば、信忠以外に誰もいない。

「それがしの責において、源三郎の心を入れ替えさせまする」

「この者は、根から武田家中だ。心を入れ替えさせることなど、誰にもできぬ」

「いえ、それがしがやってみせます。それゆえ何卒、お聞き入れ下さい」

信忠が再び平伏する。

しばしの沈黙の後、信長が言った。

「分かった。当主の座をそなたに譲ったからには、わしも譲歩せねばならぬ。源三郎の儀、そなたに預ける」

「ありがたきお言葉」

信長は不機嫌そうに座を払うと、帳台構えの奥に消えていった。

それを平伏して見送る源三郎に、背後から声がかかった。

「覚えておらぬとは思うが、わしが兄の勘九郎信忠だ」

体を反転させて源三郎が平伏する。

「わが身をお救いいただき、心から御礼申し上げます。もしできることなら、武田家との和睦の儀を、お進めいただけないでしょうか」

「それはならぬ」

その後、いくら言葉を尽くして頼んでも、信忠は頑としてうなずかなかった。

――つまり信長に頼み入り、わしの命を救うことはできても、織田家の方針は、武田家を滅ぼすことで一致しているのだ。

源三郎は、勝頼から託された使命を全うするのは至難の業だと覚った。

——それならば、道は一つしかない。

源三郎は真意を隠し、信忠の下で働くことにした。

三

その後、身も心も織田家の一員となるべく、源三郎は信忠とその家臣から徹底した教育を施された。それに最初は反発し、次第に従順になっていくという演技をすることで、源三郎は徐々に織田家中の信頼を得ていった。

十月、信長の命により、源三郎に新たな実名が下された。

その楮紙には「信房」と書かれていた。

——信房とな。

信忠によると、今の実名の勝長では、勝頼の「勝」の字が上に来て、信長の「長」の字が下に来るので、信長自ら信房という名を考案したという。

「房」という字には、「ばらばらなものを束ねる」という意味があり、家臣団の束ね役として期待されているということも伝えられた。

さらに驚いたことに、尾張国の犬山城の城代を命じられた。所領をもらって独自の領域支配を展開したわけではないので、城主ではないが、「働き次第」という含みがあるのは明らかだった。

信忠の源三郎に対する信頼は、次第に篤くなり、自らの右腕として育て上げようとしているのも、ひしひしと感じられた。

当初、源三郎はその思惑を測りかねたが、理由はすぐに分かった。信長の息子たちで、並み以上の才能を持つのは、信忠と信孝だけで、ほかの者たちは、暗愚か凡庸を絵に描いた者たちばかりだからだ。しかも信忠が恃むべき信孝は、別腹弟で年齢差が一つしかなく、信忠への対抗心をあらわにしている。

信忠は半年余で源三郎の才覚を見抜き、自らの右腕にすると決めたのだ。

信頼を勝ち得ていることに自信を持った源三郎は、忠実な弟を装いつつ、信長を殺す機会をうかがっていた。

源三郎が安土に来てから約一年後の天正十年（一五八二）二月三日、主な家臣たちに召集が掛かると、大軍議が催され、その場で武田攻めの陣触れが発せられた。

大規模な軍事作戦は、西の毛利家に向かってなされるものと思われていた矢先だった。源三郎ならずとも驚きを隠せなかった。

――何とかせねば。

しかし、ここで翻意を促したところで、信長が聞くわけがない上、再び源三郎に自害を命じてくるだけだ。

――そうなれば無駄死にだ。どうすべきか。

突然のことに、源三郎は当惑した。

われに返ると、安土城本曲輪（ほんぐるわ）の大広間は騒然となっていた。

「静まれ！」

信忠が皆を静かにさせると、小姓から受け取った書付を手にした。

「これから陣立てを申し伝える」

信忠は、自らが武田攻めの総大将の地位に就き、滝川一益（たきがわかずます）、河尻秀隆（かわじりひでたか）、森長可（もりながよし）らを大将に指名した。

「織田源三郎」

「はっ、はい」

「わが手勢の一将として出陣を命じる」

安土に残されると思っていた源三郎だが、己の名が呼ばれたことに驚きを隠せなかった。

――わしも武田攻めに行くのか。

具体的にどのような役割が課されるかまでは伝えられなかったが、おそらく武田方の城の降伏開城交渉などに使われるに違いない。

かくして源三郎は、信忠の旗下の一将として出陣することになった。言うまでもなく、これが初陣となる。

――武田家の戦いぶり次第で、和睦の労が取れるかもしれぬ。

源三郎は、その機会をうかがうつもりでいた。

二月初旬、源三郎は、森長可、団忠正、織田長益（有楽斎）ら先手衆と共に出陣した。木曽口より侵攻した先手衆は、騎虎の勢いで北上を開始、三州街道沿いの武田方の諸城を戦わずして接収していった。

二月末、遅れて出陣した信忠も先手衆に合流し、勝頼の異母弟・仁科盛信の籠もる高遠城を囲んだ。この時、源三郎と犬山衆は鳥居峠に陣を布くよう命じられ、包囲陣を離れて鳥居峠に向かった。

鳥居峠とは、高遠城のある伊那谷と木曽谷を結んでいる険阻な峠のことだ。すでに木曽谷の木曽家は帰順し、一方の伊那谷は風前の灯火となっており、鳥居峠の重要性は日増しに低下していた。

武田方のあまりの崩壊の早さに、源三郎に付けられた三百余の犬山衆は、いまだ一度も戦闘をしておらず、向後、鳥居峠で大きな戦いがあるとも思えない。

三月二日、高遠城が落城した。織田・武田両軍の初めての本格的戦闘だったが、約三千の武田軍は、二千五百八十余もの首を献上して潰え去った。

源三郎の部隊は、鳥居峠に陣を布いたまま、戦闘に加わることなく終わった。武田方と干戈を交えるのは本意でない源三郎にとっては、幸いと言えば幸いだが、武田軍が善戦し、織田軍を苦しめないことには出番もない。

そのまま信忠に付き従い、甲斐方面に転戦するものと思っていた源三郎だが、信忠の使者がやってきて、織田長益と共に深志方面に向かうよう命じられた。

さらに塩尻に出たところで再び使者が着き、長益はそのまま深志城に向かい、源三郎は道を南東に転じ、諏訪湖を経て高島城を攻略せよと命じられた。

信忠率いる主力部隊は、いまだ高遠周辺にいるので、諏訪まで進むということは、全軍に先駆けて甲斐国に入ることもあり得る。

——とにかく何らかの形で両軍の間に立ち、和睦の話をまとめねばならない。

高島城付近まで進出した源三郎が使者を派遣し、降伏開城を促すと、城を守っていた安中七郎三郎は、あっさりとこれに同意した。

源三郎は戦わずして高島城に入城し、そこにとどまっていると、進軍してきた信忠から、捕虜とした安中七郎三郎と共に上野国に赴き、武田方の国衆を傘下に収めよと命じられた。

当初、信忠は何らかの交渉事が発生した際、源三郎を使うつもりでいたのだろう。だが、これだけ武田方の瓦解が早いと、もう用済みなのだ。

上野国では、北条家が近隣の国衆を囲い込んで勢力伸張を図っているため、その対抗策として、信長の御曹司を送り込み、傘下入りを促すという目論見に違いない。

源三郎は、後ろ髪を引かれるような思いで上野国に向かった。

上野国に向かっている途次の十五日、甲斐国東部に逃れようとしていた勝頼が、天目山麓田野の地で、討ち死にを遂げたという知らせが入った。

あの無敵を誇った武田家が滅亡したのだ。

武田家の危機に際し、何の助けにもならなかった源三郎の落胆は大きかった。

二十日、ひとまず安中城に入った源三郎は、気を取り直し、周辺に点在する武田方の城に降伏開城を呼び掛けた。せめて戦わずに開城させ、一人でも多くの命を救うことが、この時の源三郎にできることだった。

上野国にも、勝頼討ち死にの情報が伝わり、源三郎の許に出仕したり、使者を送ってきたりする者も出てきたが、多くは織田家の苛烈な処罰を恐れ、北条家の傘下に入っていった。

同盟を結んでいる北条家の動きを封じるわけにもいかず、源三郎は、安中城に出仕してくる国人たちを迎えることしかできなかった。

信忠から「北条など恐れるに足らぬが、甲信の地を平定して間もない今は、こちらから干戈を交えてはならぬ」と命じられていたからだ。

そんな最中の二十五日、岩櫃城の真田昌幸から密使が着く。

武田家に抑留されていた頃、源三郎は真田昌幸と親しく行き来していた。

――会いたい、とな。

しかも昌幸は、自分は城を空けるわけにはいかないので、岩櫃城まで来てほしいという。

烏川沿いに馬を飛ばしていけば、権田と大戸を経て岩櫃まで一日の距離になる。

真田家が北条方になってしまえば、いつかは戦う羽目になる。今の織田家の勢力からすれば、北条家が相手でも勝利は間違いなく、今のうちに真田家を味方に付けておくのは、織田家のためというより真田家のためにいいことだと思った。

――行くか。

源三郎は立ち上がった。

四

五十余りの供回りを率い、源三郎は馬を飛ばして岩櫃城に向かった。

岩櫃城は標高一五二八メートルの岩櫃山の中腹に築かれた山城で、永禄年間に昌幸の父・幸隆が奪取して以来、真田家の居城となり、武田軍の上州侵略の拠点となっていた。

案内役の先導に従い、草庵数寄屋に入ると、昌幸が待っていた。

昌幸の草庵は、木部に面皮材や丸太を用い、中塗りの土壁にはスサ（藁屑）を多く飛ばし、木部との調和を保つために黒く煤掃きしてある。釣棚には竹の蓋置を、その下に風炉釜、瀬戸焼の水指を据え、さらに床には墨跡を掛け、小花入には笹の葉を挿していた。

その質実剛健とした佇まいは、まさに昌幸の人柄を表している。

草庵からは、正面の十二ケ岳と小野子山はもとより、さらに遠方の榛名山まで一望の下に見渡せる。榛名山は、春だというのに雪をかぶったままだ。

「よくぞいらしていただけた」

「ご壮健なようで何よりです」

昌幸は天文十六年（一五四七）生まれの三十六歳。ちょうど源三郎の倍の年齢になる。

勝頼の覚えもめでたく、最終局面でも、武田家が築いた最後の城となる新府城の築城奉行を務めていた。しかし昌幸の唱えた新府城籠城策は、城が完成する前に織田軍が攻め寄せてきたため水泡に帰し、次善の策として勧めた岩櫃城籠城策も、勝頼が小山田信茂の岩殿城を目指したため、実現しなかった。

「安房守殿、此度は真に無念でしたな」

「はい。御屋形様をこの城に迎え、織田方と一戦交える覚悟でいたのですが、どうしたわけか、御屋形様は岩殿城に向かわれた。わしは御屋形様の合意を取り付け、この地に先行してきたのですが、これでは御屋形様を見捨てたも同然です」

「そんなことはありません。安房守殿の忠義は、皆もよく知っています」

「だと、いいのですが」

昌幸が疲れたように微笑む。

「まさか安房守殿は、この城で織田軍を引き受けて戦うなどとは考えていませんね」

「ははは、それなら貴殿をお呼び立てすることはありません」

「やはり、織田家の旗下に参じていただけるのですね」

「当面は、そのつもりです」

「ありがとうございます」

「当面」というあたりが昌幸らしい。

「ときに――」

顔を上げた源三郎が昌幸の目を見ると、先ほどまでとは違う色をしている。

――何かある。

この時、昌幸が織田家の傘下に入るためだけに、源三郎を呼んだのではないことに気づいた。

「このまま行けば、織田家の天下は揺るぎないものとなります」

昌幸は遠回しな言い方を好むので、最初は、その真意が摑み難い。

「さすれば、西国の毛利や越後の上杉が、第二、第三の武田となりましょう」

源三郎の真意を確かめるように、昌幸が瞳をのぞき込む。

「かように苛烈な攻撃を受け、負ければ一族郎党のすべてを殺され、田畑はすべて焼き払われる。これでは地獄も同然」

――わしの真意を確かめておるのか。

源三郎の心は一つだ。

「仰せの通り」

源三郎は言葉に熱を込めた。

「わが父信長は、比叡山で、伊勢長島で、越前で、伊賀で、枚挙に暇がないほど『撫で斬り』を行ってきました。信長の前に立ちはだかる者は、いかに慈悲を請うても許されず、犬猫同然に殺されてきました」

昌幸の顔が嫌悪に歪む。

「仰せの通り。唐土の覇王にも、これほどのことをした者はおりませぬ」

「覇王と仰せか」

「はい。唐土では、野心をたくましくして、力で天下を制した者をそう呼びます。言うまでもなく、覇王が天寿を全うしたことは、ほとんどありませぬ」

「つまり――」

「誰かに足をすくわれ、身を滅ぼすのが覇王の道なのです」

「分かりました。わが本心を明かしましょう」

源三郎は、機を見て和睦の労を取ろうとしていたことを語った。

「つまり、武田方が一方的に敗れたため、その暇もなかったと」

「そうなのです。今のそれがしにできることは、一人でも多くの武田遺臣を救うことだけです」

「立派な心掛けです」

昌幸が感極まったようにうなずく。

「安房殿、いかにすれば信長を止められるのか。安房殿なら、何か策をお持ちのはず」

「策、と仰せか」

昌幸の口辺に苦笑いが浮かぶ。

「残念ながら、いかに策を弄しても、信長とまともに戦って勝てる者は、もうこの国にはおりません。ただし――」

昌幸の瞳が生気を帯びる。

　榛名山から吹いてくる風が、数寄屋の壁からはみ出しているスサを震わせた。

「合戦では殺せずとも、謀殺はできるかもしれません」

「謀殺と仰せになっても、誰にやらせるというのです」

「親族か側近なら、できないことはありません」

　釜から白い湯気が立ち上り始めた。

「それがしの言いたいことはお分かりですな」

「もちろん」

「それはよかった」と言うや、昌幸は唐花紋緞子（からはなもんどんす）の仕覆（しふく）から、尻張（しりばり）の瀬戸肩衝（かたつき）茶入を取り出し、紫地の帛紗（ふくさ）で清めた。その手つきは、堺（さかい）の茶人のように堂に入っている。

「つまり、それがしにかの者を殺せと――」

「それ以外、この国を救う手立てはありませぬ」

　茶杓（ちゃしゃく）を使って抹茶を天目茶碗に入れると、昌幸は釜から柄杓（ひしゃく）ですくった湯を注いだ。

　馥郁（ふくいく）たる香りが草庵内に広がる。

「かの者を殺すことは、この世を救うことであり、また――」

　昌幸の眼光が鋭くなる。

「新たな世の扉を開けることになります」

「新たな世と――」

「そうです。衆生を殺す信長に代わり、衆生のために、よりよき世を作る新たな支配者が生まれることになります」

――それが、わしだというのか。

すべてを言わずとも、昌幸の目はそう語っている。

源三郎は大きく息を吸うと問うた。

「では、いかに殺せと――」

「問題はそこです」

昌幸が、台に載せた天目を源三郎の前に置いた。中の濃茶は渦を成し、いくつもの泡沫を浮き立たせている。

「まずは――」

昌幸の勧めに従い、源三郎が茶を喫した。絶妙の味わいが広がる。

「実はそれがしも、隙を見て刺し違えることを考えておりました。だが父、いや、かの者は隙を見せぬのです」

「ははあ」

昌幸が顔をしかめた。しかしそれは、答えの分かっている問題を突き付けられた高僧のように、余裕が感じられる。

「それならば、隙を作らせるしかありませぬな」

「そんなことができましょうか」

「できないことはありませぬ」

昌幸は源三郎が飲み干した天目を受け取り、帛紗で拭(ぬぐ)っている。

「武田家を滅ぼした今、信長の増長は天を衝(つ)くばかりとなり、自らを神のごとく思うようになっておるはず。そうした時ほど、隙を作りやすいのです」

昌幸の言には一理ある。しかし信長の周囲を守る者たちの数は増え、刺し殺すといった行為は、困難を通り越して不可能になりつつある。

「隙というのは、本人も周りも気づかぬうちにできています。それを逃さず討ち取るのです」

「討ち取るということは、軍勢を催してという謂(いい)ですか」

「はい。刺し違えるのが無理だとすれば、それ以外に手はありません」

「そうは言っても、それがしの兵は信長からあてがわれたもの。それがしが『信長を討て』などと命じても、誰も聞く耳を持たず、逆に討ち取られるかもしれません」

帛紗で丁寧に茶碗を拭いた昌幸は、二服目の支度に掛かっている。

「それならば、人望を集めている武将を味方に引き入れるのですな」

「そんなことができましょうか」

源三郎には考えもつかない。

「それも隙と同じで、常に周囲に気を配っていれば見えてくるはずです」

「そうでしょうか」

「天は、必ずや信長を討ち取る機会を与えてくれるでしょう」

源三郎の前に二服目の茶が置かれた。

昌幸から服属の内諾書を得た源三郎は、岩櫃城を後にした。

――果たして父は隙を見せるのか。

帰途の馬上で、源三郎は昌幸の言葉を反芻した。

――それよりも、わしの説得に応じ、信長を討つ武将がいるのか。

この時の源三郎には、考えもつかなかった。

五

三月十四日、勝頼の首実検を済ませた信長は、十九日、諏訪に入って武田遺領の知行割を行った。その日の夜、諏訪の法華寺で祝勝会が開かれた。その席上で、源三郎は異様な光景を目にする。

宴もたけなわの頃、最上座の信長が突然、立ち上がるや、つかつかと上座近くにいる明智光秀の許まで歩み寄り、「そなたが、何ほどのことをしてきたのか！」と喚くや、足蹴にしたのだ。

居並ぶ群臣たちも何が起こったのか分からず、右往左往するだけだ。

手足にまとわりつく近習や小姓を振り払い、信長は光秀を追い回し、広縁まで蹴り出した。

源三郎は下座にいたこともあり、人垣の間からこの光景を見ることになった。むろん止めに入れるような立場ではないので、息をのんで見守るしかない。

信長に蹴り出された光秀は、広縁の欄干に突き当たって止まった。すると信長は、光秀の髷を摑み、その額を幾度となく欄干に叩き付けた。傷口が開き、血が滴る。

「そなたが骨を折っただと。そなたごときが、どのような骨を折ったというのだ！」

光秀は「ご容赦を」と言いながら平伏するが、信長の怒りは収まらず、遂には広縁から蹴り落とそうとしたので、さすがに群臣や近習が、身を挺して押しとどめた。

――何ということだ。

ようやく怒りが収まったのか、信長は周囲になだめすかされながら座に戻った。すでに座は静まり返り、皆、恐ろしさに強張った背中を伸ばしている。

信長だけが一人、朱色の大盃で酒を飲んでいる。

一方の光秀は、すでに姿を消していた。いち早く、どこかに連れていかれたのだ。

――わが父は人ではない。

その時、源三郎の脳裏に閃くものがあった。

翌日の夜、光秀が法華寺から別の場所に宿館を替えたと聞いた源三郎は、そこを訪れてみることにした。

しかし、いまだ諏訪は敵地同然で、信長の護衛をする草の者も目を光らせている。そうした中、光秀の許に赴けば、あらぬ疑いを掛けられる。

それゆえ信忠に面談した源三郎は、見舞いの使者を光秀の許に送ることを提案し、自らが使者に立つと申し出た。源三郎が、信長は信忠に光秀を懐柔してもらいたいのではないかと説くと、しばし考えた末、信忠は「行け」と言い、見舞金まで渡してくれた。

光秀の居場所が上諏訪の豪農屋敷と分かり、源三郎は供を従え、堂々と法華寺の山門を出た。むろん草の者の目が光っているのは承知の上だ。

豪農屋敷で案内を請うと、険しい顔付きをした光秀の家臣たちが出てきた。

「秋田城介様の名代として参った織田源三郎に候」と名乗ると、さらに緊張は高まった。

家臣の人望を集める光秀のことだ。皆、昨日の一件を聞き、悔し涙に暮れたに違いない。

「ご案内を請う」

「しばし待たれよ」

中から出てきた宿老らしき人物が、光秀の意向を確かめに行った。

――病と偽り、会ってくれぬことも考えられる。

光秀の心が傷ついているのは間違いなく、その可能性もなきにしもあらずだ。

しばらくすると、先ほどの宿老が戻ってきた。

「中で主が待っております」

「かたじけない」

供の者たちをそこで待たせると、源三郎は一人で中に入った。

光秀は沈痛な面持ちで囲炉裏端に正座していた。その額には白布が巻かれ、わずかに血がにじんでいる。

源三郎が信忠の名代ということもあり、光秀は上座を譲って平伏した。

見舞いの口上を述べた後、源三郎は「堅いことは抜きにしましょう」と言って足を崩した。口上を述べてすぐに帰らないとなれば、食事と酒を出すのが礼儀だ。

光秀の「ゆるりとなされていきますか」という問いにうなずくと、早速、光秀が小姓たちに酒肴の支度を命じた。

酒を飲み、飯を食いながら、源三郎が昨日の出来事について問うと、光秀は、「われらも日頃から骨を折ってきたかいがあり、こうして武田家を滅ぼすことができた」と横にいる傍輩に語ったのを、信長が聞きつけたのだという。

それで疑問は氷解したが、いずれにしても、たかがそれだけのことだ。あれだけの怒りを示すのは尋常ではない。

――わしや安房が思っている以上に、信長の増長は極まっているのだ。

信長は抑制ができないくらい自己肥大化しており、自らを神のごとく思っているに違いない。

光秀の解釈によると、自分はこれまでの戦いを振り返り、「骨を折ってきた」と言ったのだが、信長は武田攻めのことだと勘違いしたのではないかという。

確かに武田攻めに限って言えば、光秀は何もしていない。しかし、これまでの信長の戦いを振り返れば、光秀の活躍は羽柴秀吉を凌いで群臣中随一で、「骨を折ってきた」どころの騒ぎではない。

「つまり右府様は、それがしの言を誤解されたようなのです」

「そうでしたか」

光秀が、本心からそう思っているのかどうかは分からない。そう思い込みたいのかもしれないし、また源三郎が信長の息子なので、警戒を解いていないのかもしれない。しかし聡明な信長は、そんな勘違いをしない。それは、光秀もよく分かっているはずだ。

――容易に武田家を滅ぼしたことで、信長の増長は極限に達し、これまでの光秀の貢献を過小評価し始めたのだ。

源三郎は、そろそろ本題に入ろうと思っていた。しかし小姓が周囲にいて、とても内々の話などできない。

――どうすべきか。

頭を悩ませていると、いい考えが浮かんだ。

「ときに、折り入ってお話ししたい儀があるのですが」

「それがしがお役に立てるかどうかは分かりませんが、何なりと仰せになって下さい」

「実は、それがしには、執心（しゅうしん）しておる女子（おなご）がおりまして」

「えっ」と言いつつ光秀が箸を擱（お）いた。確かにこの場の話題としては、あまりに意外だ。

「その女子とは、惟任殿の懇意にしている公家（くげ）の娘なのです。それでできれば――」

源三郎が俯く。

聞いておらずとも耳に入ってくる話に、小姓たちは、くすくす笑っている。

それに気づいた光秀は、「しばし、あっちに行っておれ」と言って人払いした。

小姓たちは色恋の話と思い込み、笑みを浮かべて去っていった。

「つまり、それがしに口を利いてほしいというわけですな」

「ええ、まあ」

「お安いご用です」

「ありがとうございます」

「それで、どちらの公家の何というご息女で」

周囲に人気（ひとけ）がないのを確かめた源三郎は、光秀の耳元に口を近づけた。

笑みを浮かべていた光秀の顔が凍り付き、その細い目が大きく見開かれるまで、さほどの時を要さなかった。


――これで、後には引けなくなったな。

光秀の宿館からの帰途、源三郎は勝負を急がねばならないと思った。

初め光秀は源三郎のことを疑い、容易に本心を明かさなかったが、源三郎が、「それがしは、これを肌身離さず持っております」と言い、織田家の家紋の入った古びた匂い袋を見せると、光秀はそれを手に取って目を見張り、肚（はら）を決めた。

言うまでもなく、おつやの方の遺品だ。

光秀は信長を殺すことに合意したが、その条件として、信忠まで殺すことを持ち掛けてきた。武田攻めの功績により、織田家中において、これまで以上に信忠の占める地位は上がるはずで、そうなれば信長を殺したところで、信忠の下、団結した織田軍団に光秀と源三郎は攻め滅ぼされる。しかし信忠がいなくなれば、担ぐべき信長の息子は複数になり、団結どころか離散していくというのだ。

事が成った後のことを思えば、光秀としては当然の配慮だろう。

さらに光秀は、もう一つの条件を出してきた。

――謀反人になりたくないだと。

たとえ信長と信忠を殺すことに成功しても、謀反人である限り、光秀は誰かに討たれる。そういう者たちを全員、返り討ちにしたところで、その後の政権運営がうまく行くとは思えない。

次男の信雄や三男の信孝が、ほかの家臣や外部勢力と手を組み、光秀を謀反人として糾弾してくるのも確実だ。

しかし信長の息子の一人を担いでいる限り、光秀は謀反人とはされず、家督争いになるというのだ。そうなれば、朝廷のお墨付きを得た者が圧倒的に有利になる。これまでの関係から、光秀が朝廷の承認を得ることは容易だという。

「源三郎様を担がせていただく」

その言葉を聞いた時、源三郎は笑い出したくなった。そこまで話が進んでも、担がれるのが己のことだと、気付かなかったからだ。

これにより「信長を殺す」という目的が、「天下を簒奪する」ことに変わったことになる。

――わしが天下人になるのか。

ついこの前まで、武田家の人質でしかなかった己が、あれよあれよという間に天下を狙える地位にまで上り詰めていたことになる。

——しかも気づかぬうちに、か。

源三郎の胸底から、何か得体の知れない魔物が、むっくりと起き上がってきた。

——これが野心か。

ふと、昌幸の言葉が思い出された。

「衆生を殺す信長に代わり、衆生のために、よりよき世を作る新たな支配者が生まれることになります」

——それが、わしだというのか。

源三郎は恐ろしくなる半面、父が座っていた座に己が座り、並み居る群臣たちに命を下す姿を想像した。それは、あまりに魅力的だった。その時、源三郎は、己が野心の虜（とりこ）になりつつあることを覚った。

しかしその前に、信長と信忠を殺す完璧な計画を立てておかねばならない。

——だとしても、これ以上、誰かを仲間に引き入れるのは危険すぎる。

つまり光秀と二人だけで、計画を実行に移さねばならないのだ。

——この世のためと、己のためか。

いかなる障害があっても源三郎は、それをやり遂げるつもりになっていた。

六

五月十五日、家康が安土にやってきた。武田遺領の国分けで、駿河一国をもらった「御礼言上」のためなので、供回りは百人ほどにすぎない。

その饗応役（接待係）に指名されたのが光秀だった。

同日、備中高松城を囲んでいた羽柴秀吉から、信長に後詰要請が届く。毛利勢が高松城の救援に出向いてきたので、自らの手に余るというのだ。信長は家康への饗応を光秀に任せ、高松城に赴くことにする。信忠も一緒に行くことになり、当然、源三郎も同行することになった。

十七日、安土城下の大宝坊で、家康歓迎の祝宴が開かれた。

末座の方で家康の家臣たちと歓談していると、突然、信長が立ち上がり、手にしていた刺身の皿を光秀に向かって投げつけた。

「またか」と思っていると、隣にいた信忠が信長を羽交い絞めにし、家康が光秀に覆いかぶさることで、諏訪法華寺の時のような大混乱にはならなかった。しかし信長は、怒髪天を衝くばかりに怒っており、このまま事が終わるとは思えない。

どうやら、饗応役の光秀が用意した刺身が悪臭を発しており、それに信長が怒ったらしいと分かった。しかもよりによって、家康の膳に供された刺身が傷んでいたらしく、手を付けない家康の様子を訝しんだ信長が、近くに持ってこさせて臭いを嗅いでみたのだ。

結局、光秀はその場で饗応役を解任され、信長に先駆けて備中に赴き、秀吉を助けるよう命じられた。備中戦線の総指揮官は秀吉なので、光秀は秀吉の指揮下に入ることになる。

それで宴は終わり、皆、三々五々、その場から出ていった。

平伏したままの光秀に近づいた源三郎は、その肩を抱くと、別室に連れていった。

信忠から家臣団のまとめ役を命じられている源三郎だ。そのことは皆も知っており、疑いを持つ者はいないはずだ。

奥まった一室に入ると、行灯に火を入れ、周囲の気配を確かめた。幸いにして、誰も付いてきていない。

「お怪我はありませんか」

「心配要らぬ。それよりも――」

光秀は首を左右に振ると言った。

「もはや猶予はない」

光秀が呟く。その声音は至って冷静だった。

「一刻も早くかの者を斃(たお)さねば、この国は地獄となる」

「ということは、魚のことは――」

「わざとやった」

「何と」

「かようなことをすれば、かの者はわしを饗応役から外し、備中に後詰として派遣すると思うたからだ」

――そして思惑通りに、事は運んだというわけか。

源三郎は、光秀の読みの鋭さに感嘆した。

「お見事でした。して、ここからはどうなさる」

「昨夜に聞いた話だが、どうやら信長は、馬廻(うままわり)衆に先駆けて京都に入るという」

「それは真(まこと)で――」

「うむ。公家連中の挨拶を受けるため、少ない供回りだけで、しばし京都に滞在するつもりらしい」

遂に信長が隙を見せたのだ。

ここのところ上洛していなかった信長だが、上洛する旨(むね)を朝廷や公家衆に伝えると、ほぼ全員にあたる四十人余の公卿(くぎょう)が挨拶したいと申し入れてきたので、「それなら」とばかりに所有する名物数寄道具三十八種を安土から運び、「名物開き」の茶会を催すことにしたのだ。

「つまり信長は、ほとんど手勢を連れていないということですね」

「小姓や近習が五十ほどだろう。しかも宿館は本能寺になる」

信長の定宿（じょうやど）は長らく妙覚寺（みょうかくじ）か二条御所だった。妙覚寺は法華寺院ということもあり、敷地が広く防御を考慮した構えを有している。二条御所は室町小路（むろまちこうじ）を挟んで妙覚寺の向かいにあるが、こちらも二重堀や石垣を備えて堅固な構えとなっている。しかし二条御所は、天正七年（一五七九）に誠仁親王に献上し、妙覚寺は信忠の宿館としたので、最近の信長の定宿は、本能寺となっていた。本能寺も法華寺院で、堀や土塀のある堅固な構えを持っているが、二条御所や妙覚寺ほどではない。

「つまり備中に向かうと見せかけ、京都に反転するというのですね」

「そういうことだ。ただ一つ問題がある」

「それは――」

「信長とて馬鹿ではない。信忠率いる一千五百の兵を京都に先行させるという」

「信忠の宿館は、やはり妙覚寺で」

「そうなるだろうな」

妙覚寺は、本能寺の北北東四半里ほどにある。

――つまり目と鼻の先ということか。

「わしが信長を討つまで、信忠の兵を妙覚寺に釘付けにしておかねばならぬ」

光秀の連れている手勢は一万余。それを考えれば、一千五百など物の数ではない。しかし戦闘が始まれば、その混乱に紛れて信長に逃げられる可能性もある。つまり光秀は、信忠の手勢とぶつかる前に、信長の始末をつけておきたいのだ。

その仕事を引き受けるのが誰かは、もはや明らかだった。

「それがしの出番ですな」

「どうやら、そのようだ」

計画は徐々に固まり始めていた。

――信長は本能寺に、信忠は妙覚寺にいる。まず光秀が本能寺の信長を殺し、続いて、もたもたしている信忠を討つ、という筋書きか。わしの役割は、信忠の判断を鈍らせることだな。

この作戦の成否は、源三郎の働き一つに懸かっていた。

七

五月十九日、家康一行の饗応を終わらせた信長は、翌日、家康一行を京都見物に送り出すと、出陣の支度に掛かった。

そして二十七日、安土を出陣した信長は二十九日、京都に入る。

源三郎も、信忠に随行して妙覚寺に着陣した。

この年は和暦上、五月が小の月にあたるので二十九日までになる。

翌六月一日、信忠と一緒に本能寺に赴いた源三郎は、「名物開き」の茶会に参座した。

信長は、いつになく穏やかな面持ちで茶を喫し、居並ぶ公家や豪商たちの間にも、和やかな雰囲気が漂っていた。

一刻余に及ぶ茶会が終わり、信忠は妙覚寺に戻っていった。

一方、源三郎は道具類の片付けを指揮すべく、本能寺に残っていた。

――この名物が、明日には灰燼に帰すのだな。

名物中の名物として名高い九十九（付藻）茄子の茶入を木箱に収めながら、源三郎は感慨にふけった。こうした茶道具と共に一つの時代が終わり、新たな時代が始まる。その新たな時代を率いていくのが光秀なのか、ほかの誰なのかは、今のところ分からない。

――わしにも、その資格があるというわけか。

一瞬、そう思ったが、今は一つの時代を終わらせることに集中すべきだ。胸底から頭をもたげようとする何かを、源三郎は力ずくで捻じ伏せた。

片付けも終わり、妙覚寺に引き揚げようとした時だった。

「源三郎様、右府様がお呼びです」

小姓の一人が源三郎を呼びに来た。

——まさか露見したのか。

背筋に焼串を刺されたような衝撃が走る。しかし露見したのならば、呼び出しなどせず、兵を派して、その場で捕らえるはずだ。

——心配には及ばぬ。

源三郎は顔色一つ変えず、信長の待つ常の間に向かった。

信長は、何かの書き物をしながら源三郎を待っていた。

「源三郎、まかり越しました」

信長が筆を擱く。

「あと半刻もすれば、本因坊算砂（ほんいんぼうさんさ）が囲碁を打ちに来る。それまで話相手をせい」

信長は寝つきが悪い。それゆえ夜は、囲碁や将棋を打つことが多い。せっかく京都に来たこともあり、当代随一の名人と囲碁を打ちたくなったに違いない。

——深夜まで起きているということは、信長の朝方の眠りは深くなる。

夜明け頃、信長がぐっすりと眠っていれば、この変の成功率は高まる。

「そなたが戻ってきてから、一年と二月（ふたつき）か」

「はい。月日が経つのは早いものです」

「その間、城介の言い付けをよく守り、忠勤に励んでいたと聞く」

「至りませぬが、何とか――」

「もう武田に未練はないのか」

――己が滅ぼしておいて、今更、何を言う。

さすがに源三郎は鼻白(はなじろ)んだが、そんな感情をおくびにも出してはならない。

「武田はすでに過去のもの。いまだ血脈が続いているのなら、小なりとも家を再興いただけるよう、父上に嘆願したかもしれませんが、滅んでしまったものは、どうにもなりませぬ」

「おつやの方のことといい、武田のことといい、わしを恨んではおらぬのか」

「恨んでおります」

源三郎は勝負に出た。

「恨んでおる、とな」

信長が余裕の笑みを浮かべる。

「はい。だが、恨んだところで何になるというのです。父上と刺し違えれば、なるほど仇(かたき)を取ったことにはなります。しかし、それにより天下は乱れ、この世は再び群雄割拠(ぐんゆうかっきょ)となります。戦乱は続き、多くの民に迷惑が掛かります。それならばいっそのこと――」

信長の視線が痛い。しかし源三郎は、あえて強い視線でにらみ返した。

「織田家の天下平定に力を尽くし、民の苦しみを和らげたいと思っております」

「恨みは恨みとして胸にしまい、大義のために働くというのだな」

「仰せの通り。それがしは父上が憎い。殺したいほど憎く思うております。だが父上以外の誰が、天下を静謐（せいひつ）に導けましょう。それを思えば、恨みなど些細（ささい）なもの。それがしは大義のために生きたいのです」

「そうか」

　黙って源三郎の話を聞いていた信長が、脇息（きょうそく）から身を起こした。

――斬られるか。

　一瞬、そう思ったが、信長は穏やかな笑みを浮かべて言った。

「立派になったな」

　その時、源三郎は「勝った」と思った。

猜疑心（さいぎしん）の塊（かたまり）で、決して人を信じず、誰にも騙されない信長だが、自らの息子にだけは、隙を見せたのだ。

「ありがたきお言葉」

「実はな――」

　信長が、口端を歪めるような笑みを浮かべた。誰もがぞっとするほど冷たい笑みだ。

「そなたが『恨んでおらぬ』と答えたら、この場で斬るつもりだった」

「えっ」

「わしは嘘をつく者が嫌いだ。嘘をつく者はいつか裏切る。それなら芽のうちに摘んでおいた方がいい」

源三郎の背筋に寒気が走る。

「そなたは、わしを恨んでおる。それでいいのだ。惟任もわしを恨み、権六（柴田勝家）もわしを憎んでおる。藤吉郎や左近将監（滝川一益）に至っては、隙あらば、わしに取って代わろうとしておる。だが、それでよいのだ。仲のよい主従などに天下が取れるか。憎悪でも野心でも、煮えたぎるような感情なら何でもいい。そうしたものを持つ軍団でなければ、天下など獲れぬ」

――この男は尋常ではない。しかし、その通りだ。

源頼朝の鎌倉幕府も、足利尊氏の室町幕府も、どちらも憎悪と野心をたぎらせた親族や家臣たちが、互いに憎しみ合いながら敵と戦っていた。

――だからこそ、彼らは幕府を開けたのだ。

天下を取れる軍団の強さは、こうした鬱積した感情の爆発による。

「わしが惟任にああした仕打ちをしたのも、惟任めの切っ先が鈍くなり始めたからだ。人は年を取ると、『もう、この程度でよい』と、つい思ってしまう。惟任もそうだった。彼奴は、わが家臣になった頃のような、ぎらつくような野心を失いつつあった。佐久間てい（信盛）や林（通勝）のように失脚させてもよかったのだが、あいにく彼奴の知恵は衰えておらず、また家臣たちの人望が篤いこともあり、明智の兵は強い。それゆえ彼奴の切っ先を再び鋭くすべく、何かのきっかけを捉えて、わしへの憎悪をかき立てねばならぬと思うたのだ」

「恐れ入りました」

源三郎に返す言葉はない。

「わしを恨む気持ちを失わない限り、そなたは城介に次ぐわが息子だ」

「何とありがたいお言葉――」

「城介に万が一のことがあれば、天下はそなたにくれてやる」

源三郎は啞然とした。

――そこまで買われていたのか。

「そろそろ本因坊が来る」

「はっ、ご無礼仕りました」

「今夜は、こちらに泊まっていくか」

その誘いを断ることで、信長の心に多少なりとも疑念が生じることは避けねばならない。

「よしなに」

「乱、部屋を支度せい」

背後に控える小姓の乱丸に、信長が命じる。

「ははっ」

その言葉を聞くや、乱丸が滑るように下がっていった。

乱丸の持つ手燭(てしょく)に導かれ、内陣から広い庭に出た源三郎は、外陣(げじん)にある塔頭(たっちゅう)の一つに案内された。中には床が敷かれ、行灯が薄ぼんやりとした灯(あかり)を投げかけている。

「すまぬ」

中に入ろうとした源三郎の背に、乱丸の冷たい声が掛かった。

「見事でございました」

「何のことだ」

「右府様の心中を読み切ったこと」

——此奴(こやつ)は侮れぬ。

噂には聞いていたが、乱丸が当代きっての切れ者だという評判は事実だった。

「わしは、己の気持ちを正直に述べたまでだ」

「果たしてそうでしょうか。右府様のお気持ちを考え尽くしていない限り、『恨んでいる』などという言葉は出てきませぬ」

「ははは。それは買いかぶりというものだ」

あえて源三郎は笑い飛ばした。

「源三郎様は、常に右府様のお気持ちに気を配っておいでなのですね」

「その通りだ。さもなくば、わしなど織田家中で生きていけぬ」

「仰せの通り」

一礼した乱丸は、音もなく長廊を去っていった。

八

まんじりともしない夜が明けようとしていた。

──まだか。

布団から飛び起き、高楼に登って西の方を眺めたい衝動を、源三郎は抑えていた。

──何かの手違いがあり、光秀は来ないのではないか。それとも遅れているのか。

苛立ちが募る。

心を落ち着かせるべく水でも飲もうかと思い、半身を起こした時だった。

傍(かたわ)らの茶碗が、かすかに揺れているのに気づいた。続いて、何かが押し寄せてくる気配がする。

——来たのか。

布団を抜け出した源三郎は、塔頭の外に出てみた。

本能寺は内陣と外陣に分かれており、その間は築地塀によって仕切られている。北側の内陣には本堂、主殿、会所、庫裏などの建築物が、南側の外陣には東に四つ、西に三つの塔頭がある。

信長の寝所は本堂や主殿のある内陣側にあるが、源三郎の寝所は外陣の東に並ぶ塔頭の一つだ。

塔頭の本堂の前面に立つと、門と塀を隔てて、外陣の広い庭が望めた。

寺内は静まり返っており、人の気配さえしない。

——あれは何だ。

その時、六尺（約一・八メートル）余の魔物が、何かに耳をそばだてるようにして、ゆっくりと南に向かって歩いていくのが目に入った。

——いや、あれは魔物ではない。彌介だ。

彌介とは、信長が宣教師たちからもらった黒奴（黒人奴隷）のことだ。信長は彌介の五感が異様に鋭いことを知り、小姓として自らの傍らに置いていた。

——そうか。嫌な気配を感じているのだ。

本能寺の南にあたる蛸薬師通に面した山門まで行った彌介は、しばし立ち止まり、何かに聞き耳を立てるような動作をすると、突如として踵(きびす)を返し、何事か喚きながら内陣に向かって走り出した。

——まずい。

塔頭を飛び出した源三郎は、彌介と並行するように北に走り、外陣の北東の端に建てられている厩(うまや)に飛び込んだ。

「乱心者だ。出合え、出合え！」

その声に驚き、厩番たちが飛び出していく。やがて何人もの厩番や番士が彌介に組み付いていったので、さすがの彌介も引き倒された。

——これでよし。

その時、南の空が明るくなったように感じられた。そちらを見ると、無数の提灯(ちょうちん)の灯が空を照らしている。

彌介を捕らえた者たちも、茫然(ぼうぜん)として南の空を眺めている。

次の瞬間、突如として鬨(とき)の声が沸き上がり、南門の扉に丸太をぶつけるような音が轟(とどろ)いた。

——来たか！

歓喜を抑え、外陣と内陣をつなぐ中門に向かった源三郎は、そこで啞然としている番士に向かって怒鳴った。

「織田源三郎だ。中へ入れろ！」

源三郎の顔を知る番士たちは、門を少し開けて源三郎を内陣に入れた。

本堂の脇を通り抜けた源三郎は、信長の寝所がある主殿の前に控えると、大声で告げた。

「源三郎に候。敵が押し寄せてきている模様！」

腰高障子を開けて乱丸が現れた。

「敵と仰せか」

「間違いなく敵だ。右府様に会わせろ」

「しかし――」

「わしは息子だぞ！」

乱丸が道を開ける。

背後で喧騒が高まると、門が破られる音がした。

襖を開けて源三郎が拝跪（はいき）する。

「父上、敵襲です！」

「どうやら、そのようだな」

信長は寝着のままで弓をしごいていた。

「乱、敵は誰だ」

源三郎の背後には、乱丸が控えている。

「桔梗紋が見えました」

「惟任か――。是非に及ばず」

「右府様！」

乱丸が源三郎の隣に拝跪する。

「今なら間に合います。どうか、ここから落ちて下さい」

「敵が惟任なら、すでに手を打っているはずだ。もう間に合わぬ」

「父上、妙覚寺の兵があれば、しばし時が稼げます。その間に落ちることもできます」

「城介の手勢か」

信長の顔が瞬時に明るむ。

「その手があったな」

信長はうなずくと、乱丸に命じた。

「乱、妙覚寺まで走り、城介をどこぞに落とし、兵を連れてまいれ」

「それがしは、右府様のお側を離れたくありませぬ」

「父上」

源三郎が信長と視線を合わせた。

「その役目、それがしにお申し付け下さい」

「何――」

二人の視線が火花を散らす。

――ここが切所だ。

源三郎の脳裏を様々なことが駆けめぐった。岩村城での幸せな日々や、甲斐府中で信長への恨みを晴らすべく武術に励んだ日々が、脈絡なく思い出される。

「よし、源三郎、そなたの野心に賭けてみよう」

「野心と――」

「わしへの恨みだけなら、わしはそなたを信じぬ。だが、そなたの瞳には、野心がたぎっておる」

信長が厳しい声音で言った。

「これからも野心を大切にせい」

「はっ」と言うや、源三郎が走り出した。

本能寺の北側には門がない。そのため源三郎は、築地塀を乗り越えて堀を泳ぎ渡り、三条大路に這い上がった。

――しめた。

まだ光秀の手勢は来ていない。

西洞院大路を北に向かって走った源三郎は、妙覚寺に飛び込んだ。

すでに妙覚寺にも変事は伝わっているらしく、何事か喚きながら、兵たちが右に左に走り回っている。それを縫うようにして、源三郎は信忠を探した。

「兄上はおられるか！」

本堂の前で大音声を上げると、観音扉が開き、中に招き入れられた。

「源三郎、本能寺から来たのか！」

信忠には昨夜のうちに使者を出し、信長の命で本能寺に泊まることを告げていた。

「はい。北面の塀を乗り越え、ここまで走ってきました」

「ということは、本能寺はいまだ包囲されていないのだな」

「仰せの通り」

「それで父上は、どうしたのだ！」

「それより兄上は、どこに行くおつもりか」

信忠は小姓たちに手伝わせ、甲冑を身に着けていた。

「これから本能寺に行く。敵は明智だと聞くが」

「その通り。しかし父上は『来るに及ばず』と仰せです」

「どういうことだ」

兜の緒を締めようとしていた信忠の手が止まる。

「父上は、すぐにこちらに合流するので、構えの堅固な二条御所に移れとのこと」

「なぜだ。父上にそんな余裕があるのか。それならばなぜ、そなたと一緒に来ない」

「それがしは使者として、先に行くよう申し付けられたからです。もう父上は、本能寺を出ておられるはず」

「そうか」

信忠の顔が一瞬、明るんだ。

その時、転がるようにして京都所司代の村井貞勝が駆け付けてきた。

「敵の一部がこちらに向かってきています。備えの堅固な二条御所にお移り下さい！」

「御所には、親王ご一家がおられるではないか」

二条御所には、誠仁親王の一家が住んでいる。

「親王ご一家を、いずこかにお連れする猶予はありませぬ。まずはお移り下さい」

貞勝も、二条御所に移ることを懸命に勧めた。

「兄上、ここは父上の指示に従うべきかと」

「分かった。ここは二条御所に移る！」

織田軍の移動が始まった。

九

信忠は、二条御所で来るはずのない信長をひたすら待っていた。すでに敵の喊声は御所の四囲から聞こえ、外からは、曲射の矢が雨のように降ってくる。

敵の射る矢の中には火矢もあり、すでに一部の建物からは火の手が上がっていた。御所内からは女房たちの悲鳴や、多くの者たちが右に左に行き交う足音が聞こえてくる。

「運命とは、どういうことだ」

信忠の視線が源三郎を射る。

それを真っ向からにらみ返しつつ、源三郎は薄ら笑いを浮かべた。

「源三郎、なぜ笑う」

「兄上、父上がこちらに来ることはありません」

「では、なぜ先ほど、こちらに来ると申したのだ」

信忠は混乱していた。

「今頃、父上は自害なされておいでです」

「何だと、それでは、父上はわしに何と仰せだったのか」

「兵を率いて本能寺に駆けつけよと――」

「謀ったな、源三郎」

信忠が、背後の床に立て掛けてあった太刀の鞘を払う。

それを見た小姓や近習も色めき立つ。

源三郎も太刀を抜き放つと、広縁に出て中門廊から庭に飛び下りた。

「捕らえろ。かの者を捕らえるのだ！」

信忠の命に応じ、小姓や近習が源三郎を取り囲む。

「源三郎、やはりそなたは、おつやのことと武田のことを、いまだ根に持っておったのだな」

「もはや大叔母上も武田もありません」

源三郎が薄ら笑いを浮かべる。

「どういうことだ！」

「信長を殺さねば、この世は地獄となります」

「何だと。われらは天下を平定し、衆生が安んじて暮らせる世を作るつもりでいたのだぞ」

「ははは、よくもさような世迷言を。信長が天下を制せば、衆生は塗炭の苦しみを味わうだけではありませぬか」

「此奴！」

信忠は庭に飛び下りると、「下がれ！」と周囲に命じた。

「もはや、わしは助からぬ。助からぬなら、この手で此奴を道連れにしてやる。そなたらは――」

小姓と近習を見回しつつ、信忠が言った。

「ここから逃れて構わぬ」

それを聞いた者が半数ほど逃げ去った。

「覚悟せい！」

信忠が正眼に構える。

「兄上には感謝しております。できれば、この手で殺したくはありませんでした。だが、信長の血を継ぐ者を生かしておくわけにはいきません」

下段に構えた源三郎が間合いを詰める。

「何を申すか。わしやそなたのほかにも父上の息子は多くおるわ」

「これは笑止。虚けや小才子など、わが眼中になし！」

「死ねい！」

信忠が踏み込む。それを受け太刀した源三郎は鍔迫り合いに持ち込む。

「源三郎、父上とわしがいなくなれば、そなたなど無力なのだぞ」

「仰せの通り！」

双方が飛び退き、距離を取る。

「明智ごときと手を組んだところで、最後には、柴田か羽柴に殺されるのが落ちだ」

「さようなことは、それがしの知ったことではありません」

今度は源三郎が突きに出た。それを信忠が弾き返す。

この時代の剣術は介者剣法と呼ばれ、膂力で相手を圧倒し、相手が疲れてきたところで、急所を突くだけだ。

「どういうことだ。そなたは明智に擁立されるつもりではないのか」

「ははは、そんなつもりはありません」

その間も、外の喧騒は激しくなってきていた。気づくと、信忠と源三郎の周囲には、ただの一人もいない。

やがて矢が雨のように降ってきた。

どうやら明智勢は、隣の近衛邸の屋根の上に登り、そこから矢を射ているらしく、敵が侵入を開始していないにもかかわらず、信忠の手勢には、多くの死傷者が出ているようだ。

その時、飛んできた矢が、信忠の右腕に刺さった。

「ううっ」

信忠が痛みに顔をしかめる。しかも腕が上がらないらしく、信忠は傷口を押さえたまま後退すると、太刀を取り落とした。

「兄上――」

「寄るな！」

その場に胡坐をかいた信忠は片腕で脇差を抜くと、腹をくつろげようとしている。

「兄上、それには及ばず」

「何」

源三郎は太刀を捨てると、信忠の前にどっかと腰を下ろした。

「互いに刺し違えましょうぞ」

「何だと」

「父上と兄上を騙したお詫びに、この命を捧げたいのです」

信忠が、啞然として源三郎を見つめる。

「実は、それがしにも野心が目覚め始めました。ここで生き残れば、それがしは野心に支配され、父上と同じ道を歩むはずです。それならば、いっそここで己の命を断とうと思うたのです」

「そうか——。この血脈を断ちたいのだな」

「はい。覇王の血を、ここで断つのです」

「よし、分かった」

「お覚悟を！」

脇差を抜いた源三郎は、信忠の心の臓に狙いを定めた。信忠は右腕が利かないので、左手で脇差を握る。

「あの世で、父上は、きっとそなたを許さぬぞ」

「もとより。足蹴にしていただいて結構！」

「よし行くぞ！」

二人が、互いの心の臓めがけて刃を入れた。

衝撃の後に激痛が襲う。

――しまった。兄上は仕損じたな。

信忠は利き腕でない左腕を使ったため、心の臓を外し、脇腹を切っただけに終わった。

次の瞬間、信忠が源三郎に覆いかぶさってきた。

信忠が事切れているのを確かめた源三郎は、その遺骸を横たえ、両手を合わせた。

一方、源三郎の方は、脇腹に長さ半尺（約十五センチメートル）ほどの切り傷が走り、その傷口から血が流れ出していた。しかし致命傷ではない。

――これでは死ねぬ。

遅れて痛みが襲ってきた。それを堪えて脇差を拾い、心の臓に突き立てようとしたが、肝心の力が入らない。

すでに周囲は黒煙と炎に包まれている。

その時、源三郎の視線の先に、庭園を高所から眺めるために造られた高楼が目に入った。

――刃を胸に向けたまま、あそこから飛び下りればよいのだ。

そのことに気づいた源三郎は、よろよろと立ち上がると、覚束ない足取りで高楼まで歩き、脇差を咥えて、その梯子を登った。

ようやく最上階にたどり着き、周囲を見回すと、本能寺の方に煙が上がっているのが見えた。

――父上、お詫びのしるしに、わが命を捧げます。

そう心中で呟くと、源三郎は眼下を望んだ。

すでに火は二条御所全体に回っており、黒煙の間からは、様々な宝物を抱えて逃げていく足軽の姿が垣間見える。

庭園は、かつての優雅な景色を一変させ、草木にも火が移り、池水は地獄池のように炎を反射させている。

――一つの時代が終わるのだ。

その時だった。

光秀が家臣たちを引き連れ、やってくるのが見えた。

その中の誰かが、高楼の上にいる源三郎を認めたのか、こちらを指差して何か言っている。

しばしその指し示す方角を見ていた光秀も、そこに源三郎がいると知り、真下まで駆け寄ってきた。

「源三郎様、何をしておいでか！」

血が流れ過ぎたのか、頭がぼんやりしてきた。

「わしが死ねば、すべては終わる」

「何を仰せか。しばし待たれよ！」

光秀は家臣たちを高楼に登らせようとしたが、すでに高楼の梯子にも火が回っており、誰も登れない。

「源三郎様、早まってはいけませぬぞ。わしと手を組み、天下を獲ろうではありませんか！」

「そんなものは要らぬ。わしは、覇王の血を断ちたいのだ」

「お待ちあれ。それでは、それがしが謀反人とされてしまう。源三郎様に死んでもらっては困るのです！」

それには答えず、源三郎は高楼の欄干に登った。

「おやめ下さい！」

この位置からだと、黒煙を上げる本能寺が遠望できる。

源三郎は懐に手を入れ、匂い袋を取り出すと、その匂いを嗅いでみた。もう何も匂わないと思っていたが、この時ばかりは、懐かしいおつやの方の香りがした。

──大叔母上、今、参りますぞ！

源三郎の顔に笑みが広がる。

「わしは──、ここで──、覇王の血を──、断つのだ」

脇差の刃を心の臓に向けた源三郎は、そのまま高楼から飛び降りた。

地面がぐんぐん近づいてくる。

様々な思いが駆けめぐる。

──これでよかったのだ。

刃は見事、源三郎の胸を貫いた。

最期の瞬間、死の恐怖や痛みは一切なく、源三郎は御坊丸に戻り、誰かの胸に抱かれていた。

「もういいのです。あなたは立派に事を成し遂げました」

永劫（えいごう）に続く安堵の海に、源三郎は静かに身を沈めていった。

歴史座談会

新しい信長像　そのカリスマと狂気

俳優　高橋英樹
作家　伊東　潤
東京大学教授　本郷和人

本郷　マンガにテレビドラマに織田信長の人気は衰えを知りません。今回は、俳優、作家、研究者の三者三様の立場から、これまでとは違った新しい信長像に迫っていければと思います。高橋さんはＮＨＫ大河ドラマ『国盗り物語』を始め数々の作品で信長を演じてこられました。

高橋　当時、私は二十九歳。あの信長は、他では味わうことのできない貴重な体験でした。信長は私のなかで一番演じやすい役柄で、何もしていないのにセリフがバババッと出るときもあったほどです（笑）。

本郷　伊東さんは戦国時代を題材にした作品を多く執筆し、小説家の視点から新しい信長像を提案しています。

伊東　信長と野心をテーマにした作品『王になろうとした男』では、あえて信長本人の視点は設けず、家臣たちの視点から、信長を描きました。信長は、長所と短所が一個の人間の中で共存する一種のカリスマだと思います。彼の強烈な個性に、現代人が引き付けられるのはよくわかります。

高橋　常に考えているのですが、信長の人気は、単に天下を取ったから生まれたものではありませんよね。一般庶民から見るとちょっと上のランクの人が、自分の周りの人を籠絡したり、倒したりして自分の世界を作り上げていくところに憧れるのだと思います。

伊東　確かに信長は、二つに分かれた尾張国の守護代家の家老という家柄で、血統が超一流とは言えません。それに加えて、日本人には信長的な強いリーダーへの憧れがあるのではないでしょうか。現代でも世界を見渡すと、プーチン大統領や習近平国家主席のように強いリーダーがいる。翻って我が国の首相たちは……という部分もある（笑）。

本郷　そこに一言加えたいのは、信長は豊臣秀吉のように老いさらばえた姿をさらさなかったのが大きいと考えます。

緒形拳さんが大河ドラマ『黄金の日日』で演じた秀吉は、晩年に信長を超える専制君主になっていく過程が丁寧に描かれていました。『軍師官兵衛』で竹中直人さんが演じた秀吉も同様です。史料から秀吉を見ても同様で、信長の家臣としてバリバリやっていた頃と天下を統一した後の晩年では、全く違う人間になっていたように思えてなりません。

三人の天下人でいえば徳川家康は、徳川二百六十年の太平の世を作り、大成功して晩年を迎えてしまう。こうなってしまうと、一般庶民はなんとなく感情移入をすることができません。

教養人だった信長

高橋　早く亡くなるのは人気者の必要条件ですね。「判官贔屓」という言葉もある通りで、日本人は志半ばでなくなった人が大好きです。源義経しかり、坂本龍馬しかり。信長も同じように天寿を全うしていないから、「もし生きていれば」と想像の世界に入っていける。これが私たちのような歴史好きには楽しいのです。

伊東　特に海外政策には想像力を掻き立てられます。織田政権だったら「鎖国政策」もなかった。アジアやヨーロッパ諸国と、どう渡り合っていったかを考えたくもなります。

高橋　アジア地域全体を治めた可能性だってあります。

本郷　同感ですね。それも秀吉の朝鮮出兵のような形ではなく、貿易で世界に開かれた国造りをしたでしょう。

伊東　秀吉のように大陸を面、つまり土地で支配するのではなく、信長は、点すなわち拠点で押さえようとしたのではないでしょうか。たとえば、中国大陸の沿岸にある寧波（ニンポー）、厦門（アモイ）、マカオなどの港に城塞都市を築き、海上交易を行って利益を独占しようとしたのではないかと。

当時のヨーロッパの海洋大国であるスペインのフェリペ二世は、セビリアとリスボンという二大貿易港を支配し、交易を独占して大帝国を作っているのです。信長は宣教師と頻繁に会っているわけですから、こうした国際情勢を耳にしていても不思議ではありません。

本郷　面ではなく点の支配というのが面白いですね。

高橋　一般には情報通と思われている秀吉ですが、信長の方が圧倒的ですよね。

本郷　そこには秀吉の出身が影響しているはずです。信長はうつけもののイメージがありますが、若いころから、きちんとした教養を身につけていて、それに裏付けされた知識を持っていた。たとえば、沢彦（たくげん）という禅僧が少年時代の信長の教育係だったことは知られています。出自のよくわからない秀吉と違って、信長は中世型の教養人だったことは間違いないでしょう。

高橋　逆に秀吉の行動を見ていると、教養人へのコンプレックスを感じさせるところがありますね。

伊東　内政面を考えると、信長と秀吉の差は歴然としてきます。秀吉は、権力欲や自己顕示欲がとにかく強い。一方で信長は、合理的で実利を重んじます。「御茶湯御政道」は、その最たるものです。功を上げた家臣に分け与える土地がなくなってきたときに、信長は茶道具に虚構の価値を与えます。織田家中では、茶道具が絶対的な価値を持ち、そろって名品を求めるようになる。それまで、命がけで手に入れようとしていた土地ではなく、茶道具を欲しがる武将も出てくる。重臣の一人である滝川一益は、上野国一国よりも茶道具が欲しいとすら言っています。

本郷　名品「珠光小茄子」のエピソードですね。価値を創造してしまうのは、信長の大きな特徴です。

伊東　信長は価値の創造のために、商人の今井宗久と天才的目利きである千利休という二人をブレーンにしています。一方の秀吉は、信長から受け継いだ「御茶湯御政道」を上手く使いこなせません。利休を切腹に追い込み、最終的には、土地を求めて朝鮮出兵を行うことになります。

ベンチャー企業家の側面

高橋　価値創造でいうと信長には、ベンチャー企業家の側面があるのではないでしょうか。先祖伝来の土地を安堵されているだけで、あぐらをかいている人間に用はないとバッサリ切り捨てる。一方で、その辺をうろついている氏素性の定かではない人間でも、優秀であれば抜擢していく。秀吉や明智光秀がいい例です。信長には最初から良い家臣がいたわけではなく、自分で人材を見つけてきては次々に登用し、自分好みの実力派集団を作り上げる。

本郷　明智光秀は美濃国の明智城主と長らく言われていましたが、実は、学問的な裏付けは一つもありません。本当のところは何者かよくわからない。

伊東　そういった意味で、本当の実力主義を貫いたのが信長軍団です。その裏返しですが、今どきの言葉でいうと、ブラック企業のような組織だったことも事実でしょう。

高橋　林通勝や佐久間信盛のように十数年も仕えた重臣でもあっさりと追放してしまいますね。

本郷　実力主義は、貫徹するのにこれほど難しいものはありません。下剋上の時代ではありますが、戦国の世は抜擢が少ないのです。家老の家に生まれたら最初から家老だし、足軽なら足軽のままです。

戦国時代の隣国はいまでいうと外国のようなものです。越前の朝倉家の「朝倉敏景十七箇条」には、「さのみ事闕(かけ)候はずば、他国の浪人などに右筆させらるまじき事」つまり、よほどのことでなければ、ほかの国の人間を信用して側近に取り立てるな、と書かれているほどです。そういった価値観の時代に能力さえあれば出身を問わずに使うのは実は常識外の発想です。他に戦国大名でこういった人材登用ができたのは、武田信玄と上杉謙信くらいでしょう。

ただし信玄でも、才能によって若い人間を簡単に抜擢できてはいません。名門の家の養子にすることで、やっと可能になったのです。馬場信房、内藤昌豊、山県昌景、高坂昌信と名だたる武田の名将は名家を継いだ若者たちです。

伊東　信玄が失敗したのは、その後ですね。土着の家臣から支配権を奪えず、功を上げた家臣にも所領の統治権を与えてしまうから、家臣たちの独立志向が強くなった。部下たちが、それぞれの領地で子会社化して、力を持ってしまったので、勝頼の代になると、言うことを聞かなくなるのです。勝頼は家臣の内藤昌豊に対して、公正に扱うと誓う血判起請文まで書いていています。

本郷　中央に権力を集める努力をしていないから、そうなったのでしょう。毛利元就も事情は同じです。兄弟三人が仲良くすれば毛利家は安泰だとした「三本の矢」の逸話がありますが、裏を返せば家臣は信用できないから、せめて兄弟たちだけは仲良くしなさいということ。それだけ家臣の独立心を抑えるのは難しいことだった。

高橋　戦国最強の呼び声高い武田軍団や中国地方の覇者毛利家にして、鎌倉時代の統治の仕方をそのまま受け継いでいる風ですね。

伊東　信長の優秀性は、家臣に対する管理統制面にも表れています。信長が死に、誰が後継者になろうとも、そのシステムに乗っかっていれば、ある程度は、同じように動く体制を作り上げていたわけです。

本郷　信長の国家観も当時としては独特でした。日本が一つの国といった考えは戦国時代の人は持っていませんでした。駿河には今川という王様がいて、相模には北条がいる。それがまとまって一つになるとは誰も考えていないのです。現に室町幕府も各地をバラバラにしたまま統治していました。

高橋　現代人の目線から見ると、どの大名も天下を狙って群雄割拠していたように思われています。しかし、大名は今の自分の領土を守れれば良かった。その中で信長は、統一政権を作ろうと言い出した。最初ＥＵを作ろうとした人間が、夢想家扱いされたのとあまり変わらない（笑）。

伊東　宣教師が、信長に統一政権を作らせようと、ヨーロッパの情報を吹き込んでいた可能性はあります。信長に全国を統一させてしまえば、キリスト教を一気に広められると思ったのでしょうね。ただ、一筋縄ではいかないのが信長です。

本郷　信長といえば仏教を弾圧して、キリスト教を保護していたイメージがありますが、そうとも言い切れません。安土宗論と呼ばれる仏教論争では、日蓮宗と浄土宗のお坊さんが、お互いの宗教観の違いから論争になった。これを知った信長は、家臣を派遣するなどして審判役を買って出ている。結局、浄土宗の勝ちという判定を出しています。こういったところからも、伝統的な宗教にも理解のある教養人であり文化人だったことが窺えます。

高橋　あの時は、自分に敵対しないで中立を守って欲しい、と繰り返し説得しています。

本郷　浅井長政や朝倉義景の軍勢をかくまっていると敵対行為とみなしますよ、と使者を送っています。ですが、比叡山側が拒否をした。やるとなったら徹底的にやるのが、信長の恐ろしさです。伊勢長島で二万人の老若男女を虐殺したとされていますが、人口比にすると今では二十万人に相当します。

不思議なことに研究者の間では、「信長はわかりやすい」とされています。合理主義者だから足跡を丹念に追ってゆけば理解できる、というのです。しかし、こういった虐殺行為を見ると決して合理性では考えられるものではありませんし、簡単に理解できるとはとうてい思えません。

高橋　比叡山の話にしても、ある種の「狂気」を感じます。信長を演じるときに一番注意したのは、まさにこの部分です。ハハハッと笑っていたと思ったら突然キュッと怒り出すといった感情の起伏を持つように気を付けました。
信長は人の感情を巧みに読み解いている節があります。怒ったらいい人とおだてたらいい人をしっかり区別している。個性を見抜く目を持っていたのは間違いありません。

戦に勝つ秘訣

伊東　家臣の個性や能力の把握についても、信長は長けていたと思われます。誰しもが出世を目指していたと思われがちな戦国時代、信長は、専門職を育成しようとしていた痕跡があります。桶狭間の合戦で今川義元の首を取った毛利新助は、本能寺の変で信長の長男信忠と共に討死します。彼は死んだとき、桶狭間の頃と変わらず馬廻衆でした。二十年経っても出世していないのです。でも信忠に殉じたところからすると、当時の身分に不服を持っていたようには思えません。

高橋　役付きになりたい人間なのかそうでないかを見抜いているんですね。自分の傍にいれば、身分を高くしなくても喜んで働くような人間だとわかっている。そういうタイプだから、息子の近習にした。

本郷　毛利新助の気持ちがよくわかるなあ。私もどっちかというと毛利タイプなんです（笑）。上には誰かいて欲しい。

高橋　それは日本人独特の感性ですよ（笑）。かくいう私も信長の一方で、日露戦争で大活躍した参謀の児玉源太郎が大好きなんです。ナンバーツー志向のところがあります。

伊東　桶狭間の合戦は、奇襲ではなかったという説が有力になってきています。考えてみると、従来の奇襲説はおかしな話で、織田勢が飛び出すと大風が吹いてきて、それに乗じて今川義元の軍勢を敗走させ、義元の首まで取ってしまう。織田勢は、一直線に義元本陣へ突入したという感じです。しかし地元出身者に聞くと、今は宅地が造成されて想像しにくいそうですが、昭和四十年代末頃までの桶狭間は、小丘が複雑に入り組んでいて、見通しが悪かったそうです。つまり一直線に義元のいる場所まで進むには、地形を完全に把握していなければなりません。これは、なにかの手引きがないと難しい。

高橋　信長の側室の生駒の方の家は諜報活動をやっていたような話もありますね。

伊東　他にも、簗田政綱が合戦の後に功第一とされたことから、義元の居場所を把握していたとする説もありますが、これも推測の域は出ません。私があえて提唱したいのは、当時、今川家中だった徳川家康の内通説です。家康は今川軍の先方（さきかた）として大高城に入っているので、義元のいる場所はわかっていたと思われます。家康は義元から信頼される一方で、西三河の統治を任されないことに不満があり、このまま今川家の一家臣として終わるよりも、独立を選んだのではないでしょうか。

本郷　ただ、兵力に関しては一言申し上げたいと思います。今川義元は駿河、遠江、三河三国の太守と言われますが、実際の石高を足すと、太閤検地の後の数字で七十万石です。一方の尾張は非常に豊かで、一国で五十七万石もあるのです。

高橋　一国でそれだけありますか。

本郷　そうなんです。兵力は石高に比例しますから、実際の桶狭間の合戦は相当拮抗した兵数で戦っていた可能性があります。巷で言われるような二万五千人対二千五百人ではなかったのではないでしょうか。信長の研究者やファンの間では、『信長公記』をきちんと読むべきだと言われていますが、こと桶狭間に関しては記述が信用できない。そもそも合戦自体が一五六〇年ではなく、一五五二年に起こったことにされているのです。さらに今川勢は四万五千人と書かれていますが、これは軍記物のお約束。『平家物語』や『吾妻鏡』の時代から兵数は嘘をついていいことになっている（笑）。

伊東　『太平記』も、兵力に関しては、めちゃくちゃな人数です。

本郷　二十万人の大軍などと書かれていますからね。その後の信長の戦いを見てみると、自軍の兵力が多い時以外は絶対に戦わないのです。彼は兵力が多い方が勝つという原理原則で動いています。『信長公記』では、話を盛り上げるために信長の兵力を実際より少なく記したのかもしれません。

高橋　合戦の描写を見ていくと信長の女性的な繊細さを感じます。「髪の毛が伸びたら雨が降る」とよく言われますが、信長はそういった感覚を重要視していたのではないでしょうか。それに子供の頃から仲間とウロウロ歩いているからその土地の雲の流れを見て、「二日後は雨だな」とか予測することもできたかもしれない。

本郷　作家の新田次郎さんは信長を「梅雨将軍」と評しましたが、確かに天候を味方にする部分があります。

伊東　長篠の合戦でも、いざ戦端が切られるときには、計ったように雨が止みました。風雨考法に長じていること、つまり天候を読めることも、戦に強い秘訣だったのですね。

高橋　桶狭間で勝利した信長は美濃へ侵攻します。私は、役作りのため美濃に信長が築いた岐阜城に登った時、鮮烈な体験をしました。たまたま夕方だったのですが、山のてっぺんの城から、西の方を見ると長良川の先の養老山地から京都の方が黄金色に輝いているのです。これを見たときに、「あっ、信長はこれを見たから絶対に京に上ると決意を固めたな」と思えた。

本郷　それは良い光景を見ましたね。その天守閣を最初に発想したのが信長です。それを全国に普及させたのが秀吉。天守閣は大きくて誰でも見ることができるのが非常に重要なポイントです。天守閣は誰にでも見えなければいけない。

高橋　つまり権力の象徴ですよね。自分はこれだけの金と力を持っていると見せつけることができる。

本郷　信長のすごいところは、「見せる」ことの意味を分かっていたところです。源頼朝も足利尊氏もそういった形で象徴を作らなかったし、足利義満の金閣寺は誰にも見られないように建てられています。

高橋　天守閣は城下町から見上げたところにドンとあるわけですからね。

本郷　その一方で、信長は機動性を重視するから本拠地をどんどん変えている。那古野城に始まり、清須、小牧、岐阜、安土と目的に応じて移動する。この発想は、ほかの大名にはないものですね。毛利家は山奥にある吉田郡山城から動こうとしないし、武田家も甲斐を動かなかった。

高橋　最終的には大坂を本拠地にしようとした、という説もあります。

本能寺の変の謎

本郷　さて、信長の生涯最大のミステリーである本能寺の変に話を進めましょう。最近では、四国の長宗我部氏の征伐をめぐるやりとりの中に、謀反の原因があるとする説も出ています。

伊東　本能寺の変は、家康を殺すために信長が仕掛けたトラップだったと、私は思っています。

本郷　それは大胆な説だ（笑）。

伊東　家康が信長に呼ばれて、安土に伺候し、それから京、大坂、堺をめぐっているのですが、非常におかしなスケジュールです。家康は五月十五日に安土入りして、十七日饗応を受けています。二十一日には京に入り、二十八日に大坂に行き、翌二十九日に堺に到着した。そして、六月二日まで滞在し、安土から京に着いた信長の招きに応じて堺を発っています。この時の家康は少人数でしたから、信長は、野盗か野伏を装った自軍に襲撃させようと思っていたのではないでしょうか。ところが、家康は用心深い。そこで信長は馬廻衆を安土に置いたまま京都に現れた。自分を囮にしようとしたのです。

高橋　ＳＰである馬廻衆を連れて行かないことで、家康を誘い出そうとしたわけですか。

伊東　そうでないと、馬廻衆を連れて上京しなかった理由が説明できません。家康には、茶屋四郎次郎という諜報機関がありますから、信長が少人数で本能寺に入ったと知っています。それで安心して堺から京に向かったわけです。ところが光秀も、こうした状況を把握していた。

高橋　わざわざ自分を囮にしてまで、家康をどうしても殺したかったわけですね。

伊東　そう思いますね。武田家を滅ぼした時点で、信長にとって家康は用済みになっています。関東の北条氏も信長に臣従していますから、家康を楯にする必要はない。すでに信長は、家康嫡男の信康を切腹させていますから、あとは本人を亡き者にするだけの段階に来ていたわけです。

高橋　常に疑問だったのは明智光秀の準備不足です。あれだけの戦略家が何故か、信長を殺してしまった後のビジョンを一切持っていないことが不思議でなりません。

伊東　確かに光秀は、謀反にあたって根回しをしていません。少なくとも娘をとつがせている細川家や、仲の良かった大和の筒井家などには、前もって工作しておくべきだった。

高橋　光秀を動かすための勢力、たとえば公家関連の人物がいたように考えていますが、よくはわかりません。しかし、あれだけ用心深い信長が、本能寺の変の一瞬だけ周りに誰も置かなかったのも変ですね。むしろ中国大返しをした秀吉の方が、準備万端に見えてしまうのですが。

本郷　大返しについては、一つ笑い話程度の説を持っています。秀吉はいつも煙草のキセルを手放しませんでした。実はそれで吸っていたのは煙草ではなくて、大麻とかアヘンのようなハイテンションになるような薬物だったのではないかと（笑）。

伊東　本郷さんこそ、すごい大胆ですよ（笑）。

本郷　だから歳をとった時に衰えが早かったともとれる。
伊東　冗談にしても面白いですよ。小説のネタにはできます。
本郷　もしよかったら、使ってください。
高橋　本能寺の変は謎が多いですが、一つだけ確信を持っていえることがあります。光秀の軍勢が本能寺に行ったのは、信長に呼ばれたからなのは間違いありません。あれだけの軍勢を率いて京都に入っていったら、信長が気付かないはずがない。映画やドラマの撮影の時に十騎の騎馬武者を走らせただけでも強烈な音が周囲に響き渡ります。鎧兜に身を包んだ万単位の人間が、静かに本能寺を囲むなんてできるわけがないのです。
伊東　その通りですね。私も鎧を着て武者行列に参加しますから音の大きさについてはよくわかります。
高橋　だから、光秀の行軍には信長の意向があったけれど、なにがしかの理由で豹変して信長自身を襲うことになったと考えたいですね。実は今一番演じてみたいのがその光秀なんですよ（笑）。
本郷　ええっ！
高橋　何故、信長に仕えたか、というところから始まってあれだけの人物が主君を裏切る過程をやってみたい。史料を読む限り、本能寺の変の直前でも光秀は信長に精神的にも抑えつけられている。ですから何らかの手助けや教唆がないと謀反は起こさないと思います。「敵は本能寺にあり」と宣言するまでの光秀の心の動きをいつか表現したいと思っているのです。

伊東　光秀像を変えることになるかもしれませんね。

本郷　それにしても、信長のイメージが強い高橋さんが、光秀役ですか……。その作品で信長役を演じる役者さんを見つけるのが大変そうですね。

解説
野心という魔物にとりつかれた男たち

高橋英樹

平安時代の後期から現代ものまで、実在と架空の人物を合わせるとこれまでに八十もの役柄を演じてきました。なかでもひときわ思い入れが強く、自分が時代劇で生きていく自信を持つきっかけを与えてくれたのが織田信長です。もしかしてオレは信長の生まれ変わりか、と思うくらい自然に演じられるし、今笑っていたのに急に怒り出すなど、感情の振れ幅が大きいのも気持ちがいい。僕に限らずにこの仕事をしていたら誰でも一度はやってみたい、役者冥利に尽きる役柄だと思います。

時代背景を知って役作りに生かそうと、史料や小説を読みまくっているうちに、いつのまにか大の歴史ファンになっていました。ロケ地に行くと地元の郷土史家からお話を聞き、気になることはｉＰａｄでさっと調べる。西暦何年に誰それが何々をした……、なんて教科書的な知識はどうでもいい。それよりもある人物がどんな思いでその時代を生きたのか、なぜこんな事件を起こしたのかを考えるのが楽しいのです。

織田信長や羽柴秀吉が生きた戦国は各地で群雄が割拠し、身分の低いものが主君を倒して権力を手に入れる下剋上の時代でした。秩序や調和を重んじる日本人とは思えないほど、人間の欲望がむき出しになりました。その欲望にも濃淡があり、自分の領国さえ安泰ならそれで満足という武将がいれば、もう少し野心的にお隣の領土もいただきたいと考える人もいる。さらには天下を統一しようという信長のような人物もあらわれる。

タイトルにある『王になろうとした男』はモザンビークから奴隷として売られてきた彌介だけではなく、もちろん信長自身も指しているのでしょう。一説によると信長は安土城のそばに天皇を住まわせ、安土城の天守閣から御所を見下ろそうという野望があったとか。信長を描いた作品はたくさんありますが、本書がおもしろいのは、彼のまわりで王になろうとする男を支えながら、野心という魔物にとりつかれて自分の人生を変容させていく数人の人物にスポットライトを当てているところです。

彌介に初めて会った信長は「美しい」と感嘆しました。あの時代の日本人でアフリカから来た黒人を見て、美しいと感じたのは信長ひとりだったでしょう。このひとことに彼のすべてが集約されている。誰も持ちえない独特の感性ですべての事象を見定めようとしているから、家臣はいっときも気が抜けません。今、主人は何を考えているのか、自分は何をすべきかと神経をすり減らし、勝手に自分を追い込んでゆく。性格も置かれた立場も違う男たちの目を通すことで、信長の大きさや怖さがいっそう切実に伝わってきます。

「果報者の槍」の毛利新助（もうりしんすけ）と「毒を食らわば」の塙直政（ばんなおまさ）は十代のころからの幼馴染みですが、まったく違う生き方を選びました。心の奥ではお互いに通じ合うものがあっても、その生き方を真似ることはできません。新助は才気あふれる信長の家臣団の中では無骨で融通のきかない、武辺だけで主君に仕える男です。しかし、誇り高く、自分の器を知る度量がありました。たまたま桶狭間で今川義元の首をあげますが、いち早く野心から離れ、家臣たちの出世競争からも身を引きます。自分のやり方で信長に誠実に仕える揺るぎない強さを感じるし、信長がそれを見抜いて「己を知る者ほど強いものはない」と嫡男の信忠を任せたのも凄い。本能寺の変に遭遇したときそのまま逃げることもできたのに、信忠を守ろうと敵の矢面に立って壮絶な死を迎えます。

一方の直政は弁舌が巧みで交渉事にたけ、徳川家康や浅井長政（あざいながまさ）との同盟締結に手腕を発揮しました。武田軍との長篠の合戦では資金の調達力にものをいわせて鉄砲隊を組織し、わずか十五年で馬廻衆（うままわりしゅう）から織田家中の最高位につく。しかし、その過程で嘘を重ね、無理に無理を重ねて気がつけば八方ふさがり。年貢の前借や堺の商人から借金を続けてきたため、本願寺攻めで必要な武器をそろえることができません。鉄砲が欲しい、でも、その金がないという直政の焦燥感は読んでいて息苦しくなるほどです。

僕は楽天的で主人のためにそこまで必死になれる人間ではありませんが、もし、あの時代に生まれていたら……。「身分なんて関係ない、結果がすべて」と徹底した能力主義を貫く主君が目の前にいて、その言葉のとおりに昇進を遂げる人がいれば、直政のように出世欲にとりつかれるのは無理もないかもしれません。そこには嫉妬ややっかみが生まれたはずで、それさえも信長はエネルギーとして利用しました。知れば知るほど怖ろしく、だからこそ魅力があるのです。

ついに鉄砲は集められず、本願寺攻めで戦死すると、信長は直政とその一族の足跡をすべて消し去り、存在そのものを抹殺してしまう。現代に置き換えると、会社のために不正まで働いて必死に尽くしたのに、最後はその人ひとりに収賄の罪をかぶせ、何ごともなかったように幕引きをはかる……という感じでしょうか。

塙直政は野心に囚われて自滅しますが、「復讐鬼」の荒木村重(あらきむらしげ)は野心の強さを家臣の中川清秀に見透かされ、利用されて滅びていく下剋上の見本のような男です。清秀は「主人が本願寺とひそかに通じている」と嘘の情報を流して村重を窮地に追い込み、「天下人も夢ではない」と信長からの離反をそそのかしながら、自分は要領よく信長方に降伏して安泰をはかります。罠にはまった村重はかわいそうですが、混乱した時代に不確かな夢を求めて、あそこで主人を裏切っていく清秀の気持ちも僕はわかるような気がします。

役者の立場でいうと万見仙千代が村重の立てこもる有岡城に攻め込む場面が印象的でした。伊東さんは『城を攻める　城を守る』という著書があるほど城の防御機能に詳しい人です。清秀が与えた偽の情報に操られて、有岡城の複雑な縄張りを右へ左へと走り抜け、まんまと死地に誘い込まれる様子がまるで映画を見るように臨場感たっぷりに描かれています。

四年後、村重は茶人となって賤ヶ岳の合戦の現場にあらわれ、自分を裏切った清秀への復讐を果たします。それも築城術に長けていた彼らしいやり方で。「野心に囚われた者は野心に滅ぼされる、上様もそうでありましたな」という最後の述懐が胸にグッとくる。良くも悪くも、野心があの時代を動かしていた。「復讐鬼」はとくに僕のお気に入りです。

四作目の「小才子」は現代の企業経営と重ね合わせて、妙に納得しながら読みました。津田信澄は信長の甥にあたり、血筋はよし、頭だってけっこう切れる。織田家を継いでいた可能性もあるのに、傍流の津田姓を名乗らされ、信長の一家臣に甘んじています。

ほんとうは大局観のない小才子に過ぎないのに、自分を過信して、オレの居場所はここじゃないと現状にいつも不満を抱いている。こういう勘違い男はどこの会社にもひとりやふたりはいませんか？　この人が社長なら会社をつぶすか、社員ならせいぜいクビになるだけですが、戦国の世では死を意味しました。

現実がちゃんと見えてないから、秀吉や丹羽長秀のようにその不満を逆手にとって騙しにかかる、一枚上手（うわて）の男が世の中にいることもわからない。滑稽なことに最後まで「天下をとった、みんなが自分の前にひれ伏す」と信じ続け、首をはねられる直前にやっと自分が父親と同じ小才子に過ぎなかったことを悟ります。信澄のように身の丈を見誤って命を落とした男があの時代は無数にいたのでしょう。

五作目の短篇「王になろうとした男」はアフリカから売られてきた彌介の目線を通して世界進出を夢見る信長の野望や、本能寺の変の様子が描かれています。太田牛一という信長の家臣が書いた『信長公記』に「キリシタン国から黒坊主が参上」という記述があるように、信長の近くには黒人が実際に仕えていました。

そして今回の文庫化では最後に「覇王の血」という短編が加えられています。美濃の国人・遠山家に養子入りさせられた信長の五男・源三郎の復讐の物語です。

信長が根強い人気を持つ理由のひとつに、数え年で四十九歳の早すぎる死、それも本能寺での謎めいた最期というのがあると思います。それが歴史好きの想像力を刺激してやみません。クーデターの背後に黒幕がいたのではないかと、過去には公家からありとあらゆる武将の名前が上がってきました。数ある推理の中でももっとも信憑性が高いのが本作にある秀吉黒幕説です。歴史は勝者のもの。次の政権をとった人がいちばん怪しいというのがいつの時代も変わらぬ真理です。僕にいわせるともうひとり、公家の近衛（このえ）前久（さきひさ）もかなり怪しい。秀吉と近衛が二大黒幕とにらんでいますが、彼らの裏切りがいつ何をきっかけに始まったのか、肝心のところがわからない。公家にとっては王になろうとする信長は自分たちの地位を脅かす存在として抹殺したかったでしょうが、秀吉や光秀はいったいなぜ？

直接的な理由とは別に、非情ともいえる信長の恐怖政治とそれに耐える重圧、出世競争に敗れていった者たちの怨み、同僚にも気を許せない過酷な人間関係といった負の遺産がたまりにたまって、ああいう形に集約されていったのではないでしょうか。

信長は最後にみずから寺に火を放って自害しますが、遺骸は見つかっていません。本能寺が焼けたくらいで死体があとかたもなく消えるとは思えないから、どう考えてもおかしいんです。何らかの力が働いて、なかったことにされたのではないか、そのほうが後世の歴史にとって都合がよかったから、というのが僕の推理です。

不思議といえば、彌介がどこで死んだのかもわかっていません。この作品は故郷に向かって海を泳ぐシーンで終わりますが、実際は本能寺の変の前に逃亡したとも、南蛮寺へ逃げてそこで死んだとも、そこから行方知れずになったという説もある。歴史はわからないことだらけ、そこがおもしろい。自由に想像できるし、誰も現場を見た人はいないから、歴史の大家とだって対等に話すことができる。偉い先生になにかいわれたら、「で、あなたは見たんですか」と切り返せばいい。それでおしまいです。

信長があと十年生きていたら歴史はどう変わったでしょうか。のちに天下をとる秀吉は朝鮮征伐を行いますが、あれは信長の亜流、似ているようで本質はまったく違います。伊東さんが鼎談でおっしゃっているように、信長は貿易の拠点となる海外の港をいくつか押さえて、経済で世界へ進出しようと考えました。儲からない土地には目もくれないから、無駄な戦費を使う必要もありません。しかし、秀吉は大陸を面としてとらえ、やみくもに領土を広げようとして失敗した。秀吉は信長ほどの大局観を持っていませんでした。

手柄を立てた家臣に分ける土地がなくなってくると、茶道具に新しい価値を造りだし、領国のかわりに与えたという発想にも驚かされます。信長は茶会を開く権利を許可制にしたため、かなりの手柄を立てないと茶会のあるじになることもできませんでした。茶に毒を盛って簡単に相手を殺すことができると考えれば、あの時代、茶会を開く権利とは自分に必要のない人間を取捨選択できる権利に等しかったのです。伊東さんの『天下人の茶』は信長や秀吉に政治利用された茶の湯の一面がリアルに描かれていておすすめです。

伊東さんに今いちばん書いてほしいのは、戦国時代に群雄割拠した男たちの妻や恋人たちです。歴史の舞台裏でオーケストラの指揮者のように男たちを動かし、時代の行方に影響を与えた女たちがいたと思うからです。

それから五年か十年先に、この作品とは違う視点からもう一度、本能寺の変に取り組んでもらいたい。歴史はわからないからおもしろいと書きましたが、正直にいうと本能寺の変だけは別。もしタイムマシンがあったら、あの日の本能寺に飛んでいって、現場の一部始終を目撃してみたい。もちろん、自分には危険が及ばない物陰からそっと。いやいや、謎は謎のままのほうがいいのかな。想像する余白があるから、歴史はいつ誰と話し合っても楽しいし、知的な刺激にあふれたこんな小説も生まれてくるのですから。

（たかはし　ひでき／俳優）

【主な参考文献】

『織田信長』池上裕子　吉川弘文館
『詳細図説　信長記』小和田哲男　新人物往来社
『ドキュメント　信長の合戦』藤井尚夫　学研プラス
『織田信長合戦全録　桶狭間から本能寺まで』谷口克広　中央公論新社
『信長と消えた家臣たち』谷口克広　中央公論新社
『信長軍の司令官』谷口克広　中央公論新社
『信長の親衛隊』谷口克広　中央公論新社
『信長・秀吉と家臣たち』谷口克広　学研プラス
『新説　桶狭間合戦　――知られざる織田・今川七〇年戦争の実相』橋場日月　学研プラス
『桶狭間・信長の「奇襲神話」は嘘だった』藤本正行　洋泉社
『本願寺と天下人の50年戦争　――信長・秀吉・家康との戦い』武田鏡村　学研プラス
『織田信長　石山本願寺合戦全史』武田鏡村　ベストセラーズ
『信長と家康　――清須同盟の実体』谷口克広　学研プラス
『明智光秀』小和田哲男　ＰＨＰ研究所

『だれが信長を殺したのか』　桐野作人　PHP研究所
『本能寺の変　――光秀の野望と勝算』　樋口晴彦　学研プラス
『本能寺の変　四二七年目の真実』　明智憲三郎　プレジデント社
『信長政権　――本能寺の変にその正体を見る』　渡邊大門　河出書房新社
『織田信長のマネー革命　――経済戦争としての戦国時代』　武田知弘　SBクリエイティブ

各都道府県の自治体史、断片的に利用した論文、事典類、汎用的ノウハウ本、軍記物の現代語訳版（『信長公記』等）、ムック本等の記載は省略させていただきます。

王になろうとした男
朝日文庫

2025年1月30日　第1刷発行

著　者　伊東　潤

発行者　宇都宮健太朗
発行所　朝日新聞出版
〒104-8011　東京都中央区築地5-3-2
電話　03-5541-8832(編集)
03-5540-7793(販売)
印刷製本　大日本印刷株式会社

Published in Japan by Asahi Shimbun Publications Inc.
定価はカバーに表示してあります

ISBN978-4-02-265182-2

落丁・乱丁の場合は弊社業務部(電話 03-5540-7800)へご連絡ください。

送料弊社負担にてお取り替えいたします。

朝日文庫

伊東 潤
江戸を造った男
海運航路整備、治水、灌漑、鉱山採掘……江戸の都市計画・日本大改造の総指揮者、河村瑞賢の波瀾万丈の生涯を描く長編時代小説。《解説・飯田泰之》

伊東 潤
平清盛と平家政権
改革者の夢と挫折
武家政権の礎を築いた清盛の人物像や公家社会と武士の関わりなど難解な平安末期を、歴史小説作家ならではの観察眼で描く。《解説・西股総生》

火坂雅志・伊東 潤
北条五代（上）
志を抱いて京からやってきた北条早雲は伊豆・相模を平定。その後、二代・氏綱が地歩を固める。五代百年にわたる北条家の興亡を描く歴史巨編。

火坂雅志・伊東 潤
北条五代（下）
迫りくる秀吉の大軍。五代・氏直が下した決断は？ 戦国群雄との存亡をかけた戦いを二人の作家が書き継いだ大作が完結。《解説・呉座勇一》

安部 龍太郎
関ヶ原連判状
上巻
秀吉亡き後の乱世、足利将軍家の血を引き、当代一の文化人でもあった細川幽斎は古今伝授と秀吉の密書を切り札に第三の道を模索するが――。

安部 龍太郎
関ヶ原連判状
下巻
丹後田辺城に籠城した幽斎に、家康の誓書は届くのか。公武の対立という視点から関ヶ原合戦前夜を描いた名作。《解説・清原康正／末國善己》